この恋は世界でいちばん美しい雨

宇山佳佑

集英社文庫

目次

この恋は世界でいちばん美しい雨

プロローグ　二人の死

雨の音がする。行く手を阻《はば》む砂嵐のような激しい雨の音だ。

目を覚ましたとき、僕は窓の外のその雨音をぼんやりと聞くともなく聞いていた。鼻を刺す消毒液の臭い。ピコン、ピコン、と無機質で不快な機械音が耳に響く。横たわったまま見上げたそこには白く輝く無影灯がある。

置かれた状況が少しずつ分かってきた。

そうか……。あの公園からの帰り道、僕は事故を起こしたんだ。六月の梅雨空《つゆぞら》から降りだした雨にバイクのタイヤを滑らせたんだっけ。それできっと病院に。恐らくここは救急外来だろう。でもあのとき、僕の後ろには彼女が乗っていたはずだ。

じゃあ、まさか――。

起き上がろうとしたけど力がまったく入らない。金縛りにあったときのようだ。かろうじて眼球だけを横に動かすと、隣のベッドで仰向《あおむ》けになる彼女の姿が霞《かす》んで見えた。傷だらけの頬《ほお》には鮮血が滲《にじ》んでいて、口に挿管《そうかん》チューブを突っ込まれ、救命医から懸命な心臓マッサージを施されている。

彼女の命の灯《ひ》は、今にも消えてしまいそうだった。

どうしてこんなことに……。目の奥が熱くなって視界が滲んでゆく。

僕は心の中で叫んだ。

死にたくない！　まだ死にたくないんだ！　誰でもいいから僕らを助けてくれ！

そのときだ。

「雨宮誠《あまみやまこと》君だね」

どこからともなく男の声が聞こえた。医師や看護師ではない。脳に直接語りかけてくるような重い響きを持った不思議な声だ。

誰だ？　やっとの思いで声の方へと首を倒す――と、驚きのあまり目を見開いた。

ベッドの脇、僕の腰の位置辺りに喪服姿の男が立っているのだ。

男は皺《しわ》ひとつない真っ黒な背広に身を包み、ウィンザーノットで結んだ黒ネクタイの結び目がずれていないかを指で触って確かめている。緩くウェーブのかかった髪、ブラウンの瞳、すっと通った鼻の下には厚ぼったい唇がある。三十代前半くらいだろうか。

優しそうな笑顔が印象的な男だ。

薄く微笑《ほほえ》む姿を見て、その正体がすぐに分かった。

ああ、これが〝天使のお迎え〟ってやつか。でもまさかそんな非科学的なことが本当にあるなんてな。しかも天使は喪服姿かよ。羽は生えていないんだな……って、こんなときになにを冷静に考えているんだ僕は。

死ぬんだぞ？　人生が終わってしまうんだぞ？

悔しい。悔しくてたまらない。僕にはまだやらなきゃいけないことがあるんだ。いつか一緒にあのタイムカプセルを掘り起こそうって約束したばかりなのに。それなのに……。

奥歯を噛《か》む僕のことを男は上から覗《のぞ》き込む。そして、明瞭な声でこう言った。

「大丈夫。君たちは死なないよ」

どういうことだ？　僕らは助かるって、そう言いたいのか？

「ああ、そうだ」と彼は小さく頷《うなず》いた。

どうやら僕が思っていることはテレパシーのように伝わっているみたいだ。

「僕は君たちに、奇跡を届けに来たんだ」

奇跡？　なんだよ、奇跡って……。

しかしその問いには答えてくれなかった。その代わり、男はふっくらとした唇を動かして「さぁ、行こうか」と僕の身体《からだ》にそっと手をかざした。すると、今まであんなに重たかった身体は春のタンポポの綿毛のように軽くなる。そして次の瞬間、目が眩《くら》むほどの光が辺りを包み、僕の意識はその輝きの中に溶けるように消えていった。

第一章　二人の夢

彼女の笑顔を想うと、時々、涙がこぼれそうになる。

玄関の戸を開けて中に入ると、いつも決まって出迎えてくれる愛らしいあの笑顔。「おかえりなさい」と言うときの少し鼻にかかるその声。抱きしめたときのぬくもり。身体の細さ。からかうとすぐに拗《す》ねてしまうところ。ちょっと味の濃い料理。

そのなにもかもがかけがえのない幸せなんだと、僕は時々、心からそう思う。この幸せがずっと続いてほしい。消えないでほしい。その願いが僕を弱虫にさせる。彼女を想うと、どうしようもなく涙がこみ上げてしまうんだ。

僕は今、涙がこぼれてしまうような恋をしている。

バイト先での打ち合わせから帰宅した僕は、いつものように建て付けの悪い玄関のガラス戸を引いた。かなり力を入れなきゃ開かない。築五十年も経《た》っているから所々ガタがきているのだ。

「おかえり！」と奥から溌剌《はつらつ》とした声が聞こえる。ドタドタドタと大きな足音を立てて出迎えてくれたエプロン姿の女の子。

相澤日菜《あいざわひな》。僕の恋人だ。

肩まで伸びた茶色がかった髪を雨粒の形をしたヘアピンで留めた日菜は、輪郭の綺麗な顔をまん丸にして笑っている。くりくりとした大きな目が印象的な少女のような顔立ち。もうすぐ二十三歳になるだなんて、この外見からは想像できない。見ようによっては高校生？　いや、中学生——は、さすがに無理かな？　とにかくすごく若く見える。

あ、ちなみに、これは僕の名誉のために言っておきたいのだけれど、僕には幼女趣味など一切ない。好きになった女の子がたまたま、たまたま童顔だっただけだ。

「お仕事お疲れさまでした。丸二日徹夜でしょ？　大変だったね」

上《あ》がり框《がまち》に座ってブーツを脱ぐ僕の頭を、日菜が後ろからぽんぽんと撫《な》でる。

「まぁね。でも所長が特別ボーナスをくれたんだ。雨宮君は仕事が速いから助かるって」

「へぇ〜、やるじゃーん。さっすがぁー」

「だから、はいこれ。『鎌倉《かまくら》ル・モンド』のチーズケーキ」

隠し持っていたケーキの箱を差し出すと、日菜は八重歯を見せてパッと笑った。

「わざわざ買ってきてくれたの!?」

「わざわざってほどの距離じゃないよ。バイクだったしね。それに日菜、ここのチーズケーキが食べたいって前から言ってたでしょ？」

「やっさしい〜！　キョロちゃん、ありがとう！」

立ち上がったと同時に日菜がぎゅって抱きついてきた。ケーキが潰れてしまいそうだったので「危ない危ない」と彼女を受け止めつつ箱を上へと逃がした。

日菜は僕を『キョロちゃん』と呼ぶ。みんなは「変なあだ名」って笑うけど、僕はすごく気に入っている。この世界で僕を『キョロちゃん』と呼ぶのは日菜だけだ。彼女に『キョロちゃん』と呼ばれるたび、たった一人の特別な存在でいられる気がして、そのことが誇らしくて嬉《うれ》しいんだ。

「今日ね、シチュー作ったの！　キョロちゃんが好きな鶏肉のトマトクリームシチュー」

「ガレージまで良い匂いがしてたよ。あー、おなか減った。早く食べたいな」

「じゃあ手を洗ってきてくださーい」

日菜はケーキの箱を胸の前で掲げて、ふふふと微笑む。相変わらず可愛《かわい》らしい笑顔だ。

彼女の頭をぽんぽんして洗面所へ向かう。と、日菜がシャツの裾《すそ》を引っ張った。

あ、しまった。忘れてた。振り返ると案の定、日菜はむすっと頬を膨らませていた。

「忘れてません？」

「もー、約束でしょ？　お帰りのチュー」

「ごめんごめん」

　僕らの間には〝恋人ルール〟がある。キスは一日四回はすること。おはよう、いってきます、ただいま、おやすみのときだ。もし忘れたら日菜はご機嫌斜めになってしまう。一度へそを曲げたらなかなか機嫌を直さない。だからこれは同棲《どうせい》生活を円滑に送るための大事な大事なスキンシップだ。

　僕らはくちづけを交わす。彼女の唇は柔らかい。まるでマシュマロみたいな感触でそのまま食べてしまいたくなる……って、自分で言っていてちょっと気持ち悪いことは重々分かっている。でも日菜とのキスは僕にとって幸福のしるしだ。

　付き合ってもうすぐ一年、人が見たら恥ずかしくなるような愛情表現を日菜は今でも求めてくれる。初めはちょっと照れ臭かったけど、小型犬のようにすり寄ってくる小さな日菜が今は愛《いと》おしくてたまらない。お金はないけど、愛情だけで言えば僕らは億万長者だ。いや、でもなぁ、本音を言えば金銭面はなかなか苦しい。

　僕は独立して間もない建築家で、仕事の依頼なんてまるでない。だから知人の設計事務所で図面を引いたり、模型を作るアルバイトをしたりして、なんとか生計を立てている。日菜は七里ヶ浜《しちりがはま》にある『レインドロップス』という喫茶店で働いているけど、給料はそんなに高いわけじゃない。家賃も生活費もすべて折半《せっぱん》。二人で力を合わせてなんとかギリギリ生活できている状況だ。年上としてはちょっと、いや、かなり情けない。せめて光熱費くらいは僕が負担するべきなんだけどな。

それでも以前のアパート暮らしに比べれば、ここでの生活は経済的に非常に楽だ。この古民家は日菜の知人の磐田《いわた》さんという方の持ち物で、月にたったの一万円で住まわせてもらっている。ちょっとおんぼろではあるものの、住み心地は良いし、駅も近い。ちなみに最寄り駅は江ノ電《えのでん》の稲村ヶ崎《いなむらがさき》駅だ。でもだからと言ってこの状況に満足してはいけない。日菜にはもっと良い暮らしをさせてあげたい。彼女は仕事がどれだけ忙しくても僕のことを大切に考えてくれる。ネガティブで傷つきやすい僕は、日菜の底なしの前向きさに何度となく助けられてきた。だからこそ、日菜のためにも建築家として大成したい。すべては僕ら二人の〝夢〟を叶《かな》えるために。

「難しいのは大人と子供の交流でさ。図書館って読書をするための場所だから求められるのは静けさなんだ。でも施主は設計方針として『賑《にぎ》わいのある笑顔の溢《あふ》れる施設であること』って掲げててさ。図書館としての側面と人々が交流する憩いの場としての側面、その両面を持っていないと応募条件を満たせないんだ」

食卓を囲みながら、僕は今取り組んでいる建築コンペのことを日菜に熱心に話して聞かせた。

鎌倉市内に新設される市立図書館の分館のコンペだ。延べ床面積は五〇〇平方メートル。雑誌・新聞コーナー、絵本を中心とした児童書コーナー、一般図書開架コーナー、交流用のカフェの併設が必須。設計方針としては、①誰に対しても開かれた優しい施設であること。②環境に寄与する施設であること。③賑わいのある笑顔の溢れる施設であること。以上の三点だ。

このコンペの魅力のひとつ、それは参加条件にある。『三十五歳以下の若手建築家に限る』という条件は、僕にとっては夢のようなものだ。普通こういったコンペの場合、過去の実績を問われて僕のような新米はスタートラインにすら立てないことが多い。でも今回は施主の強い希望で「これからの建築界をけん引する若い才能と、鎌倉という古都が融合することで新しいまちづくりを目指したい」と実績は不問だ。締め切りは来月。六月十五日の消印有効。A2用紙一枚にコンペ案をまとめて郵送する。審査結果は二次審査に進めた者だけがホームページに掲載される。審査は鎌倉市長と教育委員会、そして三年前にこの図書館の本館を設計した建築家・真壁哲平《まかべてっぺい》が当たる。

真壁哲平――。僕がこのコンペに情熱を燃やす一番の理由は彼だ。

真壁哲平は今業界で最も注目されている建築家の一人だ。三十代前半から数多くの戸建てを手掛けてきた彼は、派手さこそないが、そこに住む人の人生や生活を最大限に考慮した家を造る職人気質《かたぎ》な建築家だ。大きなビルや商業施設などには目もくれず〝人が住まう建物〟を造ることをポリシーとしている。考え抜かれた利便性。自然との共存。住む人の気持ちを第一に考えた優しい建物造りには感動すら覚える。以前は戸建てを中心に設計を行っていたが、四十代後半からは——彼は現在五十三歳だ——保育園や図書館のような〝人が集う建物〟へと作品の幅を広げている。

僕は真壁哲平の造る建物が好きだ。いや、好きなんてもんじゃない。お手本のように思っている。素朴だけど細部にまで魂を宿したような考え抜かれた建築は、見ているだけでため息が漏れる。いつか僕も彼のような建物を造れたら……。ずっとずっとそう思ってきた。

ちなみに、僕は真壁哲平のことをフルネームで呼び捨てにしている。僕にとって彼はヒーローのような存在だ。仮面ライダーやウルトラマンを〝さん〟付けにしないのと同じようなことだ。

「ねぇ、これ見てよ。真壁哲平が造った『藤沢《ふじさわ》の住宅』」

彼の作品が載った古い建築雑誌を日菜にも見せてあげた。

「これさぁ、彼が三十五歳のときに造ったんだ。敷地面積が狭いのにこの開放感を生み出すなんて魔法みたいだって思わない？　ほら、ここと見てよ。すごいでしょ」

「キョロちゃん、とりあえずシチュー食べません？」

「あ、それからこれも！」と、もう一冊の雑誌をテーブルの上に広げた。「今やってる図書館の本館。ここもすごいんだよ。光の差し込み方が絶妙でさ」

「ねぇ、シチュー冷めちゃうよ？」

「やっぱ分館も光をどう扱うかがポイントだと思うんだよね。あ、そうだ！　最上階のトップライトから吹き抜けを通して光を導く。そうすれば交流室の子供たちが太陽光の下で遊べるなぁ」

テーブルの端に置いてあった小さなスケッチブックにすらすらと絵を描いてみる。太陽の光が差し込む天窓の下で子供たちが遊ぶラフスケッチだ。

「でもなぁ～。そうなると下の階の防音性がなぁ――」

「もぉ！　キョロちゃん！」

「え？」

こめかみにペンを押し当てたまま顔を上げると、日菜は目を吊《つ》り上げて怒っていた。

「シ・チュ・ウ！　冷めちゃうよ！」

またやってしまった！　僕は慌ててシチューを一口頬張った。

「もー、建築に夢中になるのはいいけど、わたしのことも忘れないでよね。キョロちゃん最近忙しそうだから寂しかったんだよ？　だから今日は色々話したいなぁって思ったのにさ……」

彼女はタコみたいに唇をにゅっと突き出して不貞腐《ふてくさ》れてしまった。

からさ」

「ごめんごめん。じゃあご飯食べたらいっぱい話そうよ。食後のコーヒーは僕が淹《い》れる

「キョロちゃんがぁ？　ほんとに美味《おい》しく淹れられるのぉ？」

目を細めて怪しむ日菜に、「任せなさい」と自信満々に胸を叩《たた》いてみせた。

食事のあと、僕らはあまり美味しく淹れられなかった残念なコーヒーと、買ってきた美味しいチーズケーキを食べながら、たわいのない話に花を咲かせた。日菜はこの二日間の出来事をあれこれ楽しそうに話してくれる。色々話したくて焦っているのか、時々息継ぎを忘れて苦しそうだった。コンペのことは気になる。まだアイディアが固まっていないから気ばかりが急《せ》いてしまう。でも日菜があまりに嬉《うれ》しそうだからもう少しだけ付き合うことにした。

結局おしゃべりは夜中の十二時近くまで続いて、彼女はしゃべり疲れてソファで眠ってしまった。「風邪引くよ？」と揺すっても起きる気配はない。一度寝たら朝まで起きないのが日菜の特徴だ。

しょうがないなぁ。寝冷えしないようにタオルケットを掛けてあげた。よだれを垂らしていたのでハンドタオルで口元を拭《ぬぐ》って、それからよしよしと頭を撫《な》でる。日菜の髪はサラサラで手触りが良い。だからつい飽かず撫で続けてしまう。

しばらくすると雨の音が聞こえた。開け放たれた窓の向こうの小さな庭に目をやると、

日菜が植えたトマトやきゅうりの葉の上で雨粒が踊るように弾けているのが見えた。

僕は雨が嫌いだった。でも今は違う。今はこうして雨を眺めるのが好きだ。こんな気持ちになれたのは日菜に出逢《であ》ったおかげだ。あの日、日菜と出逢って僕の中で雨の意味は大きく変わったんだ。

彼女と出逢ったのはレインドロップスだ。第一印象は可愛らしい店員さん。でも恋愛感情とかそういうことではなく、一般的な意味合いで可愛いと思っただけだった。

それが恋に変わったのは、桜流しの雨が降る、とある午後のことだ。

レインドロップスの店の奥。ガラス窓の向こうにはクチナシや檸檬《レモン》や枇杷《びわ》といった常緑樹に囲まれた大きな庭が広がっている。丁寧に刈り込まれた芝生が敷き詰められていて、その中をなだらかな曲線を描いた瓦《かわら》の小径《こみち》が縫うように延びている。庭の隅には小さな花壇もある。赤、白、黄色のチューリップが雨に打たれて首を垂らしていた。

僕は窓際の席に座って、庭に降るその雨をぼんやりと眺めていた。そして「雨って嫌ですね」と隣のテーブルを片付けていた日菜に世間話のつもりでなんとなく話しかけてみた。そうしたら、

「雨、お嫌いなんですか？」

「そりゃあ誰だって嫌いだと思いますよ。濡《ぬ》れるし、ジメジメするし、気分だって憂鬱《ゆううつ》

になるし」

彼女は「うーん」と人差し指で顎《あご》の先を押し上げるしぐさをした。

「でもわたし、雨って好きなんですよね」

雨が好き？　どういうことだろう？

「だって雨の日は傘を差せるじゃないですか。この間、新しい傘を買ったんです。青い水玉模様の折り畳み傘。すっごく可愛くて、雨が降るのを楽しみに待ってたんです」

彼女の目がキラキラと輝いている。まるで光に照らされた雨粒みたいに。

お気に入りの傘が差せるからか。なるほどな。いつもビニール傘の僕にはない発想だ。

「それに雨って、誰かが大切な人を想って降らす〝恋の涙〟なんですよ」

「恋の涙？」

「はい。和泉式部《いずみしきぶ》の和歌でこんなのがあるんです」

彼女は小さく咳《せき》ばらいをすると、その歌を僕に教えてくれた。

おほかたに　さみだるるとや　思ふらむ　君恋ひわたる　今日のながめを

「どういう意味なんですか？」

「あなたはこの雨を普通の雨と変わらない五月雨《さみだれ》と思っているのでしょうか。あなたを想う、私の〝恋の涙〟であるこの長雨を」

思わず笑みがこぼれた。「素敵な歌ですね」

「ですよね」と彼女も釣られるようにして笑った。

「わたし、この歌を知ってから雨がとっても好きになったんです」

雨を愛する人か……。素敵だなって、心から思った。

窓外の雨を見つめるその横顔に、僕はいつの間にか恋をしていた。

だから今も雨が降ると思い出す。日菜に恋したあの日のことを。雨は僕を初心に戻してくれる。彼女を大切にしなきゃって思わせてくれるんだ。僕らの夢を叶えなきゃって。いつか日菜に家を建ててあげたい。それが僕の、僕らの夢だ。そのためにも次のコンペは絶対に勝ち取ってみせる。このコンペをきっかけに建築家としての名を上げるんだ。

午前一時。うーんと大きな伸びをして、リビングと続き間になっている作業部屋でアイディアの続きを練った。眠気になんて負けている暇はない。頑張らなくては。

優しい雨音を聞きながら、僕はいつまでもスケッチブックに鉛筆を走らせ続けた。

朝の新鮮な太陽の光を浴びて海がキラキラと輝いている。

レインドロップスへの出勤途中、自転車を止めて湘南《しょうなん》の海を眺めるのがわたしの日課だ。

今日も一日頑張ろう！　って思えるこの瞬間は大事な宝物のひとつだ。

江ノ電の七里ヶ浜駅を越えると、線路脇に階段が見えてくる。青い外観のアパートに自転車を停めさせてもらって、ゆるやかな階段を上ってゆく。草木が生い茂った細い道は、まるで異世界へ続くトンネルのようだ。

階段が終わると今度は坂だ。遠くの波音を聞きながらのんびり進むと、レインドロップスが見えてきた。お店は二十年ほど前からこの場所にあるらしい。でも外観に古めかしさは感じない。ログハウス風の建物とカナリーヤシが特徴の洒落《しゃれ》た佇《たたず》まいをしている。

肩ほどの高さの木の門を押し開けて、店へと続くレンガの道をゆく。カウベルを鳴らして中に入ると、ヒノキの優しい香りが鼻をくすぐった。

店内はゆったりしている。テーブル席が五つに大きな一枚板のカウンター。天井にはライトと一体になったシーリングファンがくっついている――掃除が大変だからわたしはこれが嫌いだ――。店の裏手には庭があって、バルコニーにテラス席が四席もある。ちなみに、テーブルと椅子はすべて『ヘパイストス』っていうブランドのものを使っていて、キョロちゃんは「趣味が良いね」って褒めてくれる。お客さんからも座り心地が良いって好評だ。

でも、ちょっと疑問に思うことがある。店主のエンさんはズボラな性格だ。あ、エンさんっていうのはあだ名で、本名は大石縁《おおいしゆかり》っていう。みんな、彼女を『エンさん』って呼ぶ。字だけを見たら『ゆかり』と読めずに、だいたいの人が『えん』って誤読してしまうからだ。

エンさんは物への執着がまるでない。なのになんでこんなに趣味の良い――しかも高価な――テーブルや椅子を揃《そろ》えたんだろう？　もしかして元カレの趣味だったりして。この店をはじめた頃に付き合っていた彼氏の影響かな？　よし、今日こそは訊《き》いてみよう。

店の奥の倉庫兼従業員部屋でささっと着替えを済ませる。半袖の黒いTシャツにサロンエプロンというシンプルなユニフォームだ。

古いオーディオのスイッチを入れて音楽を流す。ＢＧＭは昔の洋楽やジャズが多い。倉庫で埃《ほこり》を被っていたＣＤをわたしが引っ張り出したのだ。これも誰のＣＤなんだろう。エンさんの趣味じゃないと思う。エンさんは洋楽なんて聴かないし、サザンオールスターズにしか興味がないから。

八十年代のダンスミュージックに合わせて床掃除をして、それからランチの下ごしらえをはじめる。メニューは三種類。日替わりメニューの『豚肉と彩り野菜のレモンビネガーソース定食』と『鰆《さわら》の西京《さいきょう》焼き定食』、そして定番の『レインドロップス特製豆乳グラタン』だ。メニューを決めるのはわたしの仕事。エンさんは面倒くさがってランチについてはノータッチ。考えるのはひと苦労だ。でもレインドロップスの一番の売りはなんといってもこのランチ。ボリュームがあって健康的で、女性客はもちろん、お年寄りや会社員、身体を使う職人さんにまで幅広く好まれている。

鎌倉野菜の直売所で買ってきた肉厚の赤パプリカをカットしていると、カランカランとカウベルが鳴って「おはよう～」と気怠《けだる》そうな声が聞こえた。ようやくエンさんの出勤だ。寝不足らしき顔はむくんでいるけど、整った顔立ちをした黒髪の美人さん。でもここ最近、毎晩飲み歩いているせいでお肌の張りが失われつつあるって愚痴《ぐち》っている。

それって自業自得だと思うけどな。

「も～、昨日も遅くまで飲んだんですか？」

「昨日じゃなくて今朝までよ～」

エンさんはカウンターに倒れ込むようにして突っ伏した。

「いい加減にしないと身体壊しちゃいますよ？」

「じゃあ壊れないようにいつもの作って〜」

　わたしはやれやれと包丁を置いて庭に面したサンテラスへ向かった。いくつものハーブの鉢が所狭しと段々に並んでいて、朝日を浴びて緑の葉が輝いている。みんな今日も元気だ。「あとでお水あげるからね」って話しかけながらミントを摘んで、ハチミツと混ぜてミントティーを淹れた。

　エンさんは淹れたてのミントティーを熱そうに飲むと「はぁ、肝臓が喜んでる〜」ってかすれた声で唸《うな》った。少し舌足らずなしゃべり方は少女みたいで可愛らしい。

「やっぱ日菜ちゃんが淹れるミントティーは最高ね〜」

「褒めてくれるのは嬉しいけど……」

「けどなぁに？　あ、またお説教？　店長としての自覚を持てって言うつもりでしょ〜」

「正解です」腰に手を当てて口をへの字にしてみせた。

「わたし自覚とかそういうの全然ないからさ〜。そもそもこのお店にも愛情ないしね〜」

「じゃあどうして喫茶店はじめたんですか？」

「う〜ん、どうしてだろう？　忘れちゃったな〜。そんな昔のこと」

　あ、チャンスだ。わたしはシンクに手をついて身を乗り出した。

「もしかして元カレが『エン、俺と一緒に喫茶店やろうぜ』って言ったとか!?」

「なによそれ」エンさんはカップを両手で包んで、ふふふって笑った。

「だってほら、このお店って内装もテーブルも椅子も全部趣味が良いじゃないですか。ずっと不思議だったんですよね。ズボラで無頓着《むとんちゃく》なエンさんらしくないって。だから元カレの趣味なのかなぁって。意外と名推理だったりして!」

「ズボラで無頓着は余計よ。それから、四十四のおばさんの過去をほじくり返そうとしてもロクなことないわよ。男なんて長いこといないしさ」

「えー、でもエンさんモテると思うんだけどなぁ。彼氏いないのが不思議なくらいです」

「あのねぇ、最後にキスしたのいつか教えてあげようか?」とエンさんは切れ長の目でわたしのことをじろりと睨《にら》んだ。

つい調子に乗ってしまった。エンさんはプライベートなことを詮索《せんさく》されるのが嫌いだ。高校を卒業して働きはじめて四年くらい経つけど、恋愛事情とか私生活はあんまり詳しく教えてくれない。常連さんの話では、このお店がオープンしてしばらくは情緒不安定だったらしい。ヒステリックなエンさんなんて想像できない。やっぱり一人でお店を経営するのは大変なんだろうな。

反省しているわたしを見て、エンさんはくすっと笑う。

「この店をはじめたことに男なんて絡んでないわよ。なんとなく喫茶店でもはじめようかなぁって思ったんじゃない？　過去のわたし。結婚することもなさそうだしさ～」

「え、結婚したいって思ったことないんですか？」

「そりゃ一度や二度くらいはあるわよ～。現に酔った勢いでウェディングドレス買っちゃったしね」

「酔った勢いで!?」

「そうそう。ある日気付いたらクローゼットの中にウェディングドレスがあったの。そりゃもう、びっくりしたわよ。多分酔っぱらった勢いで買っちゃったんじゃないかなぁ～？」

酔った勢いでウェディングドレスを買うって……。

やっぱりエンさんはちょっと、ううん、かなり変わっている。


昼時のレインドロップスは戦場のようだ。ランチを求めて大勢のお客さんが来店する。カウンターの向こうのキッチンにはわたし一人だけ。料理もドリンクも、すべてのオーダーに対応しなければならない。フライパンを振りすぎて腕はもうパンパンだ。

「日菜ちゃ～ん、四番テーブルさんに魚定食とグラタンね～。飲み物はレモンティーとアイスコーヒー。あと六番さんには日替わりとドリップコーヒーよろしく～。深煎《ふかい》りね～」

オーダーを取るのはエンさんの仕事だ。でも忙しいからこっちも手伝ってほしい。

「あのぉ！　手が離せないんで代わりにドリンク作ってくれませんか!?」

「ごめ～ん。わたしドリンク作らない主義だから～」

ドリンク作らない主義ってなに!?　もぉ、絶対面倒くさいだけじゃん！

「日菜ちゃん！　こっちのメシも早く作ってくれよ！」

「サービスでおかず多めにしてくれよな！」

「すみません！　ちょっと待っててくださーい！」

泣きそうになりながら叫ぶと、常連さんたちは声を上げて笑った。みんな必死なわたしを見て楽しんでいるんだ。くそぉ、負けてはいられないぞ。

忙しさの波が引いたのは午後二時を過ぎた頃だ。土日の忙しさに比べればまだマシだけど、この日はかなり忙しかった。シンクに山積みになった洗い物を片付け終わるまではお昼ご飯にはあり付けない。早くしなきゃテーブルのグラタンが冷めちゃうよ。

「さっすが日菜ちゃ～ん。今日のグラタンも美味しいわね～」

カウンターでは一足先にエンさんが舌鼓《したつづみ》を打っている。

「褒めてくれるのは嬉しいけど……」

「けどなぁに？　あ、またお説教？」

「違います。洗い物、手伝ってくれません？」

「うーん。それはパスかなぁ～」

ちょっとは手伝ってよ！　ムカつく気持ちをフライパンにぶつけたら手を滑らせて落としてしまった。ガシャーンという音が店内に響く。

うわ、やっちゃった……って片目を瞑《つぶ》っていると、

「んだよ、相変わらずドジだなぁ！」

この声は――。ドアの方に目をやった。

「ドジって言わないで」わたしは唇を尖《とが》らせた。

「うるせーよ。どこからどう見てもドジじゃねぇか」

ニカッと歯を見せて笑うニッカボッカの茶髪の青年。ガタイが良くて筋肉質。まくったシャツからは逞《たくま》しい腕が見える。

畑中研《はたなかけん》。小学生時代からの幼馴染《おさななじ》みだ。

「もうランチタイム終わりましたけどぉ」って嫌味っぽく言ってやった。

「あるじゃねぇかよ、そこに美味《うま》そうなグラタンが」

研ちゃんはそう言って、わたしのグラタンへ一目散に向かった。

ヤバい！　食べられちゃう！　慌ててカウンターを飛び出したけど遅かった。研ちゃんはスプーン片手にすごい勢いでグラタンを頬張りはじめた。

グラタンの悲鳴が聞こえる。こんな汗臭い男に食われたくねぇよぉ！　って。

「それわたしのグラタン！　返してよぉ！」

取り戻そうとしたけど、大きな手で顔を押さえられて動けなくなってしまった。

「かえひなはいよ！　なくなっひゃうでしょ！」

「うるせぇなぁ！　もうちょっとだけ食わせろって！」

「いーやーだ！　返してぇぇぇ――!!」

悔しさのあまり手のひらの端をがぶっと噛んでやった。

「痛っ！　なにすんだよ！　よだれがついただろうが！」

研ちゃんが慌てて手を離したので、その隙《すき》にグラタンの奪還に成功した。

よかったぁ～。まだ半分くらい残ってる。ごめんね、グラタン君。

「ねぇねぇ、研ちゃん？　その手についた日菜ちゃんのよだれ、舐《な》めるつもりでしょ～」

エンさんの衝撃発言に口に入れたグラタンを噴き出してしまった。

「な、舐めるの!?　キモい！　やだ！　やめてよ！」

「はぁぁぁ――!?　舐めるわけねぇだろうが！」

「でもでもぉ～、研ちゃんは日菜ちゃんのことが好きなんでしょ～？」

「はぁぁぁぁ――――！　んなわけないじゃないっすよ！」

「ほらほら～、動揺してなに言ってるか分からなくなってる～。明太子《めんたいこ》みたいに耳が真っ赤よ～」

「あり得ないっすよ！　こんなちんちくりんのバカ女、誰が好きなもんか！」

「ちょっとぉ！　バカってなによ！　バカって！」

研ちゃんは意地悪だ。いつもこんな風に悪口を言っていじめてくる。子供の頃からずっとそう。今でこそ実家の『畑中工務店』で働き出して丸くなったけど、昔は超が付くほどの不良だった。高校生の頃なんて先生の車をチェーンソーで真っ二つにして退学になりかけた筋金入りの不良少年だ。

まぁでも、そうは言っても憎めない奴なんだけどさ……。

研ちゃんが「おい日菜、代わりになんか作ってくれよ」ってせがむから、残り物で肉野菜炒《いた》めを作ってあげた。こんもり山盛りにしたご飯と味噌汁《みそしる》をあっという間にぺろっと平らげる姿はまるで吸引力抜群の掃除機だ。食いっぷりは見ていて清々《すがすが》しい。

ご飯を食べ終えると、研ちゃんは「ごちそうさん」とそそくさと席を立った。

「なによ？　素っ気ないなぁ。もしかして怒ってる？」

「別に」

「やっぱ怒ってる。あ、エンさんが言ったこと？　もー、分かってるって。研ちゃんがわたしのこと好きなわけないもんね。研ちゃん巨乳好きだし。大丈夫大丈夫。真に受けたりしてないからさ」

「人をエロガキみてぇに言うんじゃねぇよバカ！　俺はただ――」

「ただ?」

研ちゃんは舌打ちして恥ずかしそうに紙袋を差し出した。

「なにこれ?」

「はぁ? 今日、おめぇの誕生日だろうが。二十三の。忘れてたのかよ」

「もしかしてプレゼント?」

「ち、ちげーよバカ! たまたま今の現場の目の前が雑貨屋で、たまたまおめぇの誕生日を思い出したから、たまたま買ってきただけだって! 調子乗んなバカ!」

「へぇ〜。いいとこあるじゃーん」

ニヤニヤしながら顔を覗くと、研ちゃんは恥ずかしそうにまた耳を真っ赤にした。

「そっかそっか。これを渡すのが照れ臭かったんだね? 可愛いところもあるもんだ」

「うぜーんだよ、お前は! ここに置いておくぞ!」

研ちゃんは紙袋とランチ代の千円をカウンターに置いてさっさと出て行ってしまった。

研ちゃんからのプレゼントはマグカップだった。おにぎりみたいな猫のイラストが描いてある可愛いやつだ。これを買っている研ちゃんを想像するとちょっと笑える。「おい! 早く包んでくれよ!」って店員さんに恥ずかしそうに頼んだんだろうな。こういうところが憎めないんだ。

わたしは研ちゃんに『ありがと。大切に使わせていただきます☺』ってメールを送った。

閉店は六時半だ。店じまいをして、いつもだいたい七時頃には帰ることができる。ちなみに、暇なときはエンさんの気分次第でもっと早く閉めてしまうことだってある。

帰り際、エンさんが「はい、これ」とプレゼントをくれた。ずっと欲しかった切れ味抜群の包丁だ。通販番組で見つけて以来、買おうかどうしようか迷っていた。

「彼氏と喧嘩《けんか》してもこの包丁で刺したらダメよ～？」

「やだなぁ、刺しませんよ。これでキョロちゃんに美味しいご飯を作ってあげます」

「そういえば、なんで〝キョロちゃん〟っていうの？　変なあだ名だなって思ってたんだよね～」

「あれ？　話したことありませんでしたっけ？　彼が初めてここに来たとき、店内をキョロキョロ眺めてたんですよ。その姿が挙動不審でおかしくて。だから心の中で勝手にキョロちゃんって呼んでたんです。で、付き合ってからもそのままで」

「ふーん。誠君はきっと日菜ちゃんのことを見てたのね～」

「え～、恥ずかしいじゃないですかぁ～。でもまぁ、確かにそうかもしれませんね～。そっかそっかぁ、キョロちゃんはわたしのことを見てたのか～。ふふふ」

「枯れたおばさんの前で惚気《のろけ》ないでくれる？　ムカつくから」

エンさんは嫌味なくらいにっこり笑った。

「ごめんなさい……」とわたしは肩をすぼめた。

誕生日ということで会う人みんながプレゼントをくれた。帰り道に立ち寄った八百屋さんでは段ボールひと箱分の野菜。魚屋さんでは旬《しゅん》のアジ。お肉屋さんではコロッケ。お花屋さんでは花束を。家に着く頃には自転車のカゴは荷物でいっぱいだった。こんな風に祝ってもらえて嬉しいな。レインドロップスでできたこの繋《つな》がりはわたしの大事な大事な宝物だ。

山のようなプレゼントをよいしょと抱えて、指先で玄関のガラス戸を頑張って引く。でも建て付けが悪いからなかなか開かない。鍵をかけてないからキョロちゃんは中にいるみたいだ。だから「キョロちゃーん。荷物持つの手伝ってー」って呼んでみた。けど、いくら待っても来てくれない。

あれれ？　どうしたんだろう？　コンビニでも行ったのかなぁ？

キョロちゃんは作業部屋で難しい顔をしていた。煮詰まっているみたいだ。「ただいま」って言ったけど、「うん」と短く答えるだけ。集中しているときはだいたいいつもこんな感じだ。

まったく、しょうがないなぁ。じゃあ夕ご飯の支度でもしますかね——ん？　待てよ。これってもしかして誕生日忘れてるパターンじゃ……。いやいや、まさかね。そんなことないよね。だって彼女の誕生日だよ？　さすがに覚えてるはずだよね？

それから一時間経ってもキョロちゃんはちっともかまってくれなかった。リビングのソファから作業部屋の彼をじーっと観察する。相変わらず頭を抱えている。これはいよいよ忘れている可能性が高いぞ。ちょっとだけイライラしてしまった。

「ゴホン！」

わざとらしく咳ばらいをしたけど、キョロちゃんは全然こっちを見てくれない。

ほほう。そっちがそういうつもりなら、そろそろ怒りますけど覚悟はいいですね？

怒ってやろうと大きく息を吸い込んで――いや、やめておこう。せっかく集中しているのに邪魔したら悪いよね。キョロちゃんにとって今は大事な時期だ。憧《あこが》れの建築家さんに認められるかもしれない大チャンスを前にしているのに「誕生日お祝いして～」なんてちょっと自分勝手すぎる。

けどなぁ～～～、寂しいしなぁ～～～。気付いてほしいなぁ～～～。

よし、こうなったら念を送ろう！　気付け……気付け……気付けぇぇぇ！

ちっとも気付いてくれなかった。わたしは撃沈してソファに顔を埋めた。

はぁ……。今日はわたしの誕生日ってだけじゃないんだよ？

キョロちゃんを好きになった〝恋愛記念日〟でもあるのにな。

一年前の六月六日――。わたしは彼に恋をした。

さっきまで晴れていた空が嘘《うそ》みたいに真っ黒になって一気に雨が降ってきた午後。彼はレインドロップスの窓辺の席に座って、雨の降り具合を観測するように真剣な顔つきで外を眺めていた。

うん、やっぱり今日もイケメンだ。わたしはコーヒー豆を補充しながら彼を盗み見て思った。

鼻筋はすっと伸びて、顔は繊細なガラス細工みたい。透き通るような白い肌のせいか、どこか女性的な印象を受ける。でも黒縁の眼鏡をくいっと押し上げた指の下の手の甲は筋張っていて、そこになんとも言えない男っぽさを感じる。

わたしは最近よく来る彼のことが気になっていた。芸術家っぽい雰囲気や繊細そうな外見は結構、ううん、かなりタイプだ。着ている濃紺のジャケットとカーキ色のチノパンツもすごく良く似合っている。ふんわり漂う柔軟剤の香りも良い感じだ。

お客さんもエンさんもいない店内には、わたしと彼の二人だけ。辺りの音をすべてかき消しちゃうくらいの雨音の中に二人きりでいると、この世界にわたしたちしかいないような気がして妙にドキドキしてしまう。

「あの……」とキョロちゃんがこっちを見た。すごく緊張した顔だ。その表情にドキッとして「な、なんでしょう?」って声がうわずってしまった。

彼は窓の外に目を向けると、震える声でわたしに言った。

「この雨、僕が降らしたって言ったら笑いますか？　あなたを想って降らした〝恋の涙〟だって言ったら……」

　眼鏡の奥の潤んだ瞳に吸い込まれそうになる。なにか言おうとしたけど言葉が全然出てこない。

「──って、引きますよね？　忘れてください。ははは……」

　彼は恥ずかしそうに後ろ髪を撫でた。自分の発言を後悔しているみたいだ。

　わぁわぁわぁ！　どうしよう！　引いているわけじゃないの！　びっくりしただけなの！　そのことを伝えなくちゃ！　えっと、えっと……あれ？　でも今のって──、

「もしかして今のって、告白……ですか？」

　彼の顔が真っ赤になる。それから下を向いて雨音に消されるくらい小さな声で「そうなりますね」と呟《つぶや》いた。わたしはなんて答えたらいいか分からなくて「そっか。そうですよね。変なこと訊いてごめんなさい。そっかそっか」と何度も頷く。全身がものすごく熱くて、吹き出す汗を手のひらで拭った。でも汗は止まらない。濡れた雑巾にでもなった気分だ。

　告白かぁ……。その言葉を噛みしめるとニヤニヤが止まらない。

「迷惑ですよね？」

　キョロちゃんが上目遣いでこっちを見た。

「そ、そんなこと！　嬉しいですよ！　少し！」

「……少し」

「あ、いや、少しって言うか、結構？　かなり？　なんて言ったらいいんだろ」

頬っぺたをぽりぽり掻《か》いた。それから身体中の勇気を集めて、

「たくさん嬉しいです……」

チラッと見たら、彼は顔をくしゃくしゃにして笑っていた。その笑顔を見た途端、心がふたつに割れた音がした。そこから流れ出す甘酸っぱい気持ちが全身に広がる。

そして思った。

ああ、わたし今、恋に落ちたんだ……って。

煙草《たばこ》を買いに行っていたエンさんが帰って来ると、彼は恥ずかしそうにコーヒーカップを手にそっぽを向いてしまった。知らんぷりしているけどカップを持つ手がちょっとだけ震えている。その姿がなんだかとっても可愛らしく思えた。

雨が降って、よかった……。

突然降り出した夕立に、心の中で「ありがとう」って伝えた。

それからひと月くらいして、わたしたちは正式にお付き合いをはじめた。

「──日菜、起きて」

肩を揺すられて目を覚ましたとき、時計の針は十一時を指していた。キョロちゃんはようやくわたしの存在に気付いてくれた。「やっと起きた」って笑っている。さっきからたくさん揺すってくれていたらしい。だけど誕生日のことは気付いてないんだろうな。あと一時間で誕生日が終わっちゃうよ。「今日、誕生日だよ」って言ってみようかな。でもプレゼントなんて用意してないだろうし、キョロちゃんはきっと自分のことを責めちゃうと思う。それが創作の妨げになったら……。

わたしは誤魔化すように「先にお風呂入るね」と——、

「あ、待って！」

振り返ると、キョロちゃんは緊張して口をもごもごさせている。

「あのさ、今からちょっと散歩に出かけない？」

「え？　でも外、雨降ってるよ？」と庭に降る小雨を指さした。

「雨が降ってるから出かけたいんだ」

意味が分からず首を傾《かし》げると、キョロちゃんは後ろ手に隠していた赤い傘を出した。

「……もしかして、それって」

「うん、誕生日プレゼント。買っても良かったんだけど、どうせなら手作りでって思ってさ。でもちょっと苦戦しちゃったんだ。日菜が帰って来たときにはまだ半分くらいしかできてなくて。寝たのを見計らって大慌てで続きを作ったんだけど……。ごめん！

急いで作ったからちょっと不格好《ぶかっこう》になっちゃったよ」

傘をこっちに向けながら、彼は情けなく目尻を下げて笑った。

嬉しさとびっくりした気持ちがごちゃまぜになって涙がこぼれてしまった。

「えぇ!? なんで泣くのさ!?」

「だってぇ! 誕生日忘れてると思ったんだもん! もー、覚えてるなら言ってよぉ!」

「言ったらサプライズにならないじゃん」と彼はくつくつ笑った。

「それはそうだけどぉ。でも不安だったんだよ」

キヨロちゃんは「ごめんね」と頭を撫で撫でしてくれた。

「じゃあ日菜、誕生日が終わる前に散歩に出かけましょうか」

その笑顔に、わたしは「うん!」って大きく頷いた。

自宅を出て海を目指す。家の周辺は細い道ばかりで迷路みたいに入り組んでいる。なだらかな坂を石垣に沿って下って行くと、やがて江ノ電の線路とぶつかる。赤く光る踏切のランプ。カンカンカンという警告音が小気味良い。のんびり走る最終電車を見送ると、わたしたちは再び歩いて国道一三四号線に出た。

赤い傘の下、肩を寄せ合い、波の音を聞きながら海沿いの国道を進んでゆく。今日の雨は優しい。細い糸のような雨が空からまっすぐに落ちて世界を濡らしている。こういう雨のことを〝糸雨《いとあめ》〟って言うらしい。雨の名前は詳しくないけど、キヨロちゃんが時々教えてくれるんだ。

　彼の手作りの傘が嬉しくてさっきから上ばかり見ちゃう。さすがは建築家さんだな。模型とか作ってるから手先が器用だ。傘を作れるなんて男子としてはかなりポイント高いですよ。それに、わたしが無類の傘好きってこともちゃんと分かってくれている。それが嬉しさを倍増させる。うんうん、ツボを心得ていらっしゃる。

「重くない？　僕が持とうか？」

「ううん、わたしが持ちたいの」

「そっか。じゃあ悪いけど、傘を右手に持ち替えてくれるかな」

「どうして？」

「手をさ」とキョロちゃんが恥ずかしそうに右手をこっちに向けた。

「ふふ。つなぎたいんだね。仕方ないなぁ。あ、でもキョロちゃんが濡れちゃうよ」

「いいさ。それでもつなぎたいんだ」

　傘を右手に持ち替えると、それを合図に彼の手がわたしの手を優しく包んだ。すべすべで温かい手。大好きな彼の大きな手だ。指と指を絡めて恋人つなぎをする。このつなぎ方は別の言い方で〝貝殻《かいがら》つなぎ〟って言うらしい。きっとみんな探しているんだ。この世界のどこかにいる、もう片方の貝殻を。ぴたっと重なる相手のことを。

「昔ね、お母さんに教えてもらったことがあるの。人にはそれぞれ手が付いている理由があるって。手ってね、物に触ったり持ったりする以外にも、その人のやるべきことが込められてるんだって。それでお母さんに言われたの。日菜の手はなんのために付いてるんだろうねって。その理由が見つかるといいねって」

お母さんのことを想うと今も胸が痛くなる。普段は思い出さないようにしているけど、こんな風に誕生日にはちょっとだけ思い出してしまう。

小学五年生のとき、お母さんは男の人と出て行った。その手をわたしやお父さんじゃない他の人のために使ったんだ。そう思うと苦しい。だからいつもはお母さんの記憶は心の底に深く沈めている。悲しい気持ちに飲み込まれないように。

「日菜は今でもお母さんに会いたいって思う？」

「どうだろう。昔は会いたかったよ。でも今はそこまで思わないかな」

「でもさ、日菜にとってお母さんは唯一の肉親なわけだし……」

「いいのいいの。だってわたしには——」

ぎゅっと手を握った。

「キヨロちゃんがいるから」

彼は手を握り返してくれた。わたしの心を包み込むように。大切そうにすごく優しく。

胸がじんわりと熱くなる。悲しい気持ちが雪のように溶けてゆく。

幸せだな……。ずっとずっと一緒にいたいな。

彼の手はそう思わせてくれる魔法の手だ。

「──あ！」キョロちゃんが短く悲鳴を上げた。

「雨漏りだ……」

傘の生地に雨が染みている。ぽとりぽとりと雨粒が落ちてきた。

「えー、嘘だろぉ。完璧だと思ったのに」

キョロちゃんはがくりと肩を落とした。その姿がおかしくて、ついつい笑ってしまう。

「笑いごとじゃないって。早く帰らなきゃ濡れちゃうよ。ほら、行こう日菜」

手を握ったままキョロちゃんが走り出す。

わたしはその手をもう一度握った。強く強く、握った。

これからもずっとずっと、死ぬまでずっと、離れないように。

六月十五日──。締め切りの日。運命のときがやって来た。

最後の最後まで追い込みをしていたせいで、郵便局に向かったのは夜の十一時四十分だった。寝不足の僕を心配して日菜もついて来てくれた。日を跨《また》ぐ前に郵便局に着けるか微妙なところだ。今日の消印を貰《もら》えなければ今までの努力はすべて水の泡になってしまう。

僕が駐輪場にバイクを停めている間に、日菜がヘルメットを被《かぶ》ったままコンペ案の入った紙管を抱えて一目散に局内に飛び込んだ。

「え――――！　いいじゃないですかぁ!!」

遅れて夜間窓口へ向かうと、彼女の叫び声が廊下に響いた。

顔面蒼白《そうはく》の日菜が窓口で前のめりになっている。その向かいには郵便局員さんがいて、頑として首を横に振っていた。壁の時計は零時ぴったりを指している。ギリギリ間に合わなかったようだ。でもたった一分の差でコンペに応募できないなんて絶対に嫌だ。だから僕らは二人して「お願いします！」と何度も何度も頭を下げた。

「ほら、見てください！　わたしの時計、まだ十一時五十九分ですよ！」

日菜が半べそでスマートフォンを見せる。しかし郵便局員さんは「規則ですから」と頑《かたく》なだ。

「消印くれないなら、わたしベロ噛《か》みちぎってここで死にます！」

日菜がベロを噛みちぎろうとしたので、僕は慌てて彼女の顎を手で押さえた。

「ダメだって！　ベロ噛んでも死なないんだよ！　あれは都市伝説なんだから！　噛みちぎったって、せいぜい滑舌《かつぜつ》が悪くなるくらいだよ！」

「じゃあ郵便局員さんにわたしのベロあげます！　その代わり六月十五日の消印をくだ

さい！」

日菜の執念に根負けして、郵便局員さんはとうとうハンコを押してくれた。

日菜はベロを強く噛んだせいで流血してしまい、口から血を垂らしている。それでも嬉しそうだ。僕は彼女のおかげで人生最大のピンチを乗り越えることができた。

翌日は久しぶりに昼まで眠った。連日の徹夜のせいで身体の奥には疲れの芯のようなものがまだ残っている。それでも気持ちは昨日よりも晴れやかだ。僕の気分に呼応するようにこの日の空は青々としている。今にも梅雨が終わりそうな五月晴《さつきば》れに心が躍った。

二次審査に進むことができれば次は審査員たちの前でのプレゼンテーションだ。いよいよ真壁哲平に会える。縁側で一人、空を見ながら決意を新たにした。

「キョロちゃん、お待たせー」

日菜が二階の寝室から着替えを済ませて戻って来た。

夏らしい紺のノースリーブのブラウスに白いデニムを穿《は》いている。久しぶりのお出かけに気合いが入っているのか、お化粧もばっちりだ。「あれ？　今日はやけに可愛いね」って茶化すと、日菜は「今日は？　いつも、の間違いでしょ？」と片方のほっぺをぷくっと膨らませていた。

「失礼しました。いつも可愛いよ」

今日、僕にはやるべきことがある。日菜の誕生日プレゼントを改めて買いに行くのだ。

彼女は「わざわざいいのに」と申し訳なさそうに眉尻を下げていたけど、雨漏りした傘がプレゼントだなんてあまりにも可哀想《かわいそう》だ。だからバイクに乗って鎌倉駅を目指した。

以前から欲しがっていたちょっと高価なかき氷機をプレゼントすると、日菜は跳ねるようにして喜んでくれた。「これで夏が待ち遠しくなるね！」と子供みたいに買ったばかりの包装された箱を抱きしめて小躍りしている。その姿がなんとも愛らしい。

それから僕らは小町通《こまちどお》りを散策した。途中のお店で僕はしらすコロッケを、日菜は鎌倉揚げを買って、並んで歩きながらそれを食べた。

「この間の赤い傘はちゃんと直して改めてプレゼントするよ」

「えー、忙しいのに悪いよ〜。かき氷機まで買ってもらったのに」

「ううん、約束する。僕がプレゼントしたいんだ」

「じゃあ楽しみに待ってまーす」日菜は僕を見上げて目を弧《こ》にして笑った。

駅の反対側の御成《おなり》通りをしばらく行くと一軒の家具店が見えてきた。レインドロップスでも愛用しているヘパイストスだ。鎌倉と横浜《よこはま》に店舗を構え、店の品々はすべて職人さんのハンドメイド。「家具は目で見て触って試して買うもの」というポリシーを掲げているためネット販売は一切していない。そういったこだわりが好きで僕はこの店に足しげく通っている。

店は古い住宅を改装した造りになっており、この建物を見るだけでも楽しくなる。一階にはダイニングテーブルや椅子、二階はソファや箪笥《たんす》などの大きめの家具が並んでいる。木の香りのする店内は居心地が良くて、淡《あわ》く流れるクラシック音楽のおかげで外の蒸し暑さを忘れることができた。

ぐるりと店内を回り一階の隅っこにある椅子の前で足を止めた。オークの無垢《むく》材を使用したイージーチェアだ。流麗感のあるフォームは美しく、アームレストは先端にゆくにつれて細くなって若干高くせり出している。座面の延長部分がそのまま後ろ脚になっている構造だから腰を下ろすと椅子が身体を受け止めてくれるような心地がする。背もたれと座面はカナコ編みのペーパーコードが綿密に施されていて、ゆったりとした安息感を得ることができる。座り心地、アームレストの手触り、デザイン性、なにもかもが完璧で「この椅子は僕が座るために生まれてきたんだ」って思ってしまうような至極の逸品だ。

「あ、またその椅子に座ってる。わたしが傘ならキョロちゃんは椅子フェチだね」

向かいのスツールに腰を下ろした日菜が足をバタバタさせながら呆《あき》れている。

「椅子って建築を凝縮したようなものだから好きなんだよ」

「建築を凝縮したもの？」

「うん。椅子って身体に一番近いところにあって寸法とか素材で座り心地がガラッと変わるでしょ？　家も同じでさ、柱の素材をちょっと変えるだけでも住み心地は大きく変わるんだ。そういうところが似てるなぁって。それにこの椅子は座り心地が最高でさ。まるで——」

「キョロちゃんにとって世界でひとつだけの椅子、だもんね。でもちょっと高いよ。八万五千円もするなんて信じらんない」

「安い方だって。高いものは数十万円はくだらないよ」

日菜は苦いものを噛んだときのように顔をしかめた。

「八万五千円はすっごく高いです。変な気起こして買うとか言わないでよね」

「いいんだ。いつかこれを買うことを目標に頑張るから」

「ずるい。キョロちゃんだけ？　わたしには買ってくれないの？」

「そうだね。日菜にぴったりな椅子も探さなきゃね」

「あ、でもわたしもその椅子がいいなぁ。キョロちゃんの身体にぴったりなら、わたしもその椅子とぴったりになりたいよ」

「それは無理だよ。この椅子はハンドメイドだから世界に一脚しかないんだ」

「もぉ～、そういう意味じゃなくて。女心が分かってませんねぇ」

女心？　目をぱちぱちさせる僕にため息を漏らすと、日菜はひょいっと立ち上がった。

そして「キョロちゃん。そろそろ時間だよ」と壁に掛かった木製の丸時計を指した。

「だね。じゃあ行こうか」

名残惜《なごり》しかったけど、僕も椅子から尻を離した。

今日は大家である磐田さんのお宅にお邪魔する約束をしていた。毎月中旬頃に家賃を渡すために訪ねているのだ。

磐田さんはレインドロップスのお客さんで、日菜と親しくなったことをきっかけに空き家だったあの古民家を月にたったの一万円で貸してくれた。この辺りの大地主だとは聞いていたけど、僕は当初、あまりの家賃の安さに妙な胡散臭《うさんくさ》さを感じていた。なにか下心があるんじゃないか？　もしかして日菜のことを変な目で見ている？　なんてことを考えたのだ。

でも実際にお会いしてみると磐田さんはすごく紳士的な方だった。下心なんてとんでもない。僕は自分の浅ましい考えを恥じた。以来、磐田さんの好意に甘え続けている。

磐田さんのお屋敷は江ノ電の極楽寺《ごくらくじ》駅からしばらく坂を上ったその先にある。門を抜けると大きな池を有したドラマや映画に出てきそうな立派な庭園が広がっている。灯籠《とうろう》の脇には芭蕉《ばしょう》の木が生えていて、庭石に囲まれたひょうたん形の池の中では十匹ほどの錦鯉《にしきごい》が長閑《のどか》に泳いでいる。ここに来ると日菜はいつも池のほとりに屈《かが》んで手を叩いて鯉たちを呼ぶ。でも彼らは餌を持っていない僕らに興味を示さない。鯉とは現金な生き物なのだ。

「日菜ちゃん、誠君。よく来たね」

玄関先で磐田さんが手を振っている。白髪のオールバックの下には柔和な顔がある。白のシャツに洒落たえんじ色のチョッキ。腰は少し曲がっているけど、なかなかの高身長だ。

僕らは挨拶を済ませると、鎌倉で買ってきたゼリーをお土産として渡した。

「いつも言ってるだろ？　気を遣わなくていいって」

磐田さんが申し訳なさそうな顔をしたので、「このゼリーは日菜が食べたいから買ったんですよ」とすかさずフォローを入れた。半分本当で半分嘘だ。こうでも言わなきゃ磐田さんはお土産を貰ったことを悪いと思ってしまう。日菜も援護射撃をしてくれた。

「ここのコーヒーゼリーすんごく美味しいって評判なんです！　一緒に食べましょ？」

「そうかい。じゃあ遠慮なくいただこう。冷やして食べるとしようか」

磐田さんは紙袋をぽんぽんと叩いて、目尻に皺を作って優しげに笑った。

玄関でスリッパに履き替えてリビングに入った。何度来てもこのリビングには感動してしまう。足触りの良い絨毯《じゅうたん》が敷き詰められた二十畳ほどの広々としたリビングだ。壁の一面はガラス張りになっていて庭を一望することができる。部屋の真ん中には上品なソファ。テーブルは黒漆塗りの螺鈿《らでん》工芸だ。暖炉の前にはアンティーク調のロッキングチェアがひとつ置かれている。かなりの年代物だろう。今どきこんなお屋敷はなかなかお目にかかることができない。だからいつも来るたびに部屋をキョロキョロと観察してしまう。そして日菜から「みっともないからやめてよ」って服の裾を引っ張られている。この日も同じことを繰り返した。

　ソファに座って磐田さんと談笑をしていると、奥さんの初世《はつよ》さんが紅茶を淹れて来てくれた。小柄で可愛らしい女性だ。優しい薔薇《ばら》の香りの香水と、さりげない装飾品。品が良くてチャーミングで、その笑顔にはいつも和まされている。しかし初世さんはすごく痩せている。何年か前にがんを患《わずら》って以来、体重がめっきり落ちて戻らないらしい。

「今じゃ三十八キロしかないのよ」と冗談めかして話してくれたことがある。それでも昔はとびっきりの美人だったことが容易に想像できた。

「初世さん、こんにちは！」

　日菜はやって来た初世さんとハグを交わす。幼い孫がおばあちゃんに甘えているみたいだ。身寄りがない日菜にとって磐田夫妻は祖父母のようなものなんだろうな。

「二人からゼリーを貰ったよ」そう言って、磐田さんは紙袋を奥さんに見せた。

「あら、駄目よ。年寄りの家に来るときは手ぶらで来なきゃ。お土産を持って帰るくらいの気持ちでいらっしゃい」

　冗談のあとには朗らかな微笑み。僕はそんな磐田夫妻を見て、素敵なご夫婦だなと改めて思った。僕らもこんな風に年老いてからも並んで笑い合っていたいな。

「ねぇ、キヨロちゃん」

日菜の目配せを合図に、足元のボディバッグから家賃の入った封筒を出した。

「あの、これ今月分の家賃です。いつもありがとうございます」

「誠君。何度も言っているけど、あそこならタダで住んでも構わないんだよ？」

「そうよ。あんなおんぼろ小屋に住まわせて逆に申し訳ないわ」

「そんなことありません。いつも助かっています」と僕は大きく首を横に振った。

「それに、わたしたちあの家のこと、すごく気に入っているんです。住みやすいし、駅も海も近いし、虫はちょっと出るけど、お庭もあるから家庭菜園もし放題だし」

磐田さんは「ならいいんだけどね」と心苦しそうに額に皺を寄せた。

「そうだ。昨日電話で手伝ってほしいことがあるって」と僕はあえて話を逸《そ》らした。いつまでも磐田さんに気を遣わせたくなかった。

「ああ。庭の物置小屋の修理を頼みたいんだ。戸の建て付けがどうも悪くてね」

格安で住まわせていただいているお礼に、僕は時々、家の修理や草刈りなんかを引き受けている。老夫婦の二人暮らしでは若い力が必要なときもあるだろう。この程度の手伝いで恩返しになるとは思わないけど、できることはするようにしていた。

「分かりました。じゃあ早速やっちゃいますね」

「ちょっと、誠君」初世さんが急く僕の服を引っ張った。「紅茶、飲んでちょうだいね」

「失礼しました。それじゃあ遠慮なく」と僕はティーカップに手を伸ばした。

紅茶をご馳走《ちそう》になったお礼を言って、物置小屋の修理に取り掛かることにした。磐田さんも「梯子《はしご》くらいは支えよう」と手伝いを買って出てくれた。

玄関で靴に履き替えて表に出ると、庭の向こうに広がる綺麗《きれい》な青空に思わず感嘆の声が漏れた。僕らの家の縁側から見るよりも空をうんと広く感じる。

夏の空は大好きだ。冬に比べて青が薄くてすっきりしているから見ていて優しい気持ちになれる。薄水色の空はどこまでも広く、美しく、世界の輪郭をほんの少しだけ柔らかくしてくれる。一年のうちで空が一番美しい季節だ。

物置小屋は庭の隅にあった。思っていたよりもずっと立派だ。杉材を使っていて、中の広さは八畳ほど。下手したら僕が学生時代に住んでいたボロアパートより床面積が広いかもしれない。聞けば息子さんが子供の頃に一緒に建てたようで、裏手の薪《まき》置場の軒《のき》柱《ばしら》にはお子さんの成長に合わせて身長と年月日が記されていた。

「息子さんって、確か丸吉《まるよし》商事で働かれているんですよね？」

丸吉商事は日本の五大商社と数えられる大手総合商社だ。

「ああ、今はスペインで働いているよ。支社を任されているそうだ」

「それはご立派ですね」僕は目を丸くした。

「なかなか帰って来ない親不孝者だよ。孫にも長い間会ってないんだ。数年はあちらにいるらしい。戻ったら一緒に暮らせれば嬉しいんだがね……」

磐田さんの顔にはなんとも言えない寂しさが張り付いていた。

まずいことを訊いてしまったな。僕は口をつぐんで作業をはじめた。

扉の修理はあっという間に終わった。蝶番《ちょうつがい》が錆《さ》びてダメになってドアが傾いていたので、新しいものと交換することでスムーズに開閉できるようになった。

「いやぁ、助かったよ」と磐田さんはとても喜んでくれた。この程度の作業でこんなにも感謝してくれるだなんて。逆に申し訳ない気持ちになる。

工具を片付けると、磐田さんが「男同士で少し話でもしようか」と芝生の上に腰を下ろした。ぽんぽんと隣を叩いて僕を誘う。我々は横並びに座った。

爽やかな風が吹いて芝生が一斉にふわっと揺れる。その光景はまるで緑色の海原のようだ。今日は少し蒸し暑い。でもここは木々が多いから、風がひんやりとして心地良い。お屋敷の周辺は広い雑木林になっていて、その土地も磐田さんのものらしい。さすがは大地主だ。

「コンペはどうだったんだい？　確か鎌倉の市立図書館の分館だったかな？　この間レインドロップスに行ったとき、日菜ちゃんが『締め切りに間に合わないかも』ってやきもきしていたけど」

「おかげさまで昨日ようやく出すことができました。でも本当に締め切りギリギリで。日菜がいなかったら間に合っていませんでした」

「それはよかった。このコンペに通れば、建築家として大きな一歩を踏み出せるね」

「早く結果を出さなくちゃって毎日焦ってます。日菜に夢の家を造ってあげなきゃって」

「二人が暮らす夢の家か。どんな家を造りたいんだい？」

「五戸から七戸くらいの家が建つ、小さな町のような場所なんです。広場を中心に人と人とが繋がって暮らすことのできる、そんな場所を作りたいんです」

「なるほど。〝夢の家〟と聞いていたから、てっきり一戸建てだと思っていたよ。だけど分からないな。小さな町のような場所じゃないといけない理由でもあるのかい？　戸建ての方が手っ取り早いだろうに」

僕は少し躊躇《ためら》った。それから慎重に口を開いた。

「磐田さんは、日菜の家庭の事情はご存じですか？」

「ああ、多少はね。ご両親がいないことは聞いているよ」

「僕は日菜に、たくさんの人と繋がれる場所をプレゼントしてあげたいんです。そこにはもちろん僕や、僕らの子供もいるけど、でもそれだけじゃなくて、日菜には家族以外の人とも手を取り合って生きてほしいんです。たくさんの人に囲まれて幸せな人生を送る——それが彼女が望む一番の幸せだと思うから。僕はそんな日菜の幸せを形にしてあげたい。その幸せの輪の真ん中に、いつでも彼女にいてほしいんです」

僕たちはきっと似た者同士だ。日菜には両親がいない。そして僕の生まれ育った家庭はバラバラだった。父方の祖母と同居していた我が家では嫁姑《よめしゅうとめ》の確執が絶えず、それが原因で両親の仲も悪くなっていった。冷めきった空気は家じゅうに充満して、いつしか家族が一堂に会することはなくなった。誰もいないリビングで一人食事をする孤独を、僕は今でもよく覚えている。

だから今、日菜が僕を本当の家族のように想ってくれることがなにより嬉しい。こんな風に大切に想われたのは生まれて初めてだ。そんな彼女に恩返しがしたい。心からそう思う。

「誠君の原動力は、日菜ちゃんの幸せを願う気持ちというわけか。素敵なことだね」

僕は少しはにかんだ。そして、広げた両手のひらに目を落とした。

「僕はこの手を、僕らの夢を叶えるために使いたいんです」

日菜、君は教えてくれたね。人にはそれぞれ〝手がある理由〟があるんだって。

僕の手がある理由――それは日菜を幸せにすることだ。

だから必ず夢を叶えるよ。いつの日かきっと、僕らの夢の家を造ってみせるからね。

その日、キョロちゃんは図書館のコンペに落ちた。

わたしたちは昼下がりのレインドロップスでコンペの結果をスマートフォンで見ていた。でも二次審査に進んだ人の中にキョロちゃんの名前はなかった。チラッと横目で見ると、彼はスマートフォン片手に口をきゅっと横一文字に結んでいた。

き、気まずい……。こんなときってなんて言ったらいいんだ？　ドンマイ！　ドンマイ！　軽すぎるか。かぁ――！　残念だったね！　気持ち分かるよ！　いやいや、わたしなんかに分かってたまるか。どうしよう。考えろ、考えるんだ。

う～～～～～～ん！　ダメだ！　なんも出てこない！

頭から湯気を出しそうなわたしに気付いて、キョロちゃんは「ダメだったかぁ～！」と額を押さえてオーバー気味に笑った。

「ごめんね、日菜！　でも次は頑張るから！」

「キョロちゃん、大丈夫。大丈夫？」

「大丈夫大丈夫。そりゃショックだけど、でもしょうがないって！　次だよ次！　次こそは絶対ものにしてみせるから！」

「でもぉ……」と背中を丸めるわたしの頭をキョロちゃんがぽんぽんと優しく叩く。

「なんで日菜が落ち込むのさ。僕なら平気だって。あ、そろそろバイトだ。今日から新しい案件を手伝うんだ。大船《おおふな》にできる商業施設で、低層階がショッピングモールで上がオフィスって造りなんだ。人手が足りないから模型作りも手伝ってほしいって頼まれちゃってさ。だから今日は帰るの遅くなるよ。ご飯は大丈夫だからね。さてと、そろそろ行こうかな。打ち合わせに遅れちゃうや」

早口で一気にわーっと話すと、キョロちゃんは足早に店を出て行った。ドアが閉まると同時に深いため息が自然と漏れた。換気扇の下で煙草を吸っていたエンさんが「どうしたの～？　ため息なんてついて～」と不思議そうにわたしを見ている。

「キョロちゃん、かなりショック受けてたから」

「え～、でも元気そうだったじゃ～ん」

「キョロちゃんの口、きゅってなってたの分かりました？　それって落ち込んでるときなんです。あと早口で一気にしゃべるときも。悲しい気持ちがバレないように誤魔化してるんですよね」

「ふーん、さすが彼女ね～。よく見てるわ」

「どうやって慰めよう……」

「ほっとけば～？　もういい大人なんだからさぁ～」

「えー、でもキョロちゃんってめちゃめちゃマイナス思考なんですよ。わたしの中のネガティブランキング断トツ一位だし。前のコンペに落ちたときなんて一ヵ月くらい食欲なかったし、その前なんて一人旅に出かけちゃったんです。高野山《こうやさん》に修行しに行くって。

結局そのときは高野豆腐買ってきただけで、ずーっと落ち込んだままだったし」

「でも今日はバイトなんでしょ？　働く元気があれば大丈夫じゃないの？」

「多分バイトって嘘です。今夜は一人でやけ酒だと思うなぁ」

「なんでもお見通しなのね～」エンさんは感心感心と笑っている。「誠君って見た目からして繊細そうだもんね。大変ねぇ、ネガティブな彼氏を持つと」

「でもキョロちゃんには頑張ってほしいから」

「そうね。二人の夢のためにも頑張ってもらわなきゃね」

「それもあるけど、でも一番はキョロちゃんに立派な建築家になってほしいんです。そのためなら、わたしにできることはなんでもしてあげたくって」

「はぁ～、日菜ちゃんって尽くす女ねぇ～。わたしはそういうの絶対無理だなぁ～」

エンさんは咥《くわ》え煙草のまま、外国人みたいに両手を顔の横で広げて首を振った。

「そもそも彼ってなんで建築やってるの？　日菜ちゃんとの夢を叶えるためだけに頑張ってるわけじゃないでしょ？」

「元々は大きな建設会社で図面を引いてたみたいなんです。でも三年くらい働く中で、これでいいのかなぁって疑問に思ったらしくて。それで尊敬する真壁哲平って人の建物を見て回って気付いたんですって。自分も誰かの人生や生活に寄り添う建物を造りたいって」

「で、独立したわけか。その真壁哲平って人は有名なの？」

「建築の世界では有名らしいですよ。真壁さんが造る家はどれも機能的で自然を上手《うま》く生かしてるってキョロちゃんが言ってました。目標なんですって。僕もいつかあんな家を造りたいって」

「ふーん。てことは誠君は戸建てを造りたい人なのかな？」

「どうなんだろ？　別に戸建てに限ってるわけじゃないと思うけど。あ、でもキョロちゃんにとって家って大事なものなんです。前に酔っぱらったとき話してくれたことがあって。家を買うときって結婚したり子供ができたり、人生が上り調子のときだけど、でも人生は山あり谷ありだから辛《つら》くて苦しいときもある。だから僕は誰かの長い人生に寄り添える建物を造りたいって。彼の育ったおうちはみんなバラバラだったんですって。きっとそういう過去も関係していると思うんですよね」

「へぇ、彼は彼で苦労人なのね」

「その話を聞いたとき思ったんです。人の何十年っていう時間を支える建物を造るのって素敵だなって。わたしは夢とかなんにもないし、人より優れた才能もないから、そういうのが羨《うらや》ましくって。だから付き合ったとき決めたんです。キョロちゃんが誰かの人生を支える建物を造るなら、わたしはそんな彼を支えようって。それがわたしの生きる理由なのかもって。ちょっと大げさですけど」

エンさんは煙草を灰皿でもみ消すと、店の隅っこにあるアンティーク調の赤茶色の戸棚へと向かった。観音開きの扉を開くと、ギギギと重たげな音が響く。そして物がぎっしり入った棚の中から便箋と桜色の封筒を取り出して、こっちへ戻って来た。

「じゃあさ、手紙でも書いてみたら？　未来のお互いに」そう言って便箋と封筒をこちらに向けた。わたしは意味が分からず「未来のお互いに？」と鸚鵡返《おうむがえ》しにした。

「昔、嫌なことがあったとき手紙を書いたんだ。一年後とか五年後の自分に。その頃になればきっと悩みなんて解決してるだろうし、遠い未来のことを考えたら今の苦しみなんてちっぽけに思える気がしてね。今となっては手紙の内容なんてまるで覚えてないけど、でも何度かこれで救われたことだけは覚えてるんだ。だから日菜ちゃんたちも書いてみなよ。未来のお互いに手紙をさ」

渡された便箋を手に尻込みしてしまった。夏休みの宿題を嫌がる子供みたいに便箋を遠ざけて「でも、わたし文才ないから」と弱々しく呟く。

「文才？」とエンさんが瞬《まばた》きを二、三度繰り返した。

「小学生の頃、読書感想文を書いたら先生に言われたんです。『相澤さんの文章は支離滅裂で言いたいことがちっとも分かりません』って。だからきっと上手く書けません……」

エンさんはおなかを押さえて「あはは」と笑った。

「そんなの書きたいことを書けばいいんだって〜」

「えー！　でもキョロちゃんにちゃんと気持ち伝わるかなぁ」

「良い手紙を書くコツはたったひとつ。素晴らしいことを書こうとしない。それだけよ」

エンさんはそう言うと、ウィンクをしてボールペンの柄をこちらに向けた。


その夜、キョロちゃんは案の定酔っぱらって帰って来た。仕事の付き合いで飲んだって言っていたけど、でも多分嘘だ。一人で憂さ晴らしをしていたんだろうな。随分悪酔いしたみたいでトイレで何回か戻していた。涙を流しながら青白い顔をしている姿は可哀想で見ていられない。ペパーミントティーを淹れてあげると、キョロちゃんは美味しそうにそれを飲んでくれた。

「はぁ……。ちょっとすっきりしたよ」

彼はソファの背もたれに頭を預けて天井を見上げた。わたしはその隣にちょこんと座ると、

「ねぇ、キョロちゃん。手紙書いてみない？」

「手紙？　誰に？」キョロちゃんは視線だけをこちらに向けた。

「未来のわたしたちに。あのね、今日あのあとエンさんが教えてくれたの。未来の自分

に手紙書くと気分がすっきりするんだよって。だから何年後かのお互いに書いてみない？　それでタイムカプセルにして埋めて夢が叶ったときに二人で掘り起こすの。……どうかな？」

　彼はしばらく黙っていた。胸がドキドキする。余計なお世話だったかな。

「もしかしてバレてた？　落ち込んでるの」

「うん、まあね。結構バレバレだったかも」

「そっかぁ。上手く誤魔化せたって思ったんだけどな」

　キョロちゃんはわたしの膝に頭を預けた。そんな彼が可愛くて、よしよしって髪を撫でてあげる。

「そんなの見れば分かるよ。キョロちゃん落ち込みやすいし。それに今回のコンペはいつも以上に一生懸命だったし、自信もありそうだったから。真壁さんに認められなかったことが一番のショックだったんだよね」

　彼はふぅっと大きな吐息を漏らして、眼鏡を外して薄く笑った。

「やっぱ日菜には敵《かな》わないや」

「ごめんね。もうちょっとそっとしておいてほしかった？」

「ううん。心配してくれて嬉しいよ。慰めてもらってばかりで情けないけどね」

「そんなこと。困ったときは支え合おうって約束でしょ？　恋人ルールだよ」

キョロちゃんは身体を起こすと、わたしとまっすぐ向き合った。

「でも次は必ず結果を出すよ。強がりじゃなくて本当に。今よりもっと頑張るから」

「うん。わたしは信じてるから。キョロちゃんには才能があるって。絶対絶対大丈夫だって。なにがあっても信じてるからね」

キョロちゃんの目が潤んでゆくのが分かった。こっちまで感極まってしまう。

「キョロちゃんなら——」口を開いたら涙声になっていた。「いつかきっと、たくさんの人の人生を支えられる、そんなかけがえのない建物を造れるよ」

笑おうとして目を細めた拍子に涙がぽろっと一粒こぼれた。彼は洟《はな》をすすって「泣き虫だなぁ。どうして日菜が泣くのさ」と指先で涙を拭ってくれた。だけどキョロちゃんも泣きそうだ。

「でも嬉しい。すごく嬉しいよ。ありがとうね、日菜」

「わたし思うの。キョロちゃんはネガティブだけど、ポジティブなわたしといればいつでもプラスマイナスゼロでいられるって。だからキョロちゃん——」

わたしは彼に抱きついた。

「ずっと一緒にいようね」

キョロちゃん……。あなたはわたしをうんと大事にしてくれるね。大切にしてくれるね。キョロちゃんが頑張ってるのは、わたしとの夢を叶えるためだもんね。そのことがすごく嬉しいの。こんな風に愛されたことなんてなかったから、わたしのために一生懸命になってくれることがたまらなく嬉しいよ。今起こっていることが全部夢みたいって思っちゃうくらいに。

「日菜、今から手紙書こうか」

「うん！　わたしも頑張って書くよ！　文章力ないけど！」

「よし。じゃあ明日の夕方埋めに行こう。どこがいいかな？」

「あ、あそこにしようよ！　片瀬山《かたせやま》の『海の見える丘公園』！」

「いいね。そうしよう」

彼が笑ってくれると、わたしはうんと幸せだ。

だからこれからも二人で同じ幸せを分かち合って生きていきたい。ずっと一緒に。


次の日の仕事終わり。六時半に店を閉めると、キョロちゃんがレインドロップスまでバイクで迎えに来てくれた。片瀬山の一帯は住宅街になっていて、その外れには湘南の街と太平洋《たいへいよう》を見渡せる小さな公園がある。休みの日はよくここで景色を眺めたり、手作りのお弁当を食べたりしてのんびりしている。言うなれば、ここはわたしたちにとっての特別な場所だ。

公園に着くと、手すりの向こうの夕焼けがあまりに綺麗で自然と駆け足になった。

「キョロちゃん！　海が綺麗だよ！」手招きするわたしの隣に立つと、彼は手すりにもたれて「本当だ」と眩《まぶ》しそうに目を細めて笑った。昨日よりもすっきりした顔でちょっと安心した。

夕陽《ゆうひ》に煌《きら》めく海は万華鏡みたいだ。その輝きの中に浮かぶ江《え》の島《しま》はまるでくじらだ。富士山《ふじさん》の姿もはっきり見える。わたしたちは手をつないでしばらく景色を眺めた。

お店で貰ってきた小さな紅茶の缶に手紙をしまっている間に、キョロちゃんがアラカシの若木の下に持参したスコップで穴を掘ってくれた。汗を拭うとほっぺに土が付いてしまったのでハンカチで拭いてあげる。泥遊びをした子供がお母さんに汚れを取ってもらっているときみたいに目をきゅっと閉じている。その姿が愛くるしい。

それから缶を穴に埋め、わたしたちは顔を見合わせてにんまり笑った。

「手紙ね、あんまり上手く書けなかったんだ」

わたしは情けなくため息を漏らした。

「そんな、構わないよ」

「ほんと？　全然上手く書けなかったんだよ？」

「頑張って書いてくれたんでしょ？　その気持ちだけで嬉しいよ。ちなみに、なんて書いたの？」

「それは内緒でーす」

いーっと歯を見せると、キョロちゃんはぷっと吹き出した。でも、ふと真面目な顔をして、

「日菜の手紙を読めるのは夢が叶ったときか。早く掘り起こせるように頑張るよ」

「わたしも早く読みたいな。あ、でも焦らなくていいからね？」

「焦るって。時間なんてあっという間に過ぎちゃうんだから。急がないと」

「もー、キョロちゃんはせっかちだなぁ」

焦りすぎるところが彼の悪い癖だ。でもそれはわたしたちの夢を叶えるために一生懸命になってくれているってことだもんね。そう思うと嬉しいな。

落ちていた木の枝を拾って「わたしたちの夢のおうち描いて」と彼に渡した。滑り台の上に登ってキョロちゃんを見下ろすと、彼は咳ばらいをひとつして「では、僕らの夢の家をご説明しましょう」と少しおどけて頭を下げた。わたしの拍手を合図に、彼は地面に絵を描きはじめた。

「僕らの夢の家は、眺めの良い場所にある小さな町のようなところなんだ。円形の広場を囲うように家が点々とこんな風に、五戸から七戸くらいかな？　建っているんだ」

真ん中に丸い広場を描いて、その周りに家が点在するように小さな四角を描いた。

「この広場は子供たちの遊び場で、山があったり砂場があったり、トンネルや遊具なんかもある。休みの日は子供たちがここで遊ぶんだ。鬼ごっことか、かくれんぼをして」

「楽しそう。わたしも一緒に遊んじゃおうかな」

「夕方になると、広場を囲うように建っている家からお母さんたちが子供を迎えにやって来る。『ごはんの時間よー』って」

「いいなぁ、幸せそう。ねぇ、雨のやつはどこにあるの？」

「ここだよ」彼は広場の東の端っこを枝で指した。「ここに小さな四阿《あずまや》を造るんだ」

「雨の日には特別な仕掛けが起こるんだよね」

「その通り。雨が楽器になるんだ。四阿の周りに水瓶《みずがめ》をいくつも置いて、雨粒が落ちると反響音でいろんな音が鳴り響く仕掛けになっている」

「しかも降る雨の強さとかによって音はいつも違う。ひとつとして同じ音色はないんだ――でしょ？　何度も聞いてるから覚えちゃったよ」

キョロちゃんがわたしを見上げた。優しい笑顔が夕日に映える。

「このアイディアは日菜がくれたものだよ。雨は悲しいものじゃない。そう教えてくれたのは日菜だから」

「わたしも少しはキョロちゃんの役に立ってるんだね」

「少しどころじゃないよ。日菜には助けられてばっかりだよ」

「ふふ、今日は大サービスですね。なんか悪いことでもしてるんじゃないの？」

「バレたか」と彼は冗談っぽく悪い顔をしてみせた。

「ねぇねぇ、わたしたちの家はどこにするの？」

「そうだな。この四阿の一番近くにしようか」

「じゃあ雨の日には綺麗な音色がたくさん聞こえるね」

キョロちゃんが微笑んで頷いた。素敵な笑顔だ。胸がきゅんとなる。彼の笑顔が見られるたび、わたしはいつも思っちゃう。世界で一等幸せ者だって。

空から雨が落ちてきた。

こんなに晴れているのに、太陽が輝いているのに、どうして雨が降るんだろう。こういう天気のことを空が泣いているって意味で〝天泣《てんきゅう》〟と言うらしい。キョロちゃんが教えてくれた。

夕日に照らされた雨は、目の前の空気が光り輝いているように綺麗だ。六月の終わりの蒸し暑さを一瞬で吹き飛ばしてくれるような、そんな冷たくて美しい雨。

「恋の涙だね」キョロちゃんが空を見上げて言った。「今日も誰かがどこかで、大切な人のことを想っているんだろうね」

「そうだね……」わたしも滑り台の上で空を見つめた。

今日もこの世界は誰かの想いで回っている。誰かが誰かを愛する気持ちで、誰かが誰かに恋する気持ちで、世界は回っているんだ。非科学的でありえないことだけど、そう思うとこの世界はすごく美しい。わたしがキョロちゃんを好きな気持ちも、きっと世界を動かす小さな力になっているって、わたしはそう信じたい。

「そろそろ帰ろうか」とキョロちゃんが手を差し伸べてくれた。

「うん！」と滑降面をすいっと滑って彼の手をしっかり握る。冷たい雨の中でもキョロちゃんの手はとっても温かい。彼の温度を心で噛みしめる。涙がこぼれてしまうほど優しいぬくもりだ。

ほどけないように貝殻つなぎをする。

晴れ間から降り落ちる美しい雨の中、わたしたちは微笑み合って歩き出す。

世界中の幸せのすべてが、この雨の中にあるように思えた。

でも、わたしたちはまだ知らなかった。

なにも知らなかったんだ……。

この雨が、二人を引き裂く〝奇跡〟のはじまりだということを。

間章

いつもと同じ朝だ――。いや、朝というものはここには存在しない。だからこれは皆が便宜的に〝朝〟と呼んでいるだけのかりそめの朝だ。今日もいつもと同じ仕事がはじまる。でも今朝は普段とは違い、妙な予感が胸中で渦巻いている。なにかが起こりそうな、そんな淡い予感だ。

喪服に着替えると、彼は木張りの廊下をのんびりと歩いた。長い廊下だ。本当に長い長い廊下だ。先が見えないほどの長い廊下を根気強く歩き続けると、やがて突き当たりに木製のドアが見えてきた。ニスで艶めいているドアの上には『大貫班《おおぬき》』という木札が掲げられている。ここが彼の職場だ。

大貫班のメンバーは四人。彼らだけでは持て余してしまうほど広い部屋だ。真ん中には円卓が据えてあり、周りには椅子が四つ。壁に沿って木製の書棚が並んでいて、何百ものファイルがしまってある。東側の壁には一メートルほどの高さの茶箪笥《ちゃだんす》がある。その上にはエスプレッソマシーンがぽつんとひとつ。大正時代の洋館を思わせるこの建物にはいささか不釣り合いな最新機器だ。丸みを帯びたそのフォルムを見ていると、どこか遠い未来から間違えてやって来たタイムマシンのように思える。とはいえ、どこの未来から来たとしてもこのエスプレッソマシーンは重宝している。毎朝これで淹れたてのエスプレッソを飲むことが彼のささやかな楽しみだ。しかし若干の不満もある。どうせエスプレッソを飲むのならマキネッタで淹れたいのだけれど……。

以前そのことを班長である大貫に話したことがある。すると「君は相変わらずコーヒーにうるさい男だな。こだわりの強い男は女性から嫌われるよ?」と茶化されてしまった。彼は少しムッとして言い返した。

「女性に好かれてもここでは意味がないように思うのですが。だって僕らは――」

大貫は彼の顔の前で人差し指を立てて薄く笑った。

「これはただの世間話だよ。我々も人間と同じようになに気ない会話をしておく必要がある。そうでないとゲストと話が合わないからね。分かるだろう? 僕らの仕事は基本的に接客業なんだからさ」

接客業か。確かにそうかもしれないな、と彼は思った。

この部署に配属されて五年。未《いま》だゲストと遭遇したことはないが、前に所属していた部署――以前は『査定部』というところにいた――では日々多くのゲストと面談をしてきた。彼らはひどくナーバスだ。でもそれは仕方ないことだ。突然この場所に放り込まれれば誰だって混乱する。気持ちは痛いほど分かる。そんなゲストをなだめるためには、ささやかな世間話も必要な武器になるのだ。我々〝案内人〟にとっては。

「――明智《あけち》」

エスプレッソの香りが部屋中を包みはじめた頃、背後から名前を呼ばれて彼は振り返った。若い女が立っている。日本人形のような整った顔に艶のある黒髪。一直線に切り揃えられたおかっぱ頭がとても良く似合っている。若々しい肌は十代の少女そのもので、あどけなさが残る幼い顔と黒いアンサンブルの喪服はアンバランスにすら思えた。ワンピースの腹の辺りには大ぶりのリボンが付いている。彼女はほっそりとした指先でそのリボンの位置を直していた。

「おはようございます。能登《のと》さん」

「ああ、随分早いな」

そう言うと、能登は南向きの窓に近い一席に腰を下ろした。ここが彼女の定位置だ。

「いつもだいたいこのくらいですよ。あ、エスプレッソ飲みますか?」

「いらん。舶来品は好かん。日本茶を淹れてくれ」

明智はやれやれと眉尻を下げると、エスプレッソマシーンが置いてある茶簞笥から急須《きゅうす》と茶葉を取り出した。能登は少女のように見えるが明智の先輩だ。この部署で一番下っ端の彼はこんな雑用も当然任される。大貫班は体育会系なのだ。

「そういえば、今日から新しい案件がはじまるんですよね」

「知っていたか。誰から聞いた？」

「権藤《ごんどう》さんからです」と急須に熱湯を注ぎながら背中で答えた。

「まったく、あいつは相変わらずの噂《うわさ》好きだな」能登は呆《あき》れたようにため息を漏らす。

「このあと大貫さんから発表されると思うが、今日から新しい〝奇跡〟がはじまる」

明智は首だけで振り返った。「奇跡の内容は？」

「さあな。そこまでは知らん。事前通達されるのは班長だけと決まっている」

「僕、初めてなんですよね。案内人として奇跡に携わるの」

「お前のようなひよっこならばそうだろうな。わたしも担当したのは五回だけだ」

「たったの五回ですか？　能登さんってここで働き出して百年近く経つんですよね？

それにしては少ないような」

「当たり前だろう。奇跡がそう何度も起こるわけがない」

「確かに」明智は軽く笑った。「それであの、担当ってなんですか？」

明智が置いた湯呑《ゆの》みを取ると、能登は薄い唇をその縁に付けた。そして「お前はなにも知らんなぁ」と呆れながら茶を一口すすった。

「奇跡案件がはじまると我々案内人の誰かが担当として対象者に付く。目的は対象者のサポートだ。もちろん奇跡が上手く進行しているか、進捗を監視する役目でもある」

「じゃあ今回も僕らの誰かが担当に？」

「恐らくわたしだろうな。前回は権藤だったし、大貫さんは班長だから担当は持たない。そしてお前はまだまだ使えん未熟者だ。茶を淹れるときは湯を少し冷ませ。阿呆《あほう》が」

「すみません……」

「いやぁ～、おはようさん！　おはようさん！」

よく通る大声と共に、ぎょろっとした目が特徴的な権藤が入って来た。もちろん彼も喪服姿だ。

「今日から新しい案件がはじまりますなぁ！　能登さんご愁傷さま！　僕はもう奇跡はこりごりですわ。疲れますわ、ほんま。これ話しましたっけ？　前に僕が担当した案件、拘束期間が十年でっせ？　信じられます？　十年！　毎日毎日残業続きでほんま地獄でしたわ。ま、ゆーてもこの場所自体が地獄みたいなもんですけどね。だはは！」

権藤は胡散臭《うさんくさ》い関西弁でのべつ幕なしに話し続ける。明智は仕事の支度に取り掛かりながら、能登は茶の残りを飲みながら、彼の話を聞くともなく聞いている。この光景もいつも通りだ。

やがて権藤のマシンガンのような世間話を遮《さえぎ》るように、班長の大貫が「おはよう」と入って来た。顎に蓄えた鬚《ひげ》は今日も綺麗に整っていて、喪服姿も惚《ほ》れ惚《ぼ》れするほど決まっている。

「さてと、朝礼をはじめようか」

大貫の言葉と共に、彼ら案内人の一日がはじまる。

明智はノートを広げ、大貫が告げる今日のスケジュールを丁寧にメモしていた。この日は予定が目白押しだ。午前中は執行部会――『執行部』とは明智たちが所属している部署だ。『執行部大貫班』である――。午後はコンプライアンス委員会と内部監査説明会。そしてブランド推進検討会議。とにかく委員会や会議が多いのがこの部署の特徴だ。

ひとしきり連絡事項を伝達すると、大貫は「さて」と仕切り直した。

「すでに知っている者もいると思うが、今日から新しい奇跡案件がはじまる。さっき判定部から正式に対象者二名の情報と奇跡の概要が言い渡されたよ」

「二名!?　今回の奇跡対象者は二名ですか!?」

権藤は出っ張った太鼓腹を円卓の上に乗せるようにして前のめりになった。

「ああ。二人同時に奇跡を執行する」

「てことは忙しさも二倍。いやぁ〜、能登さん！　ほんまご愁傷さまです！」

同僚の苦労が嬉しいのか、権藤はニヤニヤと下衆《げす》な笑みを能登に向ける。しかし彼女は無視して「奇跡の内容は？」と大貫に訊《たず》ねた。彼は広げたバインダーに目を落とすと、そこに書かれた内容を今一度確認するように注視した。そして一呼吸空け、形の良い唇を動かしてこう言った。

「ライフシェアリングだ」

明智の右眉がぴくりと動いた。じんわりと手が汗ばむ。動悸《どうき》が速くなって呼吸が乱れてゆく。身体が拒絶反応を示しているみたいだ。

大貫はそんな明智の表情を一瞥《いちべつ》したが、話を続けようとする——と、

「……反対です」

明智の声が室内に重く響いた。

「明智君？　どないしたん？」権藤が隣の席から顔を覗いてくる。

明智は椅子を倒さんばかりの勢いで立ち上がった。

「僕はライフシェアリングには反対です！　だってあれは——」

「黙れ」能登がぴしゃりと制した。「お前の気持ちなどどうでもいい。奇跡とは実験でもあるんだ。与えられた奇跡の中で人がどう生きてゆくか、それを観察するのも我々案内人の大事な役目だ」

観察だって？　人の命をなんだと思っているんだ。

明智は憤りを込めた視線を能登に向けた。しかし彼女が怯《ひる》むことはない。それどころか逆に明智のことをはったと睨み返した。

「奇跡対象者がどうなろうが我々には関係ない。わたしたちの仕事は奇跡を見届ける、ただそれだけだ。余計な私情を挟むな」

「まぁまぁ、二人ともその辺で」大貫が両手を広げて止めに入った。

明智は我に返って「すみません」と椅子に戻る。しかし納得のいかない靄《もや》のようなものが腹の底に残っている。まだ少し頭に血が上っていた。

「それで今回の担当者だけど」と大貫が一同を見やる。

能登は覚悟の上といった表情。しかし大貫は明智に視線を向けると、

「明智君。君に任せようと思うんだ」

僕が担当？　言葉の意味は理解できたが、どうしても飲み込むことができない。

権藤が隣で眉間に皺を寄せている。そして丸太のように太い腕を組むと、

「大貫さん、それ本気ですか？　明智君にはちと荷が重いんとちゃいますかねぇ」

「そんなことないさ。これは一人前の案内人になる良いチャンスだ。そう思わないかい？　明智君」

明智は口を閉ざしていた。自分の気持ちが整理できなくて、なんと答えたらいいか分からない。じれったくなったのか、能登が「どうなんだ、明智」と苛立《いらだ》ちの籠《こ》もった声をぶつけてきた。

一同の視線が刺さる中、彼は静かに首を横に振った。

「僕は、できません……」

大貫が「そうか」と頷く。しかし不甲斐《ふがい》ない部下に落胆している様子は微塵《みじん》もない。すぐさま「じゃあ能登さん、悪いけど君が担当してくれるかな？」と彼女に微笑んでみせた。

能登は明智の心中を見透かすように落胆のため息を漏らすと「分かりました」と大貫に視線を戻した。情けない男だ、とでも思っているのだろう。

大貫は爪先でバインダーの文字を追いながら話を続ける。

「奇跡対象者は若い男女だ。一人は雨宮誠。二十六歳。建築家――と言っても、まだ卵ちゃんだけどね。そしてもう一人は相澤日菜。この間二十三歳になったばかりだ」

「二十三!?　そんな若いのに！　かぁ～可哀想に」と権藤が大げさに顔をしかめた。

「彼女は湘南にあるレインドロップスというカフェで働いている。所謂《いわゆる》カフェ店員ってやつだね」

「カフェ店員！　うわ！　めっちゃええ響きですやん！　カフェ店員って響きだけでむっちゃポイント高いですからね！　だはは！」

「じゃあ能登さん、二人の情報を確認してすぐに迎えに――」

「あの！」

一同が再び明智に注目する。

大貫は「どうした？　明智君」と怪訝《けげん》そうに顎鬚を撫でた。

「あの、やっぱり……」

明智は俯《うつむ》きがちだった顔を静かに上げると、

「やっぱり僕に担当させてもらえませんか？」

「なになに？　明智君、カフェ店員に心惹《ひ》かれたん？　俗っぽいなぁ自分！」

だはは！　と大声で笑う権藤を無視して、明智は大貫に強いまなざしを送った。大貫は無言のまま彼を凝視する。覚悟のほどを窺《うかが》っているようだ。その威圧感に思わず目を背けたくなる。

「本当に、いいんだね？」と大貫が念を押すように訊《たず》ねた。

明智は「はい」と首に顎をくっつけるようにして深く頷いた。

「よし。じゃあ能登さんは彼のフォローに入ってくれるかな？」

「分かりました」

能登は大きな瞳を横に動かして明智を見た。眼光炯々《がんこうけいけい》としている。彼女が言わんとしていることは分かる。しかしその視線には気付いていないフリをした。

大貫が「では――」と部下たちを見やった。

「今回の奇跡担当は明智君だ。フォローは能登さん。さて明智君、いよいよ初仕事だ。すぐに二人を迎えに行ってくれ。二人は今、事故を起こして病院に搬送されている。場所は慶明《けいめい》大学湘南病院。詳しいことはこの資料の中にあるよ」

大貫から渡されたバインダーを開くと、最初のページに二人の対象者の顔写真が載っていた。ガラス細工を思わせる繊細そうな青年と、ひまわりのような華やかな笑顔が印象的な若い女の子だ。

この二人がライフシェアリングを行うのか。

可哀想に……。明智はバインダーのページを見つめながら思った。

どうか二人にとってこれから起こる奇跡が幸福なものになってほしい。

この二人の幸せを、心から願わずにはいられなかった。

第二章　二人の奇跡

目が覚めたとき、僕は見知らぬ一室にいた。

その部屋は呆れるほど広く、無垢材のフローリングと汚れひとつない白い壁に囲まれている。中央には正方形の木の机がひとつ据えられており、周りには椅子が四つ。机も椅子もニスを塗ったばかりのようで気味が悪いくらい照り輝いていた。

ここはどこだ？　どうして僕はこんなところに座っているんだ？

注意深く辺りを見回すと、まず目についたのは縦長の窓。上下の窓のどちらも動かすことのできるダブルハング・ウィンドウだ。外から差し込んだ陽光が床に四角い陽だまりを作っている。

首をぐるりと回して辺りをもう一度よく観察した。天井には花冠の形をしたガラスシェードの三灯式シャンデリア。それを中心に大きな円を描くように漆喰《しっくい》彫刻が装飾してある。目を凝らすと、りんごや木苺《きいちご》などが彫られているのが分かった。まるで旧古河邸《ふるかわてい》のようだ。ということは、ここはどこかの洋館なのだろうか？　いや、でもおかしいぞ。

壁のペンキは真新しくて、昨日工事を終えたばかりのようだ。古さを一切感じない。それが妙な違和感を与える。そうだ、この建物には〝時代の風合い〟というものがまったくないのだ。

とにかく部屋を出てここがどこかを調べよう。僕は立ち上がり背後のドアへと足を向けた。ドアも机や椅子同様に真新しい。ドアノブは陽の光で金色に怪しく輝いている。ノブを握って右にぐいっと捻《ひね》った――が、

開かない……。どういうことだ？　まさか、閉じ込められているのか？

ノブを握る手がぐっしょりと汗ばむ。怖くなってドアを二回、思いっきり叩《たた》いた。

「すみません！　誰かいませんか!?」

しかし反応はない。踵《きびす》を返して窓辺へ急ぐ。ガラスに手をつき、陽光に眩《くら》みそうな目を細めて窓外を見る。と、眼前の思わぬ光景に僕は絶句した。

そこには、なにも存在しない白い空間がどこまでも続いていた。文字通りなにもないのだ。地平線すら見当たらない真っ白な世界があるだけだ。

なんだよ、これ……。落ち着け、落ち着くんだ。どうしてここにいるかを思い出そう。しかし記憶はジグソーパズルのピースのようにバラバラだ。深呼吸をひとつ。それから記憶のピースをかき集めて立体化させることに全神経を集中させた。

未来のお互いに手紙を書くことになった。それで片瀬山の公園に行ってタイムカプセ

ルにして埋めた。それからだ。それからどうなった？

次の瞬間、電撃が全身を貫いた。それを合図に記憶の蓋が開くのが分かった。バイクのエンジン音。向かい風。強まる雨脚。スリップするタイヤ。ハンドルの自由が奪われ、ガードレールがものすごい勢いで迫ってくる。背後で聞こえる日菜の悲鳴。

そうだ！　日菜がいない！

捜さなきゃ……。窓を開けて脱出を試みようとしたがびくともしない。椅子を持ち上げ、思いっきり投げつけた。しかし椅子はガラスを突き破ることなく跳ね返って無残に床に落ちた。なんで割れないんだ。やっぱりこの建物は、なにかがおかしい。

背後でドアが開いた。ギイィィと不気味な音に背筋がぞくっとする。人の気配だ。ゆっくりとこちらへ近づいて来る。僕は汗ばむ両手を握りしめ、やっとの思いで振り返った。するとそこには、喪服姿の男が立っていた。聡明《そうめい》な顔立ちをした優しそうな男が薄く笑っている。

「こんにちは。案内人の明智といいます」

案内人？　なんだよ案内人って？　あれ？　でも待てよ。この人のこと、僕はどこかで……。いや、今はそんなことより——と明智と名乗る男に駆け寄った。

「あの！　日菜は!?　僕と一緒にいた女の子はどこですか!?」

「安心してください。彼女も今からここに来ますよ」

嘘をついている様子はない。優しい微笑みに少しだけ安堵《あんど》した。どうやら日菜は無事のようだ。ほどなくして「キョロちゃん！」と彼女が入って来た。怪我《けが》ひとつない姿に涙がこみ上げる。強く抱きしめると、日菜は「痛いよ」と僕の腕の中で笑った。いつもの笑い声だ。

よかった。本当によかった……。

日菜の肩越しに見ると、開かれたドアのところに見知らぬ女性が立っている。見た目から推測するに十代後半だろうか。黒のアンサンブルの喪服に黒髪のおかっぱ頭。肌は絹のように白い。とても綺麗な女の子だ。彼女も明智と名乗る男の仲間なのだろうか？

「日菜、早くこの妙な場所から逃げ出そう」と僕は耳元で囁《ささや》いた。

「あのね、キョロちゃん。落ち着いて聞いてほしいの」日菜が腕を解いて僕を見上げる。

「びっくりしないでほしいんだけどね。びっくりしない？」

「しない……と思うけど」

「じゃあ言うね。いい？　言うよ？　わたしたちね、死んじゃったん──」

「ええぇ────!?　死んだぁ!?」

食い気味にびっくりしてしまった。

「なに言ってんのさ！　そんなのおかしいって！　だってほら、生きてるじゃん！」

胸の辺りを手のひらで力強く叩いた。痛みだってある。死んでいるわけがない。

「でも天使さんが言ってたの！　わたしたちは死んじゃったって！」

「天使さん？」

日菜は背後に立つ喪服姿の女の子を見た。彼女はかさ高な様子で腕を組むと「わたしたちは案内人だ。天使などではない。名前は能登という」と不愛想に言った。

「さっき能登さんに教えてもらったの。公園にタイムカプセルを埋めに行ったでしょ？　わたしたち、その帰りにバイク事故で死んじゃったんだって」

事故の記憶は僕にもある。でも死んだなんて信じられるわけ……あ、分かったぞ！

「もしかしてドッキリ!?　サプライズでしょ!?　コンペがダメだったから励まそうと思って！　もー、大丈夫だって。僕はもう元気なんだから」

「違うの！　本当に死んじゃったの！」

「分かった分かった。ていうかバレバレだよ。日菜は相変わらず嘘が下手だなぁ」

「おい、女。この男は理解力が乏しいな。バカなのか？」

バカ？　というか君、僕より年下だろ？　なんでそんなに偉そうなんだよ。

「仕方ないですよ、能登さん。誰だって初めは死を受け入れられないものですから」

この人たちは本気で言っているのか？　それともドッキリ番組のディレクターに命令されてやっているのか？　もしかしてどこかの劇団員だったりして。

「これ以上は時間の無駄だ。話を先に進めるぞ。おい、小僧」

ん？　小僧って僕のことか？　おいおい、いくらなんでも生意気すぎるぞ。

「お前たちは事故に遭って瀕死《ひんし》の重傷を負った。それは紛れもない事実だ。だから――」

「分かった！　宗教的なことですか!?　なるほどね！　助かったのは神様のお導きだって言って変な壺《つぼ》を売りつけようって魂胆でしょ!?　運気が上がる謎の壺を！」

「おい、女。この男は絶望的にバカだな」

「バ、バカじゃありません！　普段はわたしより何倍も頭がいいんです！　国立大学出てるし！」

さっきからバカバカって。いきなり死んだなんて言われて納得できるわけないだろ。

「小僧、まだ信じられんようだな。じゃあ事故の状況を詳しく教えてやる。いいか、お前はガードレールに頭を打ち付けて首が変な方向に曲がった。そしてバイクのハンドルが胴体に突き刺さって、腹の肉がチャンジャみたいにぐっちゃぐちゃになった」

「ぐ、ぐっちゃぐちゃ？」

「ああ、そうだ。ぐっちゃぐちゃだ。はらわたも出ていたな。ソーセージのように」

「……あのぉ、人体を食べ物に喩《たと》えるのはやめてくれませんか？」

「でもキョロちゃん！　チャンジャもソーセージも、どっちも美味しいよ！」

「それフォローになってないから」

「ご、ごめん」と日菜は肩をすくめた。

「いいか小僧、現実を受け止めろ。お前たちの肉体はもう助からん」

「いやいやいやいや！　そんなこと言われても信じられるわけないでしょ!?　第一にここはどこなんですか!?　窓の外にはなんにもないし、ガラスだって頑丈すぎるし、なにもかもが変ですよ！　ちゃんと分かるように説明してください！」

「では、まずは落ち着いて座りましょうか」と明智さんが僕に笑いかけた。

「エスプレッソを淹れるので、飲みながらご説明しますよ」


エスプレッソはそれなりに美味しかったけど、状況が状況だけにじっくり味わうことなんてできなかった。そもそも死んだのに味覚があるなんておかしな話だ。

「雨宮誠さんと相澤日菜さんでお間違いありませんね？」

明智さんの質問に、日菜が「はい」とか細い声で答える。まだ少し緊張しているみたいだ。

「このたびはご愁傷様でした。あなた方は先ほどお亡くなりになりました。いや、厳密に言うと、お亡くなりになる状況にあります。肉体は今も現世の病院で手術中ですが、内臓の損傷も激しく、出血もひどい。このままでは確実にお亡くなりになります」

「だからそんなの信じられるわけないでしょ？　証拠を見せてくださいよ、証拠を」

僕が語気を強めると、明智さんは「証拠ですか？」と困り顔をした。

「ほら、証拠なんてないんでしょ？　早くここから出してください。でなきゃ警察呼びますよ」

「喚《わめ》くな小僧」

能登さんの視線がナイフのように刺さる。

この人の迫力はなんなんだ？　怖すぎるよ……。

「証拠はない。でもお前は覚えているだろう？　病院に喪服の男が迎えに来たことを」

その瞬間、頭の奥深くにある記憶のレバーがガチンとONに入るような感覚がした。

──雨宮誠君だね。

僕は病院のベッドの上で天使を見た。目の前の明智さんと天使の顔がリンクする。

この人だ……。僕は病院で明智さんに会っている。じゃあ本当に？

明智さんは「続けましょう」とバインダーのページをめくった。

「今現在、あなた方の身に起《は》きているのは〝肉体の死〟です。人は死を迎えると我々案内人によって肉体から魂を剝がされ、この場所へと連れて来られます。ここは『霊魂管理センター』と呼ばれていて、すべての生物の霊魂を管理しているところです。生物ごとに担当する局が異なり、『昆虫局』、『動物局』、『人間局』などに分かれています。人間局は言語ごとに担当区域が細分化されており、お二人が今いるのは日本語を母語とする人々が集まる『日本語圏支部』です。分かりやすく言えば〝三途《さんず》の川〟のようなところですね」

「死んじゃったらどうなるんですか?」日菜が恐る恐る顔の横で手を挙げた。

「まずは〝魂の査定〟を受けてもらいます。生前どのような生き方をしていたかをポイントに置き換えて魂の価値を測るのです。査定を終えた魂はリセットされ、獲得ポイントに応じた生物へと輪廻《りんね》します。輪廻までの時間はだいたい三十年から五十年。『保管部』という部署で責任を持って魂を管理します。ちなみにその際、死者にはひとつ特典が与えられるんです」

「特典?」

「一度だけ、現世で雨を降らすことができます」

「雨って、あの雨ですか? 空から降る雨?」日菜は目を丸くしている。

「ええ。時々晴れているのに雨が降ることがあるでしょう? あれは死者が降らした特別な雨なんです」

なにもかも信じられない。信じられるわけがない。

「死は恐ろしいものではありません。痛みもなければ苦しみも——」

「でも死にたくないんです!」と日菜が遮るように叫んだ。

「わたしたち、まだやらなきゃいけないことがあるんです。夢だってあるんです。わたしはいいんです。元はと言えばわたしがあの公園に行こうって言ったのが原因だから。

でもキョロちゃんは……キョロちゃんだけは生き返らせてください！　お願いします！」

「待ってよ！　日菜が一緒じゃなきゃ意味ないって！」

「二人とも落ち着いてください」と明智さんが僕らをなだめる。そして「ご安心を」と微笑んだ。

「あなたたちは死にませんよ」

「死なない？」僕たちは声を揃えた。

「ええ。お二人は選ばれたのです。〝奇跡対象者〟として」

「奇跡対象者？」意味が分からず鸚鵡返《おうむがえ》しにすると、日菜が「本当に死ななくていいんですか!?」と身を乗り出した。興奮しているようで鼻息がかなり荒い。

「ただし、現世に戻るにはひとつだけ条件があります。あなた方はこれから――」

一瞬のためらいが見て取れた。能登さんが彼に視線を送る。しっかりしろと言いたげな瞳だ。明智さんは首を縦に振ると、緊張の滲んだ顔を僕らに向けた。

「あなた方はこれから、ひとつの命を奪い合いながら生きていただきます」

「ひとつの命を奪い合う……？」

「ええ。これは『ライフシェアリング』という制度です」

ライフシェアリング？　聞いたことのない言葉だ。

「あなた方には奇跡として二十年の命が提供されます。しかしそれは〝二人で二十年の命〟です。一人が半分の十年を所有し、互いにそれを奪い合いながら生きてゆくのです」

日菜の頭の上にはクエスチョンマークが浮かんでいるみたいだ。もちろん僕も同じ気持ちだ。だから「もっと分かりやすく教えてください」と明智さんに頼んだ。

「失礼しました。これは幸福をバロメーターにして命を奪い合う制度です。これからあなた方は普段の生活に戻っていただきます。しかしその中でどちらか一方が幸せを感じたら、相手の命を一年奪うことができる。その逆に、不幸を感じたら相手に命を一年奪われることになります」

「なんなんですか、その制度？　意味が分からない」僕は吐き捨てるように言った。

「じゃあ仮に、二人が同時に幸せを感じたら、そのときはどうなるんですか？」

その質問には能登さんが答えてくれた。

「二人同時に幸せを感じても各々が得る〝幸福量〟は違う。生まれ持った体質や性格によって変わるものだ。もちろん不幸も同様だ」

「その幸福量っていうのは、どうやって測るんですか？」と日菜が訊ねた。

「それにはこの腕時計を使う」能登さんが黒い箱をテーブルに置いた。中には角の丸い正方形の腕時計がふたつ並んで収まっている。文字盤はなく、スマートウォッチのような形をしている。ひとつは黒色。もうひとつはシックな赤色だ。黒の時計よりも若干小さい。女性用だろうか？

「着けてみろ」と能登さんはテーブルの上で箱を滑らせ、時計をこちらへ渡した。

「でもこれを着けたら……と戸惑う僕らを見て、彼女は「安心しろ。着けてもライフシェアリングははじまらない」と少々面倒くさそうに言った。

僕らは恐る恐る時計を着けてみた。その途端に電源が入り、画面に『計測中』という文字が現れた。文字盤に理解不能な文字が羅列される。なにかを計算しているようだ。そして『認証完了』の文字と共に画面が切り替わり、車のタコメーターのようなものが表示された。左から0、1、2、3……と、10まで順に数字が振られていて、ちょうど真ん中の5のところで針が止まっている。そのメーターの下にはデジタル数字で『10』とある。この数字は一体なにを示しているのだろう？

「針が5を指しているだろ。それが心がフラットな状態だ。なんの喜びも悲しみも感じていないことを示している。だが、ひとたび不幸を感じれば針は0の方へと移動する」

能登さんの言葉を合図に、針が4、3、2、1……と動いてゆく。

「小僧が不幸を感じて針が0を指したとする。するとお前の命は一年、女に奪われる」

針が0を指すと、ピコン！　という音が鳴ってメーターの下の文字が『9』に減った。

「あ、こっちの時計、11になったよ！」

彼女の赤い時計を覗いてみると、メーターの下のデジタル数字が『11』に変わっていた。この数字は恐らく僕らが所有している〝余命〟を記しているんだ。

「これで小僧の命は残り九年。女の命が十一年になった。一度命のやり取りが完了するとメーターの針はまた5の位置に戻る」

ディスプレイを確認すると、針は5を指していた。

「今度は小僧が幸せを感じたとする」

僕の時計の針がメーターの10を指す。シャリン！　という景気の良い音が鳴って、メーターの下のデジタル数字が『10』に戻った。

「これで命を取り戻したことになる。とまぁ、こんな感じで命を奪い合いながら生きるんだ」

言い渡された情報を処理するだけで精一杯だ。感覚的には理解できるが、でもこれが現実の出来事として我が身に降りかかっているとはにわかに信じがたい。

「さっきも言ったが、このメーターの動き方は人それぞれで異なる。実際にどのような動き方をするかはライフシェアリングをはじめてみないとなんとも言えん」

そこまで言うと、能登さんは腕組みをして口をつぐんだ。主導権を明智さんに戻したようだ。

明智さんは僕らの瞳を覗き込むと、慎重に、一言一言を噛みしめるようにこう言った。

「奇跡を受けるか否か、選択権はあなた方にあります。二人の身体は危篤状態にあります。今まさに手術を終えて眠っています。もし奇跡を受けるのであれば、すぐ現世にお戻ししましょう。目覚めてからは怪我や後遺症は一切ありません。健康な状態で奇跡をはじめていただけます」

そして僕らを交互に見やり「どうなさいますか？」と選択を迫った。

僕は膝に置いた両手に力を込めて、日菜に伝えた言葉を思い出していた。

――日菜の手紙を読めるのは夢が叶ったときか。早く掘り起こせるように頑張るよ。

この胡散臭い話を受けて本当にいいのだろうか？　なにかの罠《わな》だったら？　いや、そんなことを考えるのはよそう。だって僕にはまだやるべきことがあるじゃないか。だから……。

明智さんのブラウンがかった瞳を見た。

「戻ります。この奇跡を受けます」

「キョロちゃん……」

「僕は日菜と戻りたいよ。だってまだ僕らの夢を叶えてないだろ？　夢の家を建てるまでは、なにがあっても死ねないよ。死にたくないんだ。僕はこれからも日菜と生きていきたいよ」

「よかったぁ～」日菜が安堵の吐息を漏らした。「キョロちゃんネガティブだから、そんな胡散臭い奇跡なんて受けないって言うかと思ってドキドキしたよ」

「バレてた？　もちろんちょっとは考えたよ。でも――」

「よく考えた方がいい」

明智さんの思いつめた声が鼓膜を揺らした。

「ライフシェアリングは二人が思っているよりずっと大変です。安易に考えるのはやめた方がいい。しっかり考えてから答えを出すべきだ」

「おい、明智」と能登さんが彼を呼ぶ。その声には明らかな怒りが込められている。

「決断するのは二人だ。お前がごちゃごちゃと口を挟むな」

「でも……！」

「大変なのはなんとなく分かります」日菜はそう言うと明智さんに微笑みかけた。「でも、わたしたちならきっと大丈夫って思うんです。ね、キョロちゃん、わたしたちなら大丈夫だよね？　命を奪い合わないで助け合いながら生きていけるよね？」

彼女の目に迷いはない。僕は「もちろん」と頷いて応えた。明智さんはそんな僕らの姿を見て「分かりました」と小さく首を縦に振った。しかしその顔はまだ納得していないようだった。

「では、時計を見てください」

僕らは腕にはめた時計のディスプレイに目を落とした。そこにはパソコンの電源ボタンと同じようなマークが表示されている。どうやらスタートボタンのようだ。

「二人同時にボタンを押せば、あなた方の魂は現世の肉体へと戻ります。そしてその瞬間からライフシェアリングがはじまります。心の準備ができたら押してください」

命を奪い合う——果たしてそれがどういうことか僕にはまだ分からない。その辛さも、困難も、そしてその意味も。もちろん不安はある。恐怖もある。未知の世界に足を踏み入れると思うと全身が強張《こわば》る。でも日菜が言ってくれたじゃないか。僕らならきっと命を奪い合うことなく、助け合って生きていけるって。だから大丈夫だ。絶対に大丈夫だ。

「日菜、押すよ？」

緑色に光るスタートボタンにゆっくり指を運ぶ。緊張で震えている。

大きく息を吸う。そして、

「せーの！」

僕らは同時に、ボタンを押した。


目が覚めたとき、わたしは病院のベッドの上にいた。お医者さんは「これだけの怪我で生きているなんて奇跡だよ」って言ってくれた。もちろん本当に奇跡が起こったなんて言っても信じてくれないだろうから、わたしたちはそのことを黙っている。明智さんが言っていた通り、痛みなんてひとつもなくて、傷も不思議とすぐにふさがった。

「あっちで起こったこと、全部夢みたいだね」

隣の病室にいるキョロちゃんを訪ねたら、彼はそう言って笑っていた。でもわたしたちの腕には時計がはめられている。命を測るためのあの時計だ。メーターの下には『10』という表示。これが残りの寿命なんだ。そう思うと妙に緊張してしまう。

「僕たち、今こうしている間にも命を奪い合っているんだよね」

キョロちゃんが時計を見ながらごくりと唾を飲んだ。

「――その通りだ」

能登さんの声がしたので、びっくりして振り返った。

窓辺に明智さんと能登さんが立っている。二人ともやっぱり喪服姿だ。

「どうしてここにいるんですか!?」わたしは丸椅子から立ち上がった。

明智さんは座るように手で促すと、

「僕らは君たちの世話役でもあるんだ。だから困ったことがあればなんでも訊いてくれ。誠君には僕が、日菜ちゃんには能登さんが寄り添うことになったから」

「それって、ずっとそばにいるってことですか?」

「安心しろ小僧。お前たちの甘ったるい同棲生活に興味はない。だから水を差すような真似《まね》もしない。そんなものを見せられても吐き気がするだけだからな。わたしたちは呼ばれたときだけ姿を現す。用があるときはわたしたちの名前を呼べ。出て来てやる」

「でもキョロちゃん、能登さんたちがいてくれたら安心だよ！」

「……日菜、なんか嬉しそうじゃない？」

「だってせっかく出逢《であ》えたんだもん。あれでお別れなんてちょっと寂しいよ」

「そうかなぁ？」

「そうだよ！　能登さん、明智さん、これからよろしくお願いしますね！」

こうして生きていられるのは二人のおかげだ。だからこれからも——、
ピコン！

キョロちゃんの時計が音を立てた。「え？」とわたしたちは同時にそれぞれの時計を覗き込む。メーターの下の余命が一年増えて十一年になっている。

「今のって、わたしが命を奪ったってこと？」

「……多分。でもどうして？」キョロちゃんが不安そうに明智さんを見た。

「今のは日菜ちゃんの幸福量が10に達したから、誠君の命を一年奪ったんだ」

「たったあれだけで!?　わたし幸せなんて全然感じてませんよ！　この時計、故障しているんじゃないですか!?」

「そんなことはない」と能登さんはきっぱりと言い切った。

「それは命の奪い合いを分かりやすくするため、便宜的に時計の形をしているだけだ。機械で動いているわけではない」

「ならどうしてこんな簡単に!?」

キョロちゃんも声を荒らげた。と、そこに看護師さんが入って来て会話は中断してしまった。看護師さんには二人の案内人の姿は見えないみたいだ。

わたしはもう一度、時計に目を落とす。

どうしてキョロちゃんの命を奪ってしまったんだろう。ほんのちょっと嬉しいって思っただけなのに……。

まずはルールをちゃんと把握しておくべきだね。キョロちゃんはそう言って、明智さんから聞き出したライフシェアリングのルールをまとめてくれた。これがそのルールだ。

ライフシェアリングのルールについて

１、日菜と誠は、二人で二十年の命を所有している。これは二人でひとつの命であり、それぞれが半分ずつ、十年分の命を持って生活を送っている。二人はこの命を奪い合いながら生きなければならない。

２、命を奪い合う基準は『幸福量』である。日菜と誠、そのどちらかが幸せを感じて幸福量が１０まで達したら、相手の命を一年奪える。逆に、不幸を感じて幸福量が０まで減ったら、そのときは相手に命を一年奪われる。

３、二人同時に幸福を感じても幸せの感じ方は人それぞれである。相手の幸福量が８でも、こちらが６しか感じていないことも十分あり得る。起こった出来事やそのときの気分、精神状態によって得られる幸福量は変化する。

４、幸福の判断基準は喜怒哀楽である。喜びや楽しさは幸せに繋がり、怒りや哀しみは不幸に繋がる。些細な感情の変化もすべて幸福量に反映される。

5、幸福量を測定する時計は便宜的に『ライフウォッチ』と呼ぶ。ライフウォッチは二人以外には見えない（案内人は除く）。スマートウォッチのように顔に向けたときにだけ文字盤が表示され、幸福量と命の残年数を確認することができる。

6、命を奪われた際、ライフウォッチは『ピコン』と音を鳴らす。命を奪ったときは『シャリン』という音がする。時計を見ていなくても音だけは聞こえる。しかし音量はそれほど大きくない。人混みや騒音の激しい場所では気づかないこともある。音量調整はできないため、常に気を配っておく必要がある。

7、一年経過すると寿命も一年減り、余命は十八年（一人あたり九年）となる。それからは二人で一八年の命を奪い合う。翌年にはまた一年減る。奪い合える命の母数は経過年数と共にどんどん減ってゆく。

8、奇跡が起こっている間は死に至る病になることはない。しかし交通事故や自殺、殺人などに巻き込まれた場合に限りライフシェアリング執行中でも死を迎える。一人が死んでしまったら、その者が所有している命はもう一人が継承してライフシェアリングは終了となる。

9、ライフシェアリングのことは口外禁止である。案内人の存在はもちろん、霊魂管理センターのことも他言無用。もし口外したらその時点で奇跡は強制終了。すべての命を没収されて二人とも死を迎える。情報漏えいは『奇跡法』に抵触し、罰を受けることになる。

10、ライフシェアリングを途中でやめる場合、棄権の旨を案内人に申告してリタイアする。一度申告したらキャンセルはできない。放棄した者は残りの命を相手にすべて奪われる。奇跡の放棄も『奇跡法』に抵触し、罰を受ける。

11、命をすべて奪われたらライフウォッチの表示は『0』となり、命の奪い合いはできなくなる。命が『0』になったら余命は一日。きっかり二十四時間後に心臓発作で死んでしまう。

12、ライフシェアリングの結果、死を迎えても死後の輪廻は可能である。しかしその際は一般人同様、魂は浄化され、この人生の記憶や奇跡を体験したことはすべて忘れることになる。

　バイト先での打ち合わせを終えて帰宅すると、僕はいつものように建て付けの悪いガラス戸を引いて中に入った。日菜もいつものように「おかえり！」と出迎えてくれる。

　たった数日で退院することができた僕たちは、すぐにいつも通りの生活に戻った。僕は退院の翌日からバイトを再開。今は知人の設計事務所で駅ビルの案件を手伝っている。図書館コンペ落選のショックは引きずっているけど、いつまでもクヨクヨしてはいられない。辛いことがあっても、事故に遭っても、奇跡が起こっても、生活は続いてゆくのだ。一方の日菜はエンさんの指示で一週間の休養をもらった。でも働き者の性格ゆえに家でじっとしているのは辛いみたいだ。

「はいこれ、お土産」僕は隠し持っていたケーキの箱を日菜に差し出した。

「ケーキ!?」日菜の目が宝石みたいにきらりと輝く。

「うん。日菜が好きなやつ」

「鎌倉ル・モンドのチーズケーキだ！　やったね！」

　日菜は飛び跳ねて喜んだ。よしよし、作戦成功だ。退屈で死にそうだってぼやいていたから元気づけてあげたかった。これで少しは元気に——シャリン！

日菜のライフウォッチが音を立てたので、僕らはドキリと固まった。

「……い、今、僕の命奪った？」

「ご、ごめん……」

日菜は泣きそうな顔で時計を覗く。すると今度は僕の時計がシャリン！　と鳴った。どうやら罪悪感を抱いたみたいだ。時計がそれを不幸とみなして奪われた命が戻って来たのだ。

よかった……。僕はほっと胸をなでおろした。

実のところ打ち合わせをしている最中も時計がピコン！　シャリン！　と何度も鳴った。僕は幸せも不幸も感じていない。原因はすべて日菜だ。恐らく今みたいに幸せを感じては、直後に「しまった！」と罪悪感を抱いて命を返してくれたのだろう。なんともせわしない命の移動に一日中肝を冷やしっぱなしだった。

日菜は「なんでだろう」とうんざりしたような声を漏らす。

「どういうわけか、キョロちゃんの命すぐに奪っちゃうんだよね……」

僕は上《あ》がり框《がまち》に座ってブーツの紐《ひも》を解きながら、

「具体的にどんなときに奪ったの？　なにか楽しいことでもあった？」

「全然。テレビが面白いなぁって思ったり、お昼に食べたパスタが美味しかったり、あと庭に野良猫が遊びに来て可愛いなぁーって思ったり。そのくらいかなぁ」

「その程度で?」驚いて身をよじって振り返った。「僕なんて仕事で褒められても、せいぜい6とか7しか幸福量は貯まらなかったのに」

「なんでわたしだけすぐに貯まるんだろう?　やっぱ時計の故障かなぁ?」

　単調な入院生活ではこれといった出来事もなく、命の奪い合いはさほど起こらなかった。しかし磐田夫妻がお見舞いに来てくれたときなどは、日菜は僕からたくさんの命を奪った。能登さんは「メーターの動き方は人それぞれで異なる。体質や性格なんかでも変わるものだ」と言っていたけど、それにしても日菜の幸福量が貯まるのは早すぎる。未だにライフシェアリングの要領を摑《つか》めていないから、これが一体なにを意味しているのか僕らは理解できずに困惑していた。

「とにかく、慣れるまでは様子見だね。時計から目を離さないようにしようね」

「うん、ごめんね。わたしも奪いすぎないように気を付けるよ。時計の音うるさいよね?」

「平気平気。それよりおなか減ったな」

「あ、ご飯できてるよ!　今日はなんと、すき焼きなのです!」

「へぇ、随分と豪華だね。急にどうしたの?」

「買い物に行ったらお肉屋さんに退院祝いで貰ったの。葉山《はやま》牛!　すごくない!?」

　シャリン!　時計がまた鳴った。日菜は「ご、ごめん!」と慌てふためく。その途端、命が返ってきた。やっぱりおかしい。日菜の言う通り時計の故障なのか？

首を捻って洗面所へ向かおうとすると、日菜が僕のシャツの裾を引っ張った。

しまった。お帰りのキスを忘れていた。「ごめんごめん」と謝ると、日菜は嬉しそうに目を閉じて唇を差し出す。彼女がキスを待つときの顔は可愛い。この表情を見られるのは彼氏である僕だけの特権だ。そう思うと優越感で顔が緩んでしまう——誰に対する優越感かは分からないけど——。もちろんそれに合わせて幸福量も貯まってゆく。ライフウォッチのメーターは8を指していた。

僕は日菜にくちづけをした——と同時に、シャリン！　と日菜の時計がまた鳴った。

「また奪っちゃったよぉ～」

日菜は頭を抱えてへたり込んだ。そして罪悪感で命が返ってきた。

これは一体なんなのだろうか？


「——雨宮君？」と名前を呼ばれてライフウォッチから顔を上げた。

数日後、僕はバイト先の設計事務所で打ち合わせに臨んでいた。普段は家で図面を引いているのだが、ここ最近は作業も山場を迎え、会議に参加する機会も増えた。

「あ、はい。なんでしょう？」

「君さぁ、人の話ちゃんと聞いてるの？」

所員さんが眉根を寄せてしかめ面をしている。

ライフシェアリングのことばかり考えていて会議に集中していなかったのだ。会議室にいた数人の所員さんが、みんなしてこちらを睨んでいる。僕は「すみません」と肩をすぼめて小さくなった。

彼らにはライフウォッチは見えていない。だから僕がただ手首を見ながらぼんやりしているると思ったのだろう。腹を立てて当然だ。いかんいかん。ダメだぞ、雨宮誠。仕事に集中するんだ。

壁に投影されたプロジェクターの映像に視線を戻した。しかし次の瞬間、ピコン！とライフウォッチが音を立てる。日菜に命を奪われたのだ。

またかよ……と、ため息が漏れた。ここ数日、何度となく〝命を奪われては返してもらう〟を繰り返している。まぁでも、どうせすぐに罪悪感を抱いて返してくれるはずだ。だけどこの音は鬱陶しくてたまらない。気が散って仕事に集中できないよ。

ピコン！

え？ どうしてだ？ また奪われたぞ。そういえば日菜は今日からレインドロップスに出勤している。家にいても退屈だし、エンさん一人じゃお店を回せないからって。

ピコン！

おい、嘘だろ！ 命が全然返ってこないぞ！

所員さんが「雨宮君？　聞いてるの？」と鋭い声をぶつけてきた。さっきよりも苛立《いらだ》っている。僕は笑顔で取り繕おうとしたが、その途端にまた命を奪われた。びっくりして立ち上がる。時計が示す命の残年数は『6』になっていた。

いくらなんでも減るのが速すぎる！　居ても立っても居られなくなり「ちょっとすみません！」と会議室を飛び出して日菜に電話をかけた。しかし彼女は出なかった。

なんで出ないんだよ……。苛立ちが胸を圧迫する。もう一度ライフウォッチを見た。残りの寿命はあと五年。電話をしている間にまた一年奪われたようだ。

日菜に何度も何度も電話をかけた。しかし出る気配はない。不安と苛立ちが雪のように心底に積もってゆく。レインドロップスにも電話をかけてみたがこっちも繋がらない。時刻は十二時。今日は土曜日。しかも海水浴日和の快晴だ。ランチのお客さんで店が混雑しているのかもしれない。

どうする？　しばらくしてからかけてみるか？　いや、でもこれは命の問題だ。放っておいたらダメだ。とはいえ、会議をほったらかしにするなんて――、
ピコン！　ピコン！

心臓が止まるかと思った。二回連続で命を奪われたのだ。

残りの命はたったの三年。この時計があと三回音を鳴らしただけで僕は死んでしまう。

死の恐怖に背中を押され、気付けば事務所を飛び出していた。

レインドロップスへ行こう！　電話が繋がるのを待っていたんじゃ手遅れになる！

事務所は藤沢《ふじさわ》駅の近くにある。だから駅まで走って江ノ電に文字通り飛び乗った。

ゆっくりと住宅地を進む電車がなんとも歯痒《はがゆ》い。辛抱できずに「明智さん」と周りの乗客に気付かれぬよう、彼の名前を小声で呼んだ。

「どうしたんだい？」と明智さんは背後から音もなく現れた。

「変なんです。日菜が幸せを感じすぎているんです」

「誠君、その原因が分かったんだ。どうやら日菜ちゃんは――」

ピコン！

「見てください！　また減りました！　あと二年しかない！」

乗客の視線が一斉に集まる。怪訝《けげん》そうなまなざしだ。僕が一人で騒いでいると思っているんだろう。でも気にしてなんていられない。

「落ち着くんだ誠君。焦りや恐怖を感じたら、それも不幸とみなされてしまうぞ」

「そんなこと分かってますよ！　でも落ち着けるわけないでしょ！」と僕は怒鳴った。

その拍子に、ピコン！　と更に命が減った。今のは僕が怒りを感じたせいだ。完全な自爆だ。残りの命は一年。眩暈《めまい》がしてフラフラとドアにもたれかかった。震える手でスマートフォンをジーンズの右ポケットから出す。しかし、ちゃんと摑めず落としてしまった。床に這《は》いつくばって拾うと、そのまま日菜に電話をかけた。しかし彼女は出ない。

「くそ！」と怒りで床を殴った。

『信号機トラブルのため、しばらく停車します』

最悪なことは連鎖する。電車が鎌倉高校前駅で停車したまま動かなくなってしまった。乗客を押しのけて先頭車両まで走った。そして運転席の扉を思いっきり叩いた。

「すみません！　いつ動きますか!?」

中年の運転士は「ご迷惑をおかけします。しばらくお待ちください」と迷惑そうに言う。僕のことをクレーマーと思ったのだろう。でもこっちは命がかかっている。遠慮なんてしていられない。

「だからあとどのくらい待つか訊いてるんです！　急いでるんですよ!!」

運転士は曖昧に答えるばかりだ。これじゃあ埒《らち》があかない。と、そのときだ。

「走った方が早い！」

僕の後ろで明智さんが叫んだ。彼は線路と海の間を走る国道一三四号線を指して、

「レインドロップスはここから走れば五分もかからない！　なにもせずに発車を待つくらいなら走った方がいい！」

どうしてレインドロップスの場所を知っているんだ？

しかし頭を振った。今はそんなことを考えている場合じゃない。僕は電車を飛び降り、海沿いの国道を全速力で走った。

この日は暑かった。まだ梅雨明けしていないにもかかわらず猛暑日が続き、湘南の街全体は異様な熱気に包まれている。太陽の光を乱反射するアスファルトは湯気が立ち上りそうなほど熱を帯び、その熱さが体力を奪い、水分を奪い、全身から玉のような汗を引っ張り出した。苦しくて立ち止まりそうになる。でも走った。急がなければ死んでしまう。現世に戻ってまだ一ヵ月も経っていないのに死ぬなんて絶対に嫌だ！

レインドロップスへ続く石段を駆け上がり、勢いよく門を開けた。

「日菜！」と叫びながら店内に飛び込むと、客たちがこちらを見た。構わず日菜を捜す。汗まみれで冷房の効いた店内に入ったからか異様に寒く感じる。きっと血の気が引いているんだ。

「キョロちゃん？」

倉庫からコーヒー豆の麻袋を手に日菜が出て来た。きょとんとしている。

「どうしたの？　あ、お昼ご飯食べに来たの？」

呑気《のんき》な言葉につい力ッとなって「時計見てないのかよ！」と反射的に吠《ほ》えてしまった。

「命あと一年しかないんだぞ！　たくさん電話もしたのに、どうして気付かないんだ！」

彼女はみるみる青ざめて「ごめんなさい！　忙しくて！」と悲鳴のように叫んだ。

「ふざけんなよ！　そんなの理由にならないって！」

日菜は時計を見て狼狽《うろた》えている。

「どうしよう……あと一年しかない……どうしよう！」

パニックに陥ると、シャリン！　と僕の時計が鳴った。命が返ってきたのだ。死から一歩遠ざかり一気に身体から力が抜ける。僕はカウンターに片手をついて安堵のため息を漏らした。

「キョロちゃん、ごめんね！　料理作ってて時計の音に気付かなかったの！」

「気付かなかったって……。言ったろ!?　いつでも時計を気にしておこうってさぁ！」

シャリン！　僕の時計がまた鳴った。よかった……。これで寿命は残り三年だ。

「どうしたの～？　二人とも」

テラス席で注文を取っていたエンさんが戻って来た。墨汁を吸い込んだような黒髪を綺麗にひっつめている。相変わらず美人だ。でもその顔は怒っていて「なにがあったか知らないけど、喧嘩《けんか》はやめてくれるかな～？」と冷たい視線を僕らに向けた。

そうだそうだ、と言わんばかりに客たちの視線も突き刺さる。

僕はようやく冷静になって「すみません」と店にいた全員に頭を下げた。

それから日菜を連れて外に出た。彼女は自分を責めて泣いてしまっている。

「ごめんね……キョロちゃん、本当にごめんね……」

こぼれ落ちる涙をしゃにむに拭いながら何度も何度も謝ってくれる。そのたびに音を立てて命が返ってくる。残りの余命は六年。これで簡単に死ぬことはなさそうだ。

「こっちこそ言いすぎたよ。ごめんね。でもこれからはちゃんと気を付けてね」

「うん。ごめんなさい。本当にごめんなさい」日菜は目を真っ赤にして僕を見上げた。

自責の念でいっぱいのその表情を見て、心がチクリと痛んだ。抱きしめてあげようかとも思ったけど、これでまた命を奪われたら本末転倒だ。僕は罪悪感を胸の奥にしまって仕事に戻ることにした。会議中なのに無断で飛び出してきてしまった。所員さんはきっと怒っているだろう。着信がたくさん入っている。なんて説明しようか。とにかく一刻も早く戻った方がいい。

明智さんを捜した。「走った方がいい」とアドバイスしてくれたお礼を言おうと思ったのだ。

あれ？　いないぞ？　おかしいな。もうあっちの世界に帰ったのかな？

見回すと店内に彼を見つけた。明智さんはエンさんのことを見つめていた。

ドアを開けて呼ぼうとしたが、僕はその横顔を見て口を閉じた。声をかけられる雰囲気ではなかった。

その夜、日菜が仕事から帰ると、僕は案内人の二人をリビングに呼び出した。彼らは電灯を点《つ》けるようにぱっと現れる。「どうしたんだい？」と明智さんはダイニングチェアに腰を下ろした。テーブルに座っている能登さんも怪訝そうだ。

「日菜が命を奪いすぎています。幸福の感じ方は人それぞれだとしても、このペースは異常です」

僕の隣では日菜が「ごめんなさい」と申し訳なさそうに俯《うつむ》いている。

「ううん、日菜を責めているわけじゃないよ」と彼女の肩に手を置く。「明智さん、ライフシェアリングをしている人たちは、みんなこんなに速いペースで命を奪い合っているんですか？」

「いや、君たちのペースはいくらなんでも速すぎる」

明智さんは重々しく首を横に振った。

「じゃあやっぱりこの時計が壊れているんじゃないですか？」

「違う」と能登さんが即座に否定した。そして大きな瞳を動かして日菜を見ると、

「原因は日菜、お前にある」

「……わたし？」

「小僧の言う通り、日菜の幸福量の貯まり方は異常だ。これほど速いペースで命を奪い合うところをわたしも見たことがない。だから調べてみた。すると原因は日菜の体質にあることが分かった」

「体質？」僕は無意識に口を開いていた。

「ああ。日菜は極度の〝幸福体質〟だ」

日菜は困惑している。僕もそうだ。意味が分からない。幸福体質ってなんだ?

「お前は人より幸福を感じやすい体質だ。それはつまり――」

「誠君の命をいともたやすく奪ってしまう」と明智さんが続いた。

能登さんは「その通りだ」と頷くと、薄い瞼《まぶた》をそっと閉じて、

「日菜は命を奪うことに長《た》けている。その気になれば小僧の命など、あっという間にすべて奪うことができる。だから――」

次の言葉で僕は真っ暗闇に突き落とされた。

「命の奪い合いはそう永くは続かんだろうな。小僧が死んで、この奇跡はもうすぐ終わる」


日菜が幸福体質と知ってからというもの、僕はことあるごとにライフウォッチを気にするようになった。能登さんの言う通り日菜は幸せを感じやすい。ほんの些細なことでも僕から命を奪ってゆく。しかしその都度自分を責めて命を返してくれる。毎日その繰り返しならいいのだけれど、仕事が忙しいときは奪っていることに気付かないこともある。だから僕は三回以上連続して命を奪われると日菜に電話をして「ちゃんと時計見てる?」と注意するよう心がけた。なんだか監視しているようで申し訳ないけれど、こうでもしないと僕はあっという間に死んでしまう。

命ばかりを気にする日々は気が滅入《めい》る。時計が鳴るときのあの忌ま忌ましい機械音も、それを気にして神経が過敏になっていることも、すべてが疲労となって鉛のように身体に重くのしかかる。だからここ最近はまともに眠れていない。仕事のクオリティも落ちる一方だ。

おまけに日菜は眠っているときまで僕から命を奪う。夢で幸せを感じているのだ。聞けば、夢の中で僕に優しくされたらしい。なんだよそれ。僕が命を差し出しているみたいじゃないか。しかも彼女は眠りが深いから起こすのは一苦労だ。なんで僕がこんな思いをしなきゃいけないんだよ。ぐーすか寝ている日菜に毎晩イライラしている。その怒りで何度か命を失ったくらいだ。

だから僕はこれ以上苛立たないように一階の作業部屋に布団を敷いて眠るようにした。

これからこの生活がずっと続くのか……。窓辺で弱々しく回る扇風機を眺めながら、信じられないくらい大きなため息を漏らした。

そんな日々を打破するため、ある晴れた昼下がりに日菜を外へと連れ出した。彼女がどのくらいの出来事で僕から命を奪うのかをしっかり把握しようと思ったのだ。もしかしたら幸せを感じやすいポイントや傾向のようなものがあるのかもしれない。それが分かれば打つべき手だって見つかるはずだ。日菜は「久しぶりのデートだね」って喜んでいるけど、僕はメモ帳片手に彼女が幸せを感じる事柄を片っ端から控えようと目を皿のようにしていた。

しかし結論から言えば、調査なんてやらなきゃよかった。日菜は本当に本当に些細な出来事で命を奪う。アイスを食べただけで一年。道端の花が綺麗だっただけで一年。散歩中のチワワがプルプル震えている姿が可愛くて一年。あまりのハイペースに僕は手に持っていた鉛筆をへし折った。

「キョロちゃんと一緒だから嬉しくて、つい……」

「いやいやいやいや！　それにしてもあまりにも奪いすぎでしょ！」

そもそも不公平すぎやしないだろうか？　僕は不幸を感じて命を失くすことはあっても、幸せを感じて日菜から命を奪ったことは一度もない。どうして僕はこんなにも幸せを感じにくいんだ？

明智さんにそのことを相談してみたら、「誠君は日菜ちゃんとは逆で、幸せを感じにくい体質なのかもしれないね」と言われてしまった。なんて不公平なんだ。幸せを感じすぎる日菜と幸せを感じにくい僕。真逆な僕らの命の奪い合いにはかなりのハンディキャップがある。このままじゃ十年の命なんて、あっという間に奪われちゃうよ……。

日菜も焦る僕に気付いているのか、命を奪うたびに申し訳なさそうな顔をしていた。そして何度も何度も「ごめんなさい」と謝ってくれる。簡単に幸せを感じる自分に嫌気が差しているようだ。悲しそうな日菜を見るのは辛い。でも僕は日菜の罪悪感のおかげで生き延びている。そんなジレンマにまた苛立ってしまう。僕らは完全なる悪循環に陥っていた。

　なんとかしなくては……。僕は仕事そっちのけで日菜に命を奪われない方法を考えた。そしてライフシェアリングをはじめて二週間が経った頃、ついに妙案を思いついたのだ。

「ちょっと試してみたいことがあるんだ！」

　その夜、仕事から帰って来た日菜をすぐさまソファに座らせた。

「試してみたいことって？」

「これこれ。これを観てほしいんだ！」

　ソファの前のローテーブルにホラー映画のＤＶＤをぽんと置いた。日菜は怖いのが苦手だから「なになに⁉」と自分の身体を抱きしめるようにして震えている。

「意図的に恐怖を感じることで命を奪えないか実験してみたいんだ」

「えぇぇ――⁉　嫌だよぉ！　そんなの！」

「でもこれが上手くいけば命の調整ができる。日菜が命を奪いすぎても、その日の夜には互いの命を十年ずつに戻せるし、なんなら念のために僕が余分に持っておくことだってできる。そうすれば日菜も悩むことはなくなるし、僕もストレスを感じなくて済む。まさに一石三鳥だよ」

「それはそうだけどぉ」と日菜は項垂《うなだ》れた。でもしばらく考えて顔を上げると、

「そうだよね！　奪いすぎちゃうわたしがいけないんだもんね。怖いとか言ってちゃダメだよね。分かった！　頑張って観るよ！」

納得してくれてよかった。ホッと胸をなでおろしてホラー映画のＤＶＤをデッキに入れた。

狙いは的中だった。日菜はホラー映画を観ると、瞬く間に命を返してくれた。意図的に作り出した恐怖もライフウォッチは不幸とみなすようだ。

よし、これで命の調整ができるぞ。

でもこれから先のことを考えると暗澹《あんたん》たる気持ちになる。僕らはいわば真逆な二人だ。異常なほど幸福を感じやすい彼女と幸せを感じにくい僕。果たしてこの先、今まで通り暮らしてゆけるのだろうか？　ゆるぎないと思っていた日菜との未来に、大きくて分厚い雨雲が垂れ込めた。

そんな憂鬱な夏のはじまりだった。

昔から「日菜は単純だ」って友達とか先生とか、たくさんの人に言われてきた。確かに自分でもそう思う。嫌なことがあっても一晩寝たらリセットできるし、泣きたいような出来事があっても美味しいものを食べたらあっという間に忘れてしまう。些細なことでも嬉しくなるし、ちょっとの優しい言葉で幸せな気分になる。どうしてわたしはこんな性格になったんだろう。

きっかけは多分、小学生の頃だ。お母さんが出て行って、お父さんは無口になった。他の男の人にお母さんを奪われて、しかもそれが自分の会社の部下だと分かって、人間不信になってしまった。仕事を辞めて自堕落な生活を送るようになったお父さん。そんな姿を見るのが辛かった。だから学校帰りは毎日公園で時間を潰していた。

そんなとき、同じクラスの研ちゃんが言ってくれた。「辛いときは笑うんだよ、バカ」って。初めは意味が分からなかった。「辛いのに笑えるわけないじゃん」って拗《す》ねて言い返したら、研ちゃんはわたしの頭をぽかんと叩いた。

「うるせぇなぁ！　うじうじ下向いてても楽しくねぇだろうが！　辛いときに笑えば幸せになれるんだよ！　だってほら、辛いと幸せって同じ字だろ？」

自信満々に胸を張る研ちゃんに、わたしは恐る恐る指摘した。

「辛いと幸せは違う字だよ。棒が一本足りないもん」

研ちゃんは耳を真っ赤にして、わたしの頭をもう一度叩いた。

「屁理屈《へりくつ》言うんじゃねぇ！　ほとんど同じじゃねぇか！」

ぶたれた頭は痛かったけど、研ちゃんがおバカすぎて吹き出してしまった。それから思いっきり笑った。たくさん笑った。おなかがよじれるくらい笑ったらすっきりした。その日から辛いことがあっても笑うように心がけた。そうしたら世界は少しずつ霧が晴れるように色を取り戻した。たとえ嫌なことがあっても笑顔でいれば乗り越えられる。些細なことでも楽しく思える。きっと心が幸せを取りこぼさないようにしているんだ。だからどんなときでも笑顔でいようと心に決めた。

でも今、わたしはどうしても思ってしまう。笑ってもいいのかなって。

彼の命をこんなにたくさん奪っているのに……。

「——どうしてそこまで奴に合わせる？」

リビングで一人ホラー映画を観ていると、能登さんが突然隣に現れた。ゾンビが人の頭をむしゃむしゃ食べるのを観ることに疲れたわたしは、リモコンの一時停止ボタンを押した。

「確かにお前の体質は特殊だ。人より幸せを感じすぎる。だからと言って、奴のために苦しみながらこんなものを毎日アホみたいに見続けるのは不公平だろ。しかもあいつが勝手に自滅した分までお前が補塡している。そんなのはあり得んことだ」

「いいのいいの。だってわたしが悪いんだもん」

「いいか、お前は幸福体質ではあるが、裏を返せば悲しみを感じやすい体質でもあるんだ。感受性が豊かすぎる。だから一歩間違えれば自滅する可能性だってあるんだぞ」

厳しい口調だけど、能登さんはわたしを心配してくれているんだ。

「大丈夫だって。こういうときは持ちつ持たれつだもん」

「はぁ、お前みたいな女が恋で身を亡ぼすんだな」能登さんは手のひらで額を覆った。でもそれからふっと真剣なまなざしを浮かべて「いっそのこと奴の命をすべて奪ったらどうだ？」と言った。

「別にあいつと生きなければならないという決まりはない。だったら奴の命をすべて奪って、二十年を自分のために使った方がよっぽど有意義で合理的だ」

わたしは、そおっと手を挙げた。

「……あのぉ、もしかして能登さんって恋愛したことない？」

彼女の右眉がぴくりと動く。「なんだと？」

「ご、ごめんなさい！　ちょっと思っただけ！　だって誰かを好きになったら合理的とかそういうこと考えないもん。その人とただ一緒にいたいって思うものだから――」

「恋愛経験くらいある！」

あまりに強い口調で遮るもんだから、つい笑ってしまった。

「なにを笑っている」と能登さんは眉をひそめた。「さては信じていないな？　まったく、失礼な奴だ。わたしだって恋愛のひとつやふたつしたことはある。バカにするな」

これ以上突っ込むと更に怒りそうだ。よし、ここはちょっとご機嫌をとっておこう。

「だよね！　能登さん可愛いもんね！　恋愛くらいしたことあるに——」

「気に入らんな」

「はい？」

「信じていないだろ」

「し、信じてるよ！」

「嘘をつけ。お前の目が物語っている。このおかっぱ女、恋をしたことがないのに偉そうに講釈を垂れているんだなって。ふん、バカにするのも大概にしろ」

舌打ち寸前といった様子の能登さんに顔を近づけて「本当に思ってないよ」と笑いかける。しばらく仏頂面をしていたけど、能登さんは後ろ髪をゴシゴシと掻《か》いて、ため息をひとつ漏らした。

「日菜の言う通りかもしれないな……」

あれれ？　急にしおらしくなってしまったぞ？

「わたしはまともな恋などしたことがない」

ちょっとしょげているみたいだ。いつも達観している能登さんが今日はなんだか子供みたいだ。

可愛いところもあるんだなぁ……って思っていたのも束《つか》の間《ま》、能登さんは人差し指をこちらに向けて勢いよく詰め寄ってきた。

「でもだからってそれがどうした？　わたしに言わせれば惚れた腫れたで人生を決めるような奴の方がよっぽどどうかしていると思うぞ。いいか、お前たちは命を分け合っているんだ。恋愛感情を優先させて相手を信じ切るなど愚かしいにもほどがある。そんなことではいつか痛い目を見るに決まっている。そもそもお前のその短絡的な性格はなんとかするべきだ」

凄《すさ》まじい反撃だ。勢いに押されてごろんとソファから転がり落ちてしまった。

「ごめんなさい！　冗談です！　もう言いませんから！」

能登さんは「分かればいいんだ」と腕組みをして、ふんと鼻を鳴らした。

恋愛経験がないって指摘されたのが相当悔しかったみたいだ。ていうか、能登さんは人間じゃないんだから恋愛したことなくて当然だと思うけどな。

「なぁ、日菜――」能登さんの声がワントーン落ちた。「本当に大丈夫なのか？」

「なにが？」

「こんな風に生きていくことが、お前にとって本当に幸せと呼べるのか？」

額に皺が浮かんで見える。心配そうな顔だ。だから彼女の不安を打ち消すように「もちろん！」と笑顔で首を大きく振った。わたしは今も幸せだ。百パーセントでそう思う。

「でも小僧はどうなんだろうな。あいつはお前と生きていくことを本当に望んでいるのか？」

槍《やり》で胸を貫かれたのかと思った。言葉が出てこない。わたしは振り絞るようにして、

「そんなの……そんなの望んでるに決まってるよ！」

「そうか、悪かった。老婆心だ。忘れてくれ」

能登さんは姿を消した。朝靄《あさもや》が強い風に払われるようにあっという間に。一人になると、わたしは開かれた窓の向こうの庭に目をやった。生ぬるい風が迷い込んで髪を微《かす》かに揺らす。その風の中に能登さんの声がリフレインする。胸が痛くなって、ピコン！と命が一年減った。

能登さんの言う通りだ。わたしは気付いているんだ。キョロちゃんの気持ちが、心が、わたしから少しずつ離れていることに。わたしが幸福体質だと知ってから会話も減ったし、わたしを見る目の中に警戒心を感じてしまう。命を奪われるんじゃないかっていつも怖がっている。だからどうしようもなく思ってしまう。キョロちゃんはもう、わたしと生きることを望んでいないのかもって。

ガラス戸が開かれる音と共に「ただいまー」とキョロちゃんの声が聞こえた。

「おかえりなさい！」と笑顔を作って玄関へ向かう。彼は優しく笑いかけてくれた。よかった、いつもの笑顔だ。でも「今日はご飯いらないや。そのまま仕事するよ」と言葉少なに洗面所へ行ってしまう。咄嗟《とっさ》に「キョロちゃん、忘れてない？」とシャツを

引っ張った。

振り向いた表情に一瞬の陰りが見える。不安が黒いシミのように心に広がってゆく。

「あのさ、お帰りのキスなんだけど、しばらくやめにしない？」

「え？　どうして？」

「キスすると命を奪うでしょ？」

「それは……。でも怖い映画観ればちゃんと返せるよ！」

必死に食い下がった。彼の心が離れないように。

お願いキョロちゃん。そんなこと言わないで……。

わたしの気持ちが通じたのか、キョロちゃんは「ごめん」と首の後ろを撫でて微かに笑った。

「そうだね。命の調整をしてるから大丈夫だね。日菜の気持ち全然考えてなかったよ」

「ううん。わたしの方こそわがまま言ってごめんね」

キョロちゃんはキスをしてくれた。でもその途端、心がもぎ取られるように痛んだ。

唇を通じて分かってしまった。そこに愛情がまったくないことに。彼は今、義務でキスをしている。命を奪われるかもしれない恐怖を感じながら嫌々しているんだ。

唇を離すとキョロちゃんは微笑んだ。作り笑顔だ。

もうとっくに離れていたんだ。わたしたちの心は……。

ピコン！　時計が音を立てて命を失った。わたしが悲しんでいる音を聞いたはずなのに、彼は気付かないフリをして「手洗ってくるよ」とそそくさと行ってしまった。離れてゆくキョロちゃんの背中に、もう声をかけることはできなかった。

「日菜ちゃん大丈夫～？」

エンさんの声でハッと我に返った。あくる日、ランチタイムの喧騒《けんそう》が去って、わたしは洗い物をしていた手を止めてシンクの一点をぼんやりと見つめていた。

「事故ったところ、どっか痛いの？」

カウンター席でエンさんが頬杖《ほおづえ》をついて心配そうなまなざしを送っている。

「そんなことないですよ。大丈夫です」と誤魔化すように首と手を同時に振った。

「でも最近元気ないじゃ～ん。誠君と喧嘩でもしたの？」

視線を逸らすと、エンさんは薄く笑った。誤魔化すのが下手ねって思っているんだろうな。

「じゃあさ、これで仲直りしておいでよ」

そう言って一枚の紙を差し出した。花火大会のチラシだ。

「え？　でもこの日、お店ありますけど」

「平気平気～。退院したばかりなのに毎日働かせて悪いなーって思ってたんだ。いいから誠君と行っておいでよ。お店なんて休みにしたって構わないんだからさ」

シャリン！　と時計が音を立てた。

エンさんの気持ちが嬉しくて彼の命を奪ってしまった。

またやっちゃった……。キョロちゃん、怒ってないかな。

「だけど、本当にいいんですか？」

「もちろん。楽しい思い出作っておいでよ」

エンさんの気持ちは嬉しい。でも受け取ったチラシを見て怖くなった。

キョロちゃん、今のわたしと一緒に行ってくれるのかな……。

帰宅すると、キョロちゃんは作業部屋でパソコンに向かっていた。襖《ふすま》の縁に手を掛けて「ちょっといい？」と声をかける。彼は伸びをしながら「帰ってたんだ。どうしたの？」と小首を傾げた。

「あのね、来週の海の日ってなにしてる？　もしよかったら一緒に花火大会行かない？」

胸の前で花火大会のチラシを広げる。キョロちゃんは眼鏡の中で目を細めた。

なにも言わないこの沈黙が怖い。胸がドキドキしている。

彼は仕事の納期が記されている卓上カレンダーに目をやった。そしてしばらく考えて、

「ごめん。その日、打ち合わせなんだ」

「そっか……。じゃあ仕方ないね！　最近忙しいって言ってたもんね！」

笑わなきゃ。悲しい気持ちがバレたらキョロちゃんにまた嫌な思いをさせちゃう。

ピコン！　とライフウォッチが鳴った。

しまったと思って俯いていると、キョロちゃんは「でも」と続けた。

「仕事が早めに終わったら、そのときは行こうよ。花火大会」

「いいの!?」

「うん。終わる時間が見えたら連絡するよ」

きっと悲しんでいるわたしを想って気を利かせてくれたんだ。そんな真心が嬉しい。

「じゃあ場所取りしておくね！　海の見える丘公園が良いと思うの。あそこならきっと綺麗に見えるはずだから。あ、わたし、お昼から行って良い場所キープしておくよ！」

シャリン！　今度は嬉しくて命を奪ってしまった。単純な自分が嫌になる。しょげるわたしにキョロちゃんは「気にしないでいいよ」って笑いかけてくれた。今日の彼はとっても優しい。なんだか良い予感がする。素敵な花火大会になりそうだ。

嬉しくて小躍りしながらリビングに戻ると、能登さんがこちらを見ていた。

――あいつはお前と生きていくことを本当に望んでいるのか？

大丈夫だ。大丈夫に決まってる。

この花火大会で前みたいに仲良しに戻ってみせる。絶対に……。

花火大会の朝。空には分厚い雨雲が広がっていて、いつ雨が落ちてきてもおかしくない天気だった。スマートフォンで湘南の天気予報を確認すると、夕方からの降水確率は五十パーセント。ギリギリ降るか降らないかといったところだ。

わたしは不格好なてるてる坊主を作ってカーテンレールにぶら下げると、パンパンと柏手《かしわで》を打って心の中で天気の神様にお祈りをした。

お願いします！　今日だけでいいんです！　どうか雨を降らせないでください！

お昼過ぎ、キョロちゃんは打ち合わせに出かけた。「終わったら電話してね」と見送って、わたしも出かける準備をはじめた。江の島の花火大会には毎年多くの見物客が訪れる。だから早めに場所取りをしておいた方がいい。

お気に入りの濃紺の水玉ワンピースに着替えていると、インターホンがビーッと騒がしく鳴った。

あーもう、誰!?　出がけの忙しいときに！

ワンピースに袖を通して、慌ただしく玄関へ向かう。宅配便が届いたようだ。デパートからの荷物だ。でもこんなの頼んだ覚えないんだけどな。キョロちゃんかしら。

送り主を見てびっくりした。エンさんからだ。小走りでリビングに戻って包装を破いて箱を開くと、中には、なんと浴衣《ゆかた》が入っていた。

わたしは大慌てでエンさんに電話をかけた。

「もしもしエンさん!? 今、荷物が！ 浴衣が届いたんですけど！」

『あ、届いた〜? 日菜ちゃん浴衣持ってなかったなぁって思ってさ。せっかくだから着ていきなよ。日菜ちゃんってわたしと同じくらいの背丈だったよね？ 多分ぴったりだと思うから。浴衣は男ウケいいからポイント高いわよ～。それじゃあね～』

　電話が切れると箱の中の浴衣を広げてみた。白地に薄桃色の紫陽花《あじさい》があしらわれている。帯も藤紫色で可愛らしい。エンさんの優しさが胸に響いて鼻の奥がつんとした。

　やばい。嬉しくてキョロちゃんの命を奪っちゃう。

　そう思ったそばから奪ってしまった。

　またやっちゃった。でも今は罪悪感よりもエンさんへの感謝の方が大きい。

　ありがとう、エンさん……。わたしは浴衣に顔を埋《うず》めて心から感謝した。

　それから慣れない手つきで浴衣の着付けをはじめた。ネットの動画で確認しながらなんとか帯まで結ぶと、気合いを入れてメイクに取り掛かる。髪も丁寧に結わいた。準備万端整えて鏡の前に立つと――自分で言うのも恥ずかしいけど――いつもより何倍も可愛く見えた。

　なんだか自分じゃないみたいだ。なんて可愛い浴衣なんだろう。

　スマートフォンで自撮りをして『ありがとうございました！』って画像付きでお礼を送ると、エンさんは太った猫のスタンプで返事をくれた。可愛いイラストでちょっと笑える。でも気を抜いた途端、また命を奪ってしまった。

うわ、まただ。片目を瞑《つぶ》って顔をしかめた。

海の見える丘公園に着いたのは二時を過ぎた頃だ。メイン会場である江の島近くの海岸からは遠く離れているし、観光客にもあまり知られていない穴場だから見物客も少ない。それでも地元民らしき人たちが数組いて、昼間からお酒を飲んで大盛り上がりですっかり出来上がっていた。

湘南の海が一望できる見晴らしの良い場所にギンガムチェックのレジャーシートを広げてその上に座ると、わたしは着ている浴衣に視線を落とした。

キョロちゃん、浴衣姿を見て可愛いって褒めてくれるかな……。

午後四時過ぎ。どこからか号砲花火が聞こえた。交通規制がはじまったみたいだ。念のため『間に合いそう？』ってメールを送ってみたけど返事はない。忙しいんだろうな。わたしは蚊に食われた頬っぺたをポリポリと掻きながら催促してしまったことを後悔した。しつこい女って思われたかなぁ……なんてことを考えていたら、酔っ払った大学生に「こっちで一緒に飲まねぇ？」と声をかけられた。苦笑いして「待ち合わせしてるんで」と追い払う。しばらくの間、じろじろ見てくる視線が痛かった。わたしはスマートフォンをぎゅっと握った。

キョロちゃん、早く来てくれないかな。

午後六時半を過ぎると、日が傾きはじめて辺りはだんだんと暗くなってゆく。天気はギリギリ持ってくれている。太陽が出ていないから今日の風はいつもよりうんと冷たい。あと三十分で花火がはじまってしまう。目を瞑って彼の到着を祈った。

時間が更に経った。群青色だった空は真っ暗になり風はもっと冷たくなった。ぶるっと身震いして腕の辺りをさすっていると、「小僧には困ったものだな」と能登さんの声が正面から聞こえた。

顔を上げると、彼女は湘南の風景を背負って手すりに座っていた。

「お前が蚊に食われながら、酔っ払いに絡まれながら、何時間も待ち続けているというのに。まったく、あの男は。仕事などさっさと切り上げてくればいいものを」

くすっと笑うと、能登さんは「なにがおかしい」と片眉を上げた。

「能登さんってやっぱり優しいね」

「優しい？」

「うん。だっていつもすごく心配してくれるから。この間だってそうでしょ？　わたしのことが心配で色々忠告してくれたんだよね。能登さんって口は悪いし、怒った顔も怖いけど、根はとっても優しいんだよね」

「バカを言うな」

照れたのか、能登さんはぷいっとそっぽを向いてしまった。

「わたしはイライラしているだけだ。小僧のことばかり気にするお前を見ているとむかっ腹が立つんだ」

「ふふふ。能登さんはツンデレだね」

能登さんは顔を真っ赤にして食って掛かろうとした。でも、その表情が不意に暗くなる。そして「どうしてあいつなんだ？」と呟いた。

「他にも良い男なら山ほどいるだろう？　命を分け合って窮屈な思いをせざるを得ないあいつより、もっとお前にとって居心地の良い相手がこの世界にはたくさんいるはずだ。それなのに、どうしてあの小僧にこだわるんだ？」

「別にこだわってるわけじゃないよ。わたしはただ、キョロちゃんじゃなきゃダメなんだ」

能登さんが首を傾げた。

「わたしにとって男の人は彼だけなの。恋愛対象はキョロちゃんだけ。それにね、キョロちゃんはわたしのたったひとつの居場所だから」

「居場所？」

「うん。ずっと欲しかったんだ。自分の居場所が。わたしのお母さんね、わたしが小学生の頃に男の人と出て行ったの。それでお父さんは悩んで、無気力になって、わたしが高校生のときに自分で自分の命を絶っちゃったの」

今も目を閉じれば思い出す。お母さんが出て行ったときのことを。お父さんが家の梁《はり》にロープを掛けて首を吊ってしまったことを。わたしが独りになったあの日のことを。「もしもあの日、お母さんに『いつもありがとう』って言っていたら、お父さんに『わたしがいるからね』って声をかけていれば……。何度も何度もそう思った。でもわたしは大切な人を救えなかった。だから独りになって当然だ。わたしにはもう居場所なんてない……そう思って諦めてたの。だけどね、キョロちゃんはそんなわたしに言ってくれた。いつか日菜と一緒に暮らす家を造りたいって。それが僕の夢なんだよって。その言葉が嬉しかった。すごく嬉しかった。生きてきた中で一番嬉しい言葉だったの。でね、そのとき思ったんだ。この人がわたしの居場所なんだなぁって」

能登さんは瞬きひとつせず、わたしの話を聞いてくれている。

「だからキョロちゃんのためならなんでもしてあげたい。わたしにできることならなんでも。わたしの居場所になってくれた彼に、いつかちゃんと恩返しがしたいの」

誕生日に手作りの赤い傘を作ってくれたキョロちゃん。仕事終わりにケーキを買ってきてくれたり、かき氷機も買ってくれた。優しく頭を撫でてくれた。わたしのために夢を叶えようと一生懸命頑張ってくれている。そんなひとつひとつの優しさが、かけがえのない居場所だって心から思う。だから失くしたくない。これからも一緒にいたい。大事なこの居場所を守り続けたいんだ。

「居場所か」と能登さんが囁いた。それから悲しそうな目をこちらに向けて、

「そんな風に思ったことが、かつてわたしにもあったよ」

「え……？」

そのときだ。花火が空いっぱいに輝いた。

それを合図に次々と夜空を彩る打ち上げ花火たち。

上がっちゃった……。花火のドーンという音が胸に響いて心が締め付けられる。

次々と花を咲かせる眩《まばゆ》い光が夜空に幾百と広がってゆく。

「まだ連絡はないのか？」能登さんが花火の切れ間にそっと訊ねた。

わたしは首を縦に振る。スマートフォンは沈黙したままだ。

「そうか。残念だったな……」

その声がとっても優しくて、思わず目尻に涙が盛り上がった。

花火の音なんかに負けないくらい心に響く優しい声だ。

「仕方ないよ、仕事だもん」

精一杯笑った。研ちゃんが言う通り辛いときは笑うんだ。無理してでも笑わないと。

ぽつり、ぽつり……と、雨のしずくが落ちてきた。

必死にこらえていた空が耐えきれなくなって泣き出したみたいだ。

雨脚が一気に強くなって辺りは騒然となる。作った笑顔が崩れてゆく。

浴衣が濡《ぬ》れちゃう。せっかくエンさんがプレゼントしてくれたのに。

指先で目元の雨を拭うと、とっても温かくて涙だとすぐに分かった。

見たかったな。キョロちゃんと一緒にこの花火……。

傘がなかったから濡れながら駅まで歩いた。湘南モノレールの片瀬山駅のホーム。顔を伏せていると毛先から雨粒がぽとりぽとりと静かに落ちた。ピコン！　と時計が音を立てる。悲しいんだってその音に教えられる。遠くで聞こえる花火の音。でも聞きたいのはそんな音たちじゃない。

手の中のスマートフォンに目を向ける。電話は鳴らない。鳴ってくれない。

スマホって一番鳴ってほしいときには絶対鳴ってくれないんだな……。

この小さな機械は誰とも繋がっていない。そんな風に思えて苦しくなった。でもこんなとこで泣いたらみっともない。我慢しなくちゃ。きんちゃく袋の紐をぎゅっと握りしめ、口を結んで、目を閉じて、泣かないように必死にこらえた。

「……誰もいないぞ」

隣に立っていた能登さんが雨音の中でぽつりと言った。

「今ここには誰もいない。だから日菜――」

目元に小さな皺を作って能登さんは微笑んだ。

「泣いたっていいんだぞ」

その言葉が心に沁《し》みて涙が次々と頬を滑り落ちた。そして、こらえきれなくなって声を上げて泣いてしまった。能登さんはホームの向こうの遠くの空で輝く花火たちを見ている。わたしの泣き顔を見ないでくれている。その優しさが嬉しかった。

電車が来るまでの間、わたしはホームに佇み一人泣き続けた。

どうしても片瀬山の公園に行く気にはなれなかった。

バイト先で打ち合わせが終わったのは六時半。でもなかなか事務所を出られずにいる。

もし一緒に花火を見たら日菜は幸せで僕の命を奪うだろう。

そんなことを考えていると、設計事務所の所長に「話がある」と声をかけられた。

「――悪いんだけど、君にはもう仕事は任せられないよ」

「どうしてですか!?」僕は椅子から立ち上がった。

「みんな言ってるんだよ。君はいつもうわの空だって。手首をぼんやり眺めて全然集中していないってね。それに近頃、図面のミスも多すぎる。この間も締め切りを破っただろ?」

その通りだ。ぐうの音も出ず閉口した。

「雨宮君はよく頑張ってくれているって俺は思うよ。俺はね。でも、これはみんなの意見なんだ。所長としては聞き流すわけにはいかなくてね。悪いね。これ少ないけど」

渡された茶封筒には少額のバイト代が入っていた。

事務所を出たのは七時前だ。スマートフォンには日菜からのメールが届いている。呑気な文面に少しだけ苛立つ。どうして命を奪われると分かっていながら一緒に花火を見なくちゃいけないんだ。日菜は昼間も僕から散々命を奪った。きっと浮かれていたに違いない。これで花火を見ようものなら僕はたちまち彼女に殺されてしまう。かといって家に帰る気にもなれない。もし日菜が帰って来たら顔を合わせることになる。今は会いたくない。会えばきっと苛立ちをぶつけてしまう。

だから電車を途中下車して、花火大会の会場を当てもなく彷徨《さまよ》った。

浴衣姿で歩く恋人同士がりんご飴《あめ》をかじりながら楽しげに笑っている。その姿が眩しい。彼らは好きな人と同じものを見て、同じ幸せを感じることができるんだ。それなのに僕らは……。

僕らはもう二人で一緒の幸せを感じながら生きることはできない。日菜が笑えば僕の命は奪われる。日菜が喜べば僕は死に一歩近づく。あれだけそばにいられることが幸せだったのに、今は彼女の隣に立つ勇気がない。怖いんだ。日菜が笑うことが。怖くて怖くて仕方ないんだ。

だって彼女の幸せは、僕の不幸なんだから……。

「あれ？　あんた」

聞き覚えのある声に足を止めた。人混みの中に作業着姿の青年がいる。日菜の幼馴染みの畑中研君だ。親しくはないが何度かレインドロップスで顔を合わせたことがある。

彼は仕事仲間らしき体格の良い職人風の男たちと一緒にいた。仕事帰りなのか、顔も服も泥だらけだ。

「あ、やっぱり。日菜の彼氏っすよね？　えっと、キョロちゃんだっけ？」

僕は曖昧に会釈をした。

「日菜は一緒じゃないんすか？」

首を振って苦笑いで誤魔化す。今は彼女のことには触れてほしくない。

「つーか、あいつは仕事中か。そりゃそうっすよね。レインドロップスは今頃大忙しだろうし。花火大会の日に休みなんて取れるわけねぇもんな」

日菜は無理して休みを取ってくれたんだ。それほどまでに楽しみにしていた彼女の気持ちを思うと罪悪感が背中に重くのしかかる。

「あの、僕そろそろ」と頭を下げると、研君は「呼び止めて悪かったな」と軽く手を上げた。言いようのない後ろめたさが駅まで足を急がせた。

江ノ島駅に続く商店街は出店や道行く人々で溢れ返っている。その笑顔の中を縫うように歩いていると頬に冷たさを感じた。空を見上げたと同時に水槽をひっくり返したかのような雨が降ってきた。濡れないように逃げてゆく人々を尻目に、僕は立ち止まりその雨を見つめた。街灯の光を受けて輝く急雨は白い流れ星のように美しい。辺りを包む雨音が苛立つ気持ちを冷ましてくれる。

破裂音が耳に響いた。江の島方面の空が朱色に輝いている。次々と鮮やかな花が夜空に咲く。雨に濡れた花火は、なんだかとても寂しげに見えた。

日菜もこの雨の中で花火を見上げているのだろうか。

シャリン！　と時計が音を立てた。日菜だ。きっと悲しくて命を失ったんだ。罪悪感が波のように押し寄せて、僕は花火に背を向けて逃げるように歩き出した。

近所の喫茶店で時間を潰して家に帰ると、彼女は二階の寝室でもう眠っていた。鴨居《かもい》の出っ張りに掛けられたハンガー。そこに見たことのない浴衣がぶら下がっている。

日菜はこの日のために浴衣を用意していたんだ。

そうか……。だから昼間、何度も命を奪ったのか。きっと浴衣姿を見て嬉しくなったんだ。でもそんなのおかしいだろ。そんなことしたら僕の命を奪うって分かるはずだ。それなのにどうして浴衣なんて着るんだ。そう思ってしまう自分がなんだかとても厭《いや》らしい人間に思えた。

ソファに腰を下ろして手のひらで頭を何度か殴った。僕は日菜に苛立ちながら、僕自身に憤りを感じている。日菜を大切にできず、嫌悪してしまう弱い自分に虫唾《むしず》が走る。

「貴様は薄情な男だな」

背後で能登さんの声が聞こえた。

身をよじって振り返ると、ダイニングチェアに彼女の姿がある。その視線はいつになく攻撃的だ。少しもまじろがずに僕のことを捉えている。

「日菜はお前が来るのを昼からずっと待っていた。蚊に刺され、酔っ払いに絡まれ、雨に濡れながら待ち続けていたんだ。連絡くらいしてやればいいものを」

「珍しいですね」

吐き捨てるように言うと、彼女は一直線の前髪の下の二重瞼をぴくりと動かした。美しい顔に怒りが滲んでいる。でも僕は引かなかった。立ち上がって能登さんに歩み寄り、

「僕らの恋愛に口出しするなんて珍しいですね。前に言ってましたよね？　二人の甘ったるい同棲生活には興味ないって。そんなもの見せられても吐き気がするって」

「ああ、吐き気がするよ」

「だったら――」

「お前を見ていると吐き気がする」

怒りに燃えるその眼光に、僕は思わず言葉を飲んだ。

「だからわたしは日菜に言ったんだ。お前の命をすべて奪って新しい人生を歩めとな」

「なんでそんなこと！」

「不幸にするからだ」

「不幸に？」

「ああ。お前はいつか必ず日菜を不幸にする」

僕が日菜を……。その言葉が鎖のように絡みつく。

「お前たちはもう一緒に生きるべきではない。それはお前自身が一番よく分かっていることだろ？　だったら早く日菜を自由にしてやれ」

「――能登さん」

明智さんの声がしたかと思うと、彼は風のように窓辺に現れた。

「そんなこと言うべきじゃありませんよ。あなたは常々仰《おつしや》っているじゃありませんか。僕ら案内人はいつでも中立でなければならないって。こんなの能登さんらしくないです」

彼女も自分の発言を後悔したのか、小さな舌打ちをひとつすると雨音の中にすっと消えた。能登さんがいなくなったリビングはやけに静かに思えた。

明智さんが「すまないね、誠君」と笑いかけてくれる。尖った気持ちを解きほぐすように優しく。

「でも君も少し神経質になりすぎだよ」

「そりゃあ神経質にもなりますよ。日菜は幸せを感じやすいんです。油断したらあっという間に全部の命を奪われちゃいますから」

明智さんが僕の隣に立った。並ぶと背がうんと高いことが分かる。

「でもだからといって四六時中時計を見ていたら君自身が参ってしまうよ。現にそれが原因でアルバイトもクビになった。違うかい？」

見ていたのか。あんなみっともないところを見られたなんて。

苛立ちが胃の中で燃え上がり、その怒りで命を一年失った。

「いいかい？　ライフシェアリングをしていても普段通りの生活を送るんだ。君たちは一日の終わりに命の調整をしている。それに君は日菜ちゃんより念のため多くの命を所有しているだろ？　だからそう簡単にすべての命を奪われることは――」

「怖いんです」明智さんの言葉を遮った。「いつまた前みたいに残りの命が一年になるかと思うと怖いんですよ。余命が気になって仕方なくなるんです。命の調整をするようになって少しは安心できたんです。これでもう大丈夫だって。でも、やっぱり日菜は僕から簡単に命を奪うんだ。だから時計の音がするたび、いくら調整しても無意味だって思っちゃうんですよ」

日菜が笑うと怖い。喜ぶと怖い。あんなに好きだった彼女の笑顔は、今は僕を傷つける刃物だ。だから笑わないでほしい。喜ばないでほしい。そんな風に思ってしまう自分が世界で一番浅ましく思える。僕はなんて厭らしい人間なんだ。でも、どうしても日菜が幸せを感じることが許せない。そう考えることにもう疲れてしまった。

「教えてください、明智さん。僕たち以外はどうなんですか？　ライフシェアリングをしていた人はちゃんと命を奪い合いながら生きていたんですか？」

彼はしばらく黙っていた。僕が名前を呼ぶと、大きく頭を左右に振った。

「僕が知る限りライフシェアリングで幸福な結末を迎えた者はいないよ」

ハンマーで横っ面を叩かれたような衝撃が奔《はし》った。

「……じゃあ、どんな結末を？」

言い淀《よど》む明智さんに「聞かせてください」と迫った。彼は観念して近くの椅子に腰を下ろした。

「ある若い二人がヨットから落ちて溺死《できし》した。彼らはそれをきっかけにライフシェアリングをすることになったんだ。自信があったんだろうね。ふたつ返事で現世に戻ることを選択したよ。その自信の通り、初めは上手く命を分け合えていた。だけどね、だんだんと女の方が耐えられなくなっていった。疑心暗鬼になり、男のことを疑うようになったんだ。彼はわたしの命を全部奪うつもりかもしれないって。過剰なまでに神経質になり、それで最後は――」

明智さんは唇を指先でそっと撫でると、呻《うめ》くように言った。

「刺したよ。男のことを。命をすべて奪うつもりでね」

僕らもいつかそんな風に……。一瞬そんなよからぬ考えが胸を過《よぎ》った。

「だから命の奪い合いに囚《とら》われてはいけない。君は君のやるべきことを全うするんだ」

「僕のやるべきこと？」

「ああ。きっとあるはずだ。君がこの人生で命を懸けてやるべきことが」

テーブルの上の建築雑誌に目が留まった。表紙には真壁哲平の作品が載っている。素朴だが洗練されたクリーム色の外壁の住宅。それを見ていたら、ある考えが雨のように頭上から降り注いだ。


あくる日、僕は日菜が目覚めるよりも早くに家を出た。

江ノ電で藤沢に向かい、そこから東海道線《とうかいどう》で横浜《よこはま》へ。駅の案内板で現在地を確認して、みなとみらい線で元町《もとまち》・中華街《ちゅうかがい》駅を目指した。

不案内な土地なのでスマートフォンの地図を頼りに目的の場所を探す。やがて山下公《やました》園の裏手に古びたビルを見つけた。年季の入ったそのビルは近代的な建物に囲まれて居心地悪そうに佇んでいた。昭和初期に建てられた外国人向けのアパートメントらしい。今は一般利用されており、一階はクリーニング店と薬局が並んでいる。店の脇にはエントランスへ続く扉が見える。古びた木製の大判ガラス両開きドアだ。エントランスの床はモザイク柄にタイルが敷き詰められていて、なんとも言えない味わいがある。壁に設置されているステンレス製の四角い郵便受けには部屋番号と会社名が記されている。僕はそのひとつを見て、ごくりと唾を飲み込んだ。

三〇一号室・真壁哲平建築研究所――。

どうしても確かめたかった。コンペに落選したその理由を。コンペ案には自信があった。今まで自分が作ってきた作品の中で一番良かったと自信を持って言える。だから落選したときは規定を守れていなかったのかと思ったほどだ。もちろん落選の理由を直接聞きに来るなんてルール違反だと分かっている。それでも確かめたくて仕方なかった。

石造りの手すりを頼りに階段を上ってゆく。鉄球を括《くく》りつけられているみたいに足が重くて、一歩一歩を踏み出すたびに激しい動悸《どうき》で呼吸が乱れた。

ようやく三階のフロアに着くと、三〇一号室の前で立ち止まった。こげ茶色の重たげな木の扉。その脇にあるインターホンの音符マークを指先でぐっと押し込む。

『はい、真壁哲平建築研究所です』

ややあってスピーカーから若い男性の声が聞こえた。恐らく所員さんだろう。

「突然すみません。雨宮誠といいます」僕の声は驚くほど震えていた。「この間の鎌倉市立図書館のコンペに応募した者です。不合格だったんですけど、でもどうしても納得できなくて。どこが駄目だったのか先生に教えていただきたくて来ました」

『申し訳ありませんが、そのような問い合わせにはお答えできません』

「そこをなんとか！」と食い下がったがあっさり切られてしまった。でも諦めきれない。もう一度だけダメもとでインターホンを押そうと――「おい」という声が右耳を貫いた。顔を向けると、僕は驚きのあまり二、三歩たじろいだ。

真壁哲平が立っている。洗いざらしの白いシャツに黒のスラックス。シャツのボタンを一番上まで留めて、太い首を掻きながら怪訝そうにこちらを見ている。白髪の交じった短髪に神経質そうな顔立ち。深く刻まれたほうれい線が印象的だ。雑誌のインタビュー記事なんかで見るよりも小さくてずんぐりむっくりしているが、紛れもなくあの真壁哲平だ。シンプルな出立ちのせいか、彼はなんだかとても自由な感じがした。

なにか言わなくては。僕は混乱する頭を無理矢理落ち着けて、やっとの思いで足を前に出した。

「あの、僕、雨宮誠といいます！　折り入ってお訊ねしたいことがあって来ました！」

「コンペ案は持ってるか？　名前を言われても覚えてないよ。あるなら見せてくれ」

彼はそう言うと分厚い手のひらをこちらに向けた。僕は慌ててバッグからコンペ案のコピーを出す。真壁哲平は「どれどれ」と紙を少し遠ざけながらそれを眺めた。老眼なのだろうか。太陽を見上げたときのように目を細めている。

「これはさ、君としては何点くらいの出来なの？」

一分ほど経った頃、真壁哲平が上目遣いでこちらを見た。その視線は銃口のようだ。

僕は慎重に「八十五点くらいかと」と答えた。

「だから落ちたんだよ」真壁哲平はそう言って紙を突き返してきた。

受け取った用紙を抱えたまま絶句していると、

「君みたいな半人前の自己評価八十五点の作品を俺が評価するとでも思ったか？　百点のものを出してこいよ。それともなにか、八十五点っていうのは保険を掛けた点数か？　あんまり高く言ったら『この程度で？』って言われそうで」

「そんなこと！」

「君は甘いね」真壁哲平は口の端を歪《ゆが》めて皮肉っぽく笑った。

出そうとした右足がぴたりと止まる。

甘い？　僕が甘いだって？

「建物ってのは何十年とその場所に残り続けるんだ。それなのに八十五点のもので良いだなんて、君の覚悟はその程度のものなのか？」

そう言うと、真壁哲平はドアを開けて中へ入ってしまった。バタンとドアが閉まる音を聞きながら、気付くと僕は手の中のコンペ案を悔しさで握りつぶしていた。

石を投げると、ちゃぷん、という音と共に大きな波紋が水面に広がった。

川沿いのボードウォークから北仲橋《きたなかばし》の向こうのみなとみらいの風景を眺める。かまぼこのような形をしたヨコハマグランドインターコンチネンタルホテル。その隣にはどこか偉そうな観覧車が佇んでいる。橙色《だいだいいろ》の夕日を浴びてゴンドラが輝いて見えた。

「大丈夫かい？」と明智さんが心配そうに声をかけてくれた。

僕は唇を噛むと、彼に背を向けたまま言った。

「自信はあったんです。建築家としてやっていけるって自信が。有名な国立大学に入って、学生時代はいくつも賞を獲って、大手建設会社の設計部にも一発合格。そのまま就職しました。なーんだ、人生って意外と簡単じゃん。正直そんな風にナメてました。でも会社に入って任される仕事はビルの非常階段の設計みたいな退屈なものばかりで、だんだん心はすり減っていって……。そんな日々が三年くらい続く中で思うようになったんです。僕がやりたかった建築はこんなものじゃない。安定欲しさに大きな会社に就職したけど、本当にやりたかったのは真壁哲平が造るような、人と自然や、人と人とが繋がれる建築なんだって。それで一級建築士の免許を取って独立して。成功する自信はありました。僕には才能がある。神様は僕に建築の才能を与えてくれている。そう信じていました。でもいくらコンペに応募しても全然ダメで、チャンスも摑めなくて、日菜にもたくさん迷惑をかけて。あんなにあった自信は、いつの間にかしぼんだ風船みたいに小さくなっていました」

やるせなくて背中を丸めた。

「真壁哲平の言う通りだ。僕は甘い。まるで覚悟がなかった。落ちた理由を聞きに行ったのも、もしかしたら真壁哲平が認めてくれるかもしれないって下心があったんです。あの人はそれを見破った。情けないくらい甘かったんだ……」

「じゃあどうする？　建築をやめるのかい？」

答えられなかった。これ以上建築に携わっても結果を出せる自信はない。かといって建築を捨てる勇気もない。どっちつかずの自分が腹立たしい。

「決められませんよ、そんな簡単には」

「そうか。だったら一生後悔しながら生きればいいさ」

突き放すような言葉だ。僕は振り向いて明智さんを見た。怒っているのかと思ったが、彼は冷静な顔をしていた。いや、冷静というよりも、どこか寂しげだった。

「自分はもっとできたはずだ。命を奪い合っているんだから他人と比べてハンディキャップがある。だから上手くできなかった。運が悪かった。環境が悪かった。そう思いながら生きていけばいいさ」

「きついですね……」

明智さんは口元を綻ばすと、ごめんよ、と謝った。

「でも、僕はいつも思っているんだ。人は後悔ばかりする生き物だって。誰もが多かれ少なかれ後悔を抱えながら死んでゆく。僕はあちら側の世界で多くの死者と面談をしてきた。そこで彼らの後悔の念を山ほど聞いた。そのたびに思ったよ。ならどうしてもっと努力しないんだって。後悔すると分かっていたなら、もっと頑張ればよかったのに」

「そんなの……」僕は情けなく視線を下へと逸らした。「明智さんは人間じゃないから分からないんですよ。人はそう簡単には強くなれないんです。弱くて情けない生き物なんですよ」

「確かにそうだね。人は弱い。今のは自分のことを棚に上げた発言だったな。君の言う通りだ。人は弱くて情けない生き物だ。僕も昔はそうだったよ」

「え？」言葉の意味が分からず顔を上げて彼を見た。

「生きていた頃は、僕も君と同じように悩んでばかりだったな」

「生きていた頃？」

「ああ。僕も元々は君と同じ人間だったんだ」

明智さんが人間？　信じられない。しかしその表情に嘘はない。

「じゃあ、どうして案内人に？」

「色々あってね」と彼はやんわりと微笑んだ。なにかを隠すような曖昧な笑みだ。

明智さんは僕の隣にやって来ると背筋をしゃんと伸ばした。長いまつげが瞬きのたびに微かに揺れる。そして大きな瞳で横浜の街を見つめた。

「人は愚かしい生き物だ。普段は命のことなんて考えていないのに、ひとたび死が近づけば命に囚われて動けなくなる。弱くなる。臆病になる。でもね、誠君」

明智さんが澄んだまなざしを僕に向ける。

「命とは、人が持つなにものにも代えがたい唯一無二のものだ。だけどそれは人を動かすエネルギーに過ぎない。その命をどう使うかが人間の本当の価値だ。人生の意味だと僕は思うよ。君には後悔しない人生を送ってほしい。たとえそれがたった十年の命だとしても、ライフシェアリングという不条理な奇跡に負けないでほしいんだ」

夕陽を浴びた水面の輝きが明智さんの横顔を神秘的に照らす。その姿は本物の天使のように光り輝いて見えた。僕を励ましてくれている明智さん。でも今の僕には辛すぎる言葉だ。だから直視できない。視線を観覧車の方へ逃がすと、僕は顔を歪めて弱々しく呟いた。

「無理ですよ、そんなの……」

自信がないんだ。この不条理な奇跡に打ち勝つ自信が。日菜と生きてゆく自信が。

自分自身の命にも、人生にも、日菜に対しても、僕はなんの覚悟すら持てずにいた。

キョロちゃんの誕生日がすぐそこまで迫っていた。

八月三日は彼の二十七回目の誕生日だ。キョロちゃんはアルバイトをクビになって以来すっかり落ち込んでいる。誕生日を一緒に祝うことができれば少しは元気づけてあげられるかもしれない。

でも、そのことを能登さんに話したら「やめろ」と言われてしまった。

ソファで足組みをしている能登さんは、なんだかすごく不機嫌そうだ。

「花火大会の約束を守らなかった奴なんて祝ってやる必要はない」

「仕事が終わったの十時だったんだって。だから仕方なかったんだよ」

「どうだかな」能登さんはアームレストに肘をついて、ふんと鼻を鳴らした。

「ねぇ、いっこ訊いてもいい？」わたしはソファの背もたれに両手をついて能登さんのことを見た。「能登さんって、なんでそんなにキョロちゃんに厳しいの？」

「厳しくなんてない」随分と素っ気ない。しかも嘘をついている目だ。かれこれ一ヵ月以上の付き合いで能登さんの性格はお見通しなのだ。

じーっと目を見ていると「鬱陶しい」とハエを払うみたいにしっしと手を振られてしまった。それでもしつこくじぃーっと見つめていると、彼女は観念して「似てるんだ」と呟いた。

「似てるって誰に？」

「わたしが生きている頃に愛した男にだ……」

「愛した男？……え!?　ちょっと待って！　能登さんって人間だったの!?」

「当たり前だろ。妖怪の類いとでも思っていたのか？　失礼な奴め。案内人は誰もが元は普通の人間だ。死後に素質がある者だけがスカウトされるんだ」

「そうだったんだ……。ちなみに、能登さんはいつ頃まで生きてたの？」

「大正十二年だ」

「あー、だからそんな変なしゃべり方なんだね」

　睨まれたので口を押さえた。思ったことをつい口に出してしまった。

　能登さんは咳ばらいをひとつすると、遠い目をして窓の外を眺めた。

「あれは一九二三年の夏のことだ。十八歳のわたしは、ある男に恋をした」

「ん？　ちょっと待って。もしかして昔話する感じ？」

「昔話って言うな」

「ごめんなさい……。どうぞ、続けてください」

「わたしは売れない物書きだった檀平助《だんへいすけ》という男に恋をした。わたしの両親はどうしようもない輩《やから》でな。所謂家庭不和だった。だから家族の愛情というものを欲していたのかもしれない。彼は、平助は、そんなわたしに居場所を与えてくれたんだ」

　だからあのときわたしが「居場所」って言ったら悲しそうな顔をしていたんだね。きっと昔の恋人のことを思い出していたんだ。忘れられない人なんだね。可哀想に。

「わたしは恋に溺《おぼ》れた。平助といるときは嫌なことをすべて忘れられた。彼こそがこの世のすべてだと思った。だから平助が出版社に原稿を没にされ、自暴自棄になって一緒に死のうと頼まれたときも迷うことなく首を縦に振った」

んんん？　死のう？　待って。重い。重すぎる。まさか心中の話に発展するとは……。

「同じ時刻に毒を飲んで天国で会おうと約束して、わたしたちは別れた。家族の顔を最後に一目見たくなったんだ。どうしようもない親だったが、惜別の思いに駆られてな」

「え、もしかしてそれでその夜、心中を？」

能登さんは首を横に振った。「いや、死んだのはわたしだけだ」

「はい？」

「あの世で案内人から聞かされたよ。その夜、平助は出版社から原稿採用の報《しら》せを受けて飲み屋でどんちゃん騒ぎをしていたとな。女をはべらせて鼻の下を伸ばしておったそうだ。それを知らずに、わたしだけが毒を飲んで死んだんだ」

か、悲しすぎる！　悲しすぎて一周回ってコメディみたいになってる！

「わたしは案内人になって奴が死ぬのを待ち続けた。五十年後、ようやく平助と再会したとき、顔面を五、六発、思い切りぶん殴ってやった。そして薄汚れた豚に転生させてやった」

そこまで話すと能登さんはわたしのことを見た。

「いいか日菜。恋愛で人生を左右させるのは最も愚かしいことだ。お前はわたしに似てこうと決めたら猪突猛進《ちょとつもうしん》なところがある。だから見ていて危ういんだ」

「大丈夫だよ。キョロちゃんはそんなひどいことしないもん。それに、せっかくの誕生日だからお祝いしてあげたいんだ。仲直りもしたいし」

能登さんはため息を漏らすと「勝手にしろ」と消えてしまった。

だけど、それから数日が経ってもわたしは誕生日のことを言えずにいる。もし拒絶されてしまったら、断られてしまったら、そう思って動けずにいるんだ。前にも増してわたしたちの会話は少なくなった。キョロちゃんはわたしと一緒にいることを避けているみたいだ。きっと命を奪われないようにって思って。それが分かるから、わたしはうんと臆病になってしまう。


数日後の昼下がり、レインドロップスはガラガラだった。猛暑日ということもあってテラス席には誰もいない。エンさんはエアコンの風が当たる特等席で常連客の奥さんと談笑している。

時計の短針が三を指した頃、カウベルが鳴ってお客さんが入って来た。

「初世さん！」わたしはキッチンから飛び出した。

「こんにちは。日菜ちゃん」

初世さんは閉じた日傘のバンドを留めながら朗らかに笑った。今日もとっても上品だ。可愛らしいひまわりの刺繍《ししゅう》の入ったブラウスを着ている。

いつものようにハグをすると、ふんわりと薔薇の香りが鼻をくすぐった。

「どうしたんですか？　お一人でいらっしゃるなんて珍しいですね」

「病院に検査結果を聞きに来たの。それで近くまで来たから、ちょっと寄ろうと思ってね」

「暑いのにありがとうございます。あ、冷たいもの作りますね！　なにがいいですか？」

「そうねぇ」と初世さんは顎をさすって斜め上を見た。「レモンバームがいいわね。それに、いい天気だからテラス席にしようかしら」と庭を指す。それから日陰の席を選んで座ると、庭の木々が風に揺れるところをぼんやりと眺めていた。

冷たいレモンバームティーを作っていたら、エンさんが「お店も暇だし、話し相手になってあげなよ」と言ってくれたので、自分のグラスも用意してテラス席へ向かった。

「——がんが再発したって言われちゃったの」

初世さんは世間話でもするようにさらりと言った。

「もうあちこちに転移しているみたいだから手術をしても良くならないんですって」

手に持ったグラスを思わず落としそうになった。こんなときなんて言ったらいいか分からない。悲しさと驚きと戸惑いが混ぜこぜになって目の前の景色がぐにゃりと歪んだ。

江ノ電の走行音が遠くで聞こえる。車輪とレールが擦れる鉄の音が不気味に響いた。

初世さんはすごく落ち着いている。どうしてこんなに平然としていられるんだろう？　もしかしたらいつかこんな日が来ることを覚悟していたのかもしれない。

「ねぇ、日菜ちゃん。もしもわたしが死んだら、そのときは主人のことをお願いできるかしら。面倒をみてくれとかじゃなくてね。時々でいいから遊びに行ってあげてほしいの。今まで通りに」

「それはもちろん。でも――」

わたしの声があまりに震えているからか、初世さんは口元に宿していた笑みを消した。

「わたしは、これからも初世さんに元気でいてほしいです……」

振り絞るようにして言うと、ピコン！　と時計が音を立てた。悲しみが命を一年奪っていった。

初世さんは「ありがとう」と柔らかく微笑み、レモンバームティーを一口飲んだ。

「でももう十分生きたわ。だからやり残したことなんてひとつもないの」

だとしてもそんなこと言わないでほしい。生きることを諦めないでほしい。

「あ、ひとつだけあったわ。心残りが」

「なんですか？」

「あなたたちの結婚式。出られないのはすごく心残りね」

結婚か……。幸せな家庭を築くことは幼い頃からのわたしの一番の夢だ。でも、

「できるのかなぁ、結婚なんて……」

「あら、どうしたの？　いつもポジティブな日菜ちゃんらしくないわね」

「恥ずかしい話なんですけど、彼と喧嘩しちゃったって言うか、最近色々ちょっとあって。ヤバいかもしれないんですよね、わたしたち」

強がって精一杯笑ったけど、悲しくて更に命を一年失った。

「それは困ったわねぇ。あ、じゃあ特別に〝恋愛の極意〟を教えてあげようかしらね。わたしが今までずっと大切にしてきたことよ」

「なんですか!?　知りたいです！」テーブルに身を乗り出すと、「落ち着いて」って手を広げてなだめられた。初世さんは「極意なんて大層なことじゃないんだけどね」とそっと微笑み、

「雨の日はね、いつもより相手のことを労《ねぎら》ってあげるの」

「雨の日は？」わたしは目をぱちぱちさせた。

「雨の日って嫌な気持ちになるでしょ？　気分は沈むし、ちょっとしたことでもイライラしちゃう。学校や会社にも行きたくないって思っちゃうし、なにをするにも億劫《おっくう》になる。だからね、雨の日はいつもより相手に優しくしてあげるの。そうすれば雨は二人にとっての〝恵みの雨〟になるはずよ」

「でも今は夏だから……」

今は夏だからめったに雨は降らない。わたしたちに恵みの雨はきっと降らない……。

「夏だって大丈夫よ。雨が降らない季節はないんだから。今はカンカン照りで暑くて参っちゃってても、いつか必ず雨は降るわ。だから大丈夫」

初世さんは目尻に深い皺を作って笑いかけてくれた。

「雨は時に人を傷つけるわ。でも草木を育てたり、誰かを幸せにすることだってある。雨には不思議な力があるの。だからあなたたちの愛も、きっと雨が育ててくれるはずよ」

その日の夕方、少し早めにお店を閉めた。

家の近くに着いた頃、空がゴロゴロゴロって大きな音を鳴らした。雷だ。それを合図に矢のような雨が降ってきた。その雨を見て、わたしは思った。

これはきっと恵みの雨だ。

よし……。今日こそはキョロちゃんに言ってみよう。誕生日を祝わせてって。

「――キョロちゃん！」

濡れた服のまま作業部屋に飛び込むと、彼はずぶ濡れのわたしを見て「どうしたの!?」ってのけぞった。ぼんやりしていたのか、外の雨には気付いていなかったみたいだ。

「あのね！　もうすぐキョロちゃん誕生日でしょ！　だから美味しいものでも食べに行

こうよ！」

キョロちゃんは「いや、今年は……」と口ごもる。わたしは彼の両肩を掴んだ。

「お願い！　どうしてもお祝いしたいの！　ね！　いいでしょ!?　お願いだから！」

彼はしばらく考えていた。音のない部屋にサーッという小気味良い雨音が鳴り響く。

キョロちゃんは俯きがちだった顔を静かに上げた。

「そうだね。たまにはいいかもしれないね」

聞き間違いじゃないかと思って、何度も「ほんとに!?」って訊き返した。

「こんなにずぶ濡れで頼まれたら断れないよ」

キョロちゃんは目尻を下げて笑った。彼の頭を抱えるようにしてぎゅって抱きついた。

「ありがとうキョロちゃん！」

喜びのあまり命を奪ってしまった。

「日菜、冷たいよ。それに気を付けて。あんまり喜ぶと命を奪いすぎちゃうから」

「あ、ごめん」と慌てて腕を離す。危うくまたキョロちゃんに嫌な思いをさせるところだった。

「じゃあ今日は前祝いだね！　キョロちゃんが好きなトマトクリームシチュー作るよ！」

「やけに張り切ってるね。なにかいいことでもあった？」

「うん！　だって今日は雨の日だから！」

雨の日はキョロちゃんを労ってあげるんだ。二人の愛をたくさん育てられるように。


キョロちゃんの誕生日がやって来た。

夜七時に仕事を終わらせると大慌てで店を出た。これから誕生日プレゼントを買いに行くのだ。なにを買うかはもう決めてある。彼が欲しがっているあの椅子だ。ちょっと高いけど特別なプレゼントになるに違いない。給料日の直後でよかった。

レストランの予約は夜八時。今から行けばギリギリ間に合うはずだ。

クラクションが聞こえた。石段の下、江ノ電の線路の向こうに目をやると、研ちゃんが軽自動車の運転席の窓から顔を覗かせている。「ごめんね～」と謝りながら石段を下りて助手席に乗り込むと、研ちゃんは「ほんとだよ」と不機嫌そうに唇を突き出していた。お目当ての椅子は大きいから運ぶのを手伝ってもらうことにしたのだ。

研ちゃんの車でヘパイストスのある鎌倉を目指す。夜の国道一三四号線は少しだけ渋滞している。でも流れはスムーズだ。よかった。なにもかもが順調だ。

赤信号で停車すると、研ちゃんが「最近どうなんだよ？」とハンドルを指でとんとん叩きながら横目でわたしのことを見た。

「どうって？」と首を傾げると、研ちゃんは気まずそうに視線を夕暮れの海へ向けた。

「いや、なんつーかよぉ。最近上手くいってんのかよ？　キョロの野郎とは」

「なにそれ。なんでそんなこと訊くの？」

ぶつぶつ言い淀んでいるから「なにが言いたいのよ」と脇腹を突いてやった。

「危ねぇなぁ！」研ちゃんが身をよじって怒る。そして観念した様子でふうって鼻息を漏らした。

「エンさんが言ってたんだよ。お前らあんまり上手くいってないのかもって。つーか、あの事故以来、エンさんずっと心配してんだぞ？　日菜が元気ないってよぉ」

「そんなことないよ……」

つい嘘をついてしまった。研ちゃんは見抜いたみたいだ。気まずそうなわたしを見て「あ！　そういやよぉ！」とわざとらしく大声を上げて話題を逸らしてくれた。

「この間キョロの野郎に会ったぞ。花火大会の日に江の島の会場で。あいつ一人で歩いてやがってよぉ。もしかしたら浮気でもしてんじゃねぇか？　ははは」

フロントガラスの向こうのテールランプが灰色に見えた。

「……それ、何時頃の話？」

「いつだったかなぁ。雨が降り出す直前だから、七時とかそのくらいじゃねぇか？」

仕事が終わったの十時じゃなかったの？

キョロちゃんは嘘ついていたんだ。

一緒に花火を見たら、わたしに命を奪われると思って……。

「どうした？」と怪訝そうな研ちゃんに、動揺して返事すらできなかった。

鎌倉に着いたとき、車の時計は七時二十分に変わったところだった。コインパーキングに車を停めてお店を目指す。前を走る研ちゃんが「時間ギリギリだな。急ぐぞ！」と地面を勢いよく踏んでスピードを上げる。わたしも必死に追いかけた。と、その途中、横目でチラッと見た先に一台の黒い旧車を見つけた。中年の男の人が後部座席に荷物を――、

「おい日菜！　なにぼさっとしてんだよ!?」

研ちゃんの声で我に返った。立ち止まっている場合じゃない。

「ごめん！」とまた走り出した。

ヘパイストスの店内に飛び込み一目散にあの椅子へと向かう。

でも、椅子がない。

近くにいた女性の店員さんを摑まえて「ここにあった椅子は!?」と訊ねた。

「今さっき売れてしまって」

そんな……。キョロちゃんがずっと欲しがっていた椅子なのに。

「在庫はないのかよ？」と研ちゃんが店員さんに迫った。

「ダメなの」

「ダメ？　なにがダメなんだよ？」

「あの椅子じゃないとダメなの。ここの椅子、ひとつひとつ手作りなの。だから、あの椅子は世界にいっこしかなくて……」

「んだよ、それ。おい！　じゃあその椅子買った奴の名前教えろよ！」と研ちゃんが店員さんの肩を掴んだ。しかし当然のことながら「個人情報なので」と答えてはくれない。

「いつ買ってったんだよ！　そのくらいはいいだろうが！」

「五分前くらいかと……」

「なら、まだ近くにいるかもしれねぇな」

研ちゃんは店を飛び出した。わたしも続こうとすると、

「さっき車に椅子を積んでいた奴がいたな」

振り返ると、丸いスツールに腰を下ろした能登さんがこちらを見て、こくりと頷いた。

脳裏を過る黒い旧車。その後部座席に積み込んでいたのは……。

あの椅子だ！　それにさっき見かけた人って――。

「研ちゃん！」店を出て彼の腕をむんずと掴んだ。

「さっき車に椅子を積んでた人がいたの！」

「マジかよ！　車種は!?　ナンバーは見たか!?」

「見ていない！　でもわたし、あの人のこと知ってる！」

横浜の山下公園のすぐそばにある古めかしい四階建てのビル。その三〇一号室。部屋に通されたわたしたちは緊張しながら革張りのソファに座っている。部屋は広い。角部屋だから窓がたくさんあって、真ん中には作業用と思われる机が四つ、向かい合わせに置いてある。どの机の上も資料で溢れ返っていた。窓を背にして四つの机を見渡せる場所に大きな机がひとつある。そこには、

「突然お邪魔してすみません」

わたしはそこでパソコンのキーボードを叩く男の人を見た——真壁哲平さんだ。

白いボタンダウンシャツに黒いズボン。そういえば前にキョロちゃんが見せてくれた雑誌でもこの格好をしていた。もしかしていつも同じ服を着ているのかなぁ？

白いシャツは爽やかな印象だけど、なんだかちょっと変わり者っぽい雰囲気も漂っている。気難しそうというか、芸術家っぽい近づきがたい空気だ。もちろんわたしが緊張しているせいもあると思うけど。

「教会の案件でバタバタしててな。急ぎのメールを送らないといけない。ちょっと待っててくれ」

真壁さんはこちらを見ないまま不愛想に言った。

出されたアイスコーヒーの氷は溶けて、古ぼけたローテーブルの上に小さな水たまり

を作っている。カチカチと音を鳴らす蛍光灯。その一本はすでに切れてしまっていた。

研ちゃんがつんつんとわたしの肩を突《つつ》く。

「あの人ってそんな有名な建築家なのか？」

「しー、静かに。すんごい有名だよ」と小声で耳打ちした。

「普通のおっさんにしか見えねぇけどなぁ」研ちゃんは腕組みをして首を捻っていた。

真壁さんの机の向こうに目をやった。窓の下に椅子がある。キョロちゃんが欲しがっているあの椅子だ。オレンジ色の街灯に照らされて木目まではっきりと見える。

「で、頼みっていうのは？」

五分ほど経った頃、真壁さんがパソコンチェアから立ち上がってこちらへやって来た。随分のっそりとした動きだ。腰が痛いのか、右の親指の腹で何度か押して背中をぐいっと反らせている。

「あの椅子を譲ってほしいんです。もちろんお代はお支払いしますので」

「君は家具職人の見習いか？」

「え？　どうしてですか？」

「あれはヘパイストスってとこの椅子でね。君みたいなお嬢ちゃんが知っているなんてちょっと意外でさ」

「いいえ。わたしは椅子のことは詳しくありません。仕事は喫茶店の店員をしています。

あ、でもお店の椅子とかテーブルは全部へパイストスのものを使っているんです」

真壁さんは「ほぉ」と口を丸く開けた。

「なかなか良いセンスだ。ちなみになんて店だ？　覚えておくよ」

「湘南の七里ヶ浜にあるレインドロップスっていうお店です」

「レインドロップス？」

真壁さんは目まで丸くした。それから、ふふっと吹き出して「あそこか」と呟いた。

「知ってるんですか？」

「知ってるもなにも、あの店の設計をしたのはこの俺だよ」

「真壁さんが!?」

「二十年くらい前だったかな。まだ駆け出しの小僧だった頃に請け負った仕事だ」

そっか！　だからキョロちゃんは店内をキョロキョロしてたんだ！　真壁さんの作品だから！

「じゃあエンさんも——店長のことも知ってるんですか!?」

「店長？　いや、覚えてないな。俺も年を食ったみたいだ。仕事を請けた経緯ってのをすっかり忘れてしまってね。自分が携わったものはだいたい覚えてるんだけどな」

真壁さんはそう言って無精鬚の生えた顎を手で包むようにして撫でた。

「で、この椅子はレインドロップスで使うつもりか？」

「いえ、彼氏にプレゼントしたくて。今日、彼の誕生日なんです。不躾《ぶしつけ》なのは分かっています。でもどうしてもその椅子じゃなきゃダメなんです。だからお願いします。わたしに譲ってください」

「悪いが、それは無理な相談だな」真壁さんは考える間もなくそう言った。「この椅子は座り心地が抜群でね。ようやく見つけた唯一無二の椅子をそう易々《やすやす》と譲るわけにはいかないよ。それに、君たちの楽しいデートに花を添えるほど俺は大人じゃないんでね」

真壁さんは研ちゃんに視線を送った。どうやら彼氏だと思ったようだ。

「あ、彼は違います。研ちゃんは幼馴染みです」

「いちいち訂正しなくていいって」研ちゃんが恥ずかしそうに脇腹を肘で突いてきた。

「あの、真壁さん」わたしがソファから立ち上がると、彼は腕を組んで首を振った。

「君もくどいな。譲らないって言ってるだろ」

「違うんです。訊きたいことがあるんです」

「訊きたいこと？」

「真壁さんにとっても、その椅子は座り心地が良い特別な椅子なんですか？」

不思議そうに首を傾げている。

「わたしの彼も同じことを言っていたんです。その椅子は座り心地が良くて、自分にぴったりの世界でひとつだけの椅子だって。真壁さんもそうならすごく喜ぶと思って」

「喜ぶ？」

「はい！　彼も建築家なんです。真壁さんのことをすごく尊敬してて」

「へぇ、それは光栄だな。そいつはちょっとは名の知れた建築家か？」

「雨宮誠っていいます。これから有名になる建築家です！」

「雨宮……」

「彼と出逢えたのは真壁さんのおかげなんです。うちのお店が真壁さんの作品じゃなかったら、わたしたちはきっと出逢えていなかったと思います」

「なるほどな。俺は知らない間に君らの恋に花を添えていたというわけか。それは面白い。俺は縁ってやつを大事にしてててね。仕事なんてのは全部縁だ。ほんの小さな出逢いが人生を大きく変えると思っている。そして君とは妙な縁がある。いや、レインドロップスと俺に——かもしれないな」

意味が分からず目をぱちぱちさせていると、真壁さんは窓辺に向かった。それから椅子に腰を下ろして「譲ってやっても構わないぞ」と信じられないことを口にした。

「本当ですか⁉」

「ああ。でもその代わりひとつ条件がある。君がこの椅子に懸ける覚悟を見せてくれないか？」

試すような視線だ。ゲームのような感覚なのだろうか？　わたしをいたずらに動揺させて楽しんでいるのかも。ううん、違う。そうじゃない。真壁さんは真剣だ。本気でわたしの覚悟が知りたいんだ。この椅子を譲ることは、きっと真壁さんにとって宝物を渡すのと同じことなんだ。だったら中途半端なことをしても納得しないはずだ。でも覚悟を示すって言われても一体どうすれば……。

「君の覚悟を知ることができたら、この椅子は譲ってやる。無理ならさっさと帰ってくれ」

ダメだ。わたしの乏しい想像力じゃなにも思いつけない。どうすれば……。

そのとき、視界にあるものが映った。ペン立ての中のカッターナイフだ。

心臓の音が耳に響くくらい激しく胸を打つ。

「おい、日菜！」と研ちゃんの叫び声が遠くで聞こえる。

気付けば、カッターナイフが手の中にあった。

「わたし……」と震える声で呟いた。

「わたし……命を懸けます！」

目を閉じてカッターを首に押し当てる。首にカッターの刃先が少しずつ埋もれてゆく。

ぷつっと音がしたかと思うと、生温かい液体が首を伝った。血が流れたんだ。

もう嫌だ。彼の命を奪うのも、彼が悲しそうな顔をするのも、もう全部うんざりだ。

震える右手に左手も添えた。そして力を込めてもっと深くまで刃を刺そうと――、

真壁さんがわたしの手を摑んだ。

「もういい」彼は首を左右に振りながら言った。「ここで死なれたら商売あがったりだ。それに、こんな短期間で二人も訪ねて来るなんて、これもなにかの縁だ。彼氏によろしく伝えてくれ。この椅子は持っていって構わないぞ」

「ほ、本当ですか？」

「ああ。俺の気が変わらないうちに持っていってくれ」

「ありがとうございます……」

　全身から力が抜けてその場にへたり込んでしまった。研ちゃんが腕を掴んで支えてくれる。真壁さんと目が合うと、彼はわたしを見て小さく微笑んでいた。


「お前マジでなにしてんだよ！」

　帰りの車中で研ちゃんにこっぴどく怒られた。幸い血はすぐに止まったけど首筋がチクチクする。わたしは震える手のひらを見た。カッターナイフを握った感触がはっきりと残っている。あんなことするだなんて未だに自分でも信じられない。研ちゃんが怒るのは当然だ。でも――、
　バックミラーを覗くとあの椅子が見える。手に入れることができたんだ。

　自然と笑みがこぼれた。と、同時に、シャリン！　とライフウォッチが音を鳴らした。

　しまった！　夢中になってて時計のこと気にしてなかった！

わたしの余命は十八年になっている。ということは、キョロちゃんの命はあとたった二年しかない。

車の時計を見ると九時を過ぎている。デイパックからスマートフォンを出すと、彼からの着信が十五件も入っていた。折り返したけど、キョロちゃんは電話に出ない。

「研ちゃん、あとどのくらいでレストランに着く!?」

「そうだなぁ。あと十分ってとこだな」

早く会いたい。会ってこの椅子をプレゼントしたい。喜ぶ顔が見たい。

と、そこに、キョロちゃんからの着信が入った。

「もしもしキョロちゃん!?」

『今どこにいるんだよ!?』

今まで聞いたことのないような凄まじい剣幕にスマートフォンを持つ手が震えた。

『時計見てなかったのかよ!!　あと二年しかないんだぞ!　言ったよね!?　ちゃんと時計に気を配ってくれって!　また忘れてたのかよ!』

「ごめんなさい!　でも違うの!　お願い、聞いて!」

『なんでそんなに平気で僕の命を奪うんだ!　悪いって思わないのかよ!』

「あのね!　もうすぐ着くから、ちゃんと説明させて!」

『出たよ』

『レストランならもう出たよ。料理も全部キャンセルした。落ち着いて食事するような気分じゃないよ。それより早く帰って来て。命の調整をしなくちゃ。頼むからこれ以上幸せを感じないでよ』

「え?」

「……誕生日のお祝いは?」

『そんなのもうどうでもいいって』

「そんなの……」

ピコン! と命が奪われた。

『よかった』キョロちゃんが呟いた。

よかった? キョロちゃんは今、「よかった」と言った。

その言葉が耳から離れない。スマートフォンを強く握った。

「キョロちゃんは、わたしが悲しいのがそんなに嬉しいの?」

『そんな風に言わないでくれよ。僕らは命を奪い合ってるんだ。仕方ないだろ? 日菜が悲しまなきゃ僕は生きていけないんだ。それから、もうこういうのはやめにしよう。誕生日を祝ったり、どこかへ出かけたりするのも』

「だから来てくれなかったんだ」

『え?』

「花火大会。わたしが命を奪うから、だから来てくれなかったんでしょ？」

彼はなにも言わなかった。その沈黙が答えだった。

涙で視界がじんわりと滲んだ。

「わたしはね……わたしはただ、キョロちゃんと一緒に過ごしたかっただけなんだよ。ただ前みたいに幸せな時間を一緒に過ごしたいって、そう思ってただけなのに……」

こらえきれず涙がぽろぽろとこぼれた。わたしの気持ちはキョロちゃんには届かない。もう届かないんだ。そう思うと、音を立てて命が次々と奪われてゆく。

「これでいい？」

『………』

「これで満足？　わたしが悲しいのが、キョロちゃんの幸せなんだよね？」

『……日菜』

「ごめんね、キョロちゃん。たくさん命奪って、キョロちゃんのこと苦しめて、幸せを感じて、嫌な思いいっぱいさせて、本当にごめんね……」

きっとわたしたちはもう一緒には生きていけない。わたしがいると彼を苦しめてしまう。わたしが喜べば彼を苛立たせてしまう。不幸であることでしか、わたしはキョロちゃんを幸せにしてあげられないんだ。だったらもう――。

車が急停車した。驚いて運転席を見ると、研ちゃんがわたしの手からスマートフォンを奪い取った。そしてなにも言わずに通話を切った。

「研ちゃん？」

「……泣くなよ」

わたしは涙をこぼしながら研ちゃんを見た。

「もう泣くな……」

研ちゃんの頬を一筋の涙が伝った。

「頼むよ。もう泣かないでくれ」

その言葉に、研ちゃんの涙に、わたしは糸が切れたように泣き出した。

由比ガ浜《ゆいがはま》の空には、たくさんの星が輝いている。今日は空気が澄んでいるみたいだ。

でも泣き疲れた目じゃ星の光は霞《かす》んで見える。

「大丈夫か？」

少し離れて砂浜に座る研ちゃんが、波音よりも小さな声でわたしを呼んだ。

「ねぇ、研ちゃん。研ちゃんはさ、わたしのことが好き？」

「……え？」

「一人の女の子として、わたしのことを好きでいてくれてるの？」

「はぁ!? 誰が！ ふざけんなよ！ 俺はただ……」

研ちゃんは真顔になった。そして、

「ああ、好きだよ」

「いつから？」

「忘れたよ、そんなもん。ずっと前からだよ」

「そっか……」わたしは足元の砂を弄《いじ》った。「正直言うとね、ちょっとだけ気付いてたんだ。研ちゃんの気持ち。薄々そうなのかもって思ってた。エンさんにも言われてたし。でも認めたら今の関係が壊れそうだから、ギクシャクしちゃいそうだから……」

砂を風に流すと研ちゃんの横顔を見た。

「ごめんね、研ちゃん」

「謝んなって。俺がダサくなるだろうが」

そう言って、彼は砂の中に埋もれていた小石を夜の海へひょいっと投げた。

「ひどい女だよね。研ちゃんの気持ちに気付いてるのに、彼氏のプレゼントを買いに行くの手伝わせたり、惚気たり、相談とかも平気でしてさ。今までたくさん嫌な思いさせちゃったね」

「んなことねぇよ」

「あるよ、そんなこと」

「ねぇって」

研ちゃんは語気を強めた。

「俺はただ——」

そして、こっちを見てにっこり笑った。

「お前が幸せだったらそれでいいさ」

「研ちゃん……」

「お前が今日も明日もバカみたいに笑っててくれたら、俺はただそれだけで幸せなんだ」

「幸せ?」

「ああ、幸せだ。だから笑えよ。な? 日菜」

研ちゃんは変顔をしてみせた。わたしを笑わせようとしてくれているんだ。その顔が子供の頃から見てきた笑顔に重なる。涙がこみ上げる。でも負けないように必死に口角を持ち上げて笑った。

研ちゃんはわたしを見て、それでいいって大きく頷いた。

「やっぱりお前は笑ってる方がいいよ。うん、その方がいい。さっきみたいな悲しいッラされるとさ……なんつーか、俺はさ……」

研ちゃんは表情が悲しい色に包まれる。

「俺はたまらない気持ちになるよ……」

シャリン……。時計が音を立てた。研ちゃんの言葉が嬉しいと思ってしまった。

「それにガキの頃に言ったろ？　辛いときは笑ってりゃあいつか幸せになれるって」

「それ、字が違うから……」わたしは俯いて洟《はな》をすすった。

「うるせーよ。辛いときってのは笑って一歩を踏み出すんだよ。そしたらその一歩がお前を幸せにしてくれるさ。だってほら、『辛い』って字に一を足せば『幸せ』になるだろ？　どうよ？　俺もちょっとは頭良くなっただろ」

研ちゃんはへへんと胸を張った。わざと明るく振る舞ってくれているんだ。その優しさが胸に響いて命が増える。幸せを感じてしまう。わたしはひどい女だ。研ちゃんの優しさを利用している。研ちゃんがかけてくれる言葉のひとつひとつを嬉しいと思っている。研ちゃんの言葉でキョロちゃんの命を奪っている。本当に最低でひどい女だ。

「ごめん、研ちゃん」

「なんで謝るんだよ？」

「わたし、研ちゃんの気持ちには応えられない。キョロちゃんのことが好きなの。バカだって分かってる。一緒にいたら傷つけちゃうって分かってる。でも、どうしても彼のことが好きなの」

「そうか。ならいいじゃねぇかよ、それで」

「え？」

研ちゃんは立ち上がると、お尻の砂をパンパンと払った。

「たとえ人がバカだって笑っても、好きなもんはどうしようもねぇよ。好きって気持ちは理屈じゃねぇからな。だったら最後まで頑張れ。それでいいと思うぜ、俺はさ」

「でも研ちゃんは？」

わたしを好きでいてくれる限り、わたしは研ちゃんを傷つけちゃう。

「気にすんなって。だって俺は――」

研ちゃんは子供の頃のように満面の笑みを浮かべた。

「俺はお前にとって、雨宿りの軒先みてぇなもんだからな」

「軒先？」

「ああ。だからもし、苦しくて悲しくて、たまらなくなっちまったらさ……そんときは、いつでも俺んとこに雨宿りしに来いよ」

優しく微笑む研ちゃんを見て罪悪感が波のように押し寄せた。同時に嬉しさも感じた。

ごめんなさいって心の中で謝った。でも、ありがとう研ちゃん。本当にありがとう。

「さてと、そろそろ帰るか。家まで送るぞ」

ライフウォッチを見た。わたしの余命はあと十二年。キョロちゃんの命は八年だ。これだけあれば今夜はきっと大丈夫だろう。

「今日はエンさんの家に泊めてもらうよ」

「じゃあエンさんちまで送ってやろうか？」

「大丈夫。ここから近いし、歩いて行くよ」

「でもよぉ」

「平気。ちょっと歩きたいの」

無理しているってバレたと思う。でも研ちゃんは「分かったよ」って言ってくれた。

「あの椅子はどうする？　俺が預かっとくか？」

「うん。それで悪いんだけど、今度返しに行くの付き合ってくれるかな」

「返す？　あのおっさんに返しちまうのかよ？」

「こんな感じになっちゃったからプレゼントするのは微妙だしね。だったら、ちゃんと返さなきゃ。これは真壁さんにとっても大事な椅子なんだから」

「いやでもさぁ。これはお前が――」

「いいの」

「……日菜」

「もういいの」とわたしは笑った。

研ちゃんは納得していないようだったけど首を縦に振ってくれた。それから「またな」って、わたしの頭をぽんと叩いた。

去って行く研ちゃんを見送って、夜の砂浜を一人で歩いた。隣では能登さんが心配そうにこちらを見ている。大丈夫かって、その目が言っている。わたしはひとつだけ頷くと、波音が木霊《こだま》する浜辺をぽつぽつと歩き続けた。

ようやく気持ちが落ち着いた頃、江ノ電の長谷《はせ》駅近くまでたどり着いた。そこから県道をしばらく北に進んで左に折れると、茶色い外壁をした二階建ての建物が見える。エンさんのアパートだ。

ドアを開けたエンさんはパジャマ姿ですっぴんだった。でもやっぱり美人だ。

「どうしたの～？　こんな時間に？」

「遅くにごめんなさい。もしできたら、今日泊めてくれませんか？」

エンさんはなにも言わずに部屋に通してくれた。

お風呂に入って、貸してもらった寝間着に着替えてリビングに戻る。十畳ほどの部屋は殺風景で、女性らしいものなんてひとつもない。テーブルの上には灰皿がひとつ。フローリングには空っぽになったウィスキーボトルがずらっと並んでいた。

肘掛け窓に座って、少し遠くの街灯をぼんやりと眺める。吹き込んだ風がカーテンレールに引っ掛けてあった水色の風鈴をちりんちりんと静かに鳴らす。心癒やされる優しい音色だ。

しばらくするとエンさんがグラスをふたつ持ってキッチンから戻って来た。ライトブルーの小ぶりのグラスの中で黄金色の泡がいくつも躍っている。

「これね、田舎のおばあちゃんが送ってくれた梅酒なの。ソーダ水で割ってみました〜」

「エンさん、ドリンクは作らない主義じゃないんですか？」

ちょっと嫌味っぽかったかな。言った後で後悔した。

「まぁね〜。でも今日だけは特別よ」

エンさんはそう言ってウィンクをした。わたしはテーブルの前に移動すると、モスグリーンのラグマットに腰を下ろしてグラスのひとつを両手で包んだ。

「訊いてもいいですか？　どうしてドリンク作りたくないの？」

「なんとなくよ。なんとなくね、悲しい気持ちになるんだ」

「悲しい気持ち？」

「理由は分からないけど、なんだか胸がチクチク痛くなるの。どうしてだろうね」

エンさんは風を探すみたいに窓の外に視線を向けた。迷い込んだ夜風が悲しげな彼女の頬を慰めるようにそっと撫でる。

エンさんは気を取り直すように笑顔をこっちに向けた。

「この梅酒、魔法の梅酒なんだよ。一口飲んだら嫌なことなんて全部忘れてすっきりするの」

「うそだぁ」わたしは目を細めた。

「ほんとほんと。ほら、飲んでごらんよ」

半信半疑で一口飲んでみた。すっきりとした梅の香りが口いっぱいに広がって、お風呂上がりの熱がすっと下がるのが分かった。わたしはグラスをテーブルに戻すと、

「魔法って言うのは大げさかな。でも美味しい。すごく美味しいです」

エンさんはにこにこ笑っている。その笑顔を見て、研ちゃんの言葉を思い出した。

——あの事故以来、エンさんずっと心配してんだぞ？　日菜が元気ないってよぉ。

エンさんは笑っている。きっと心の中ではたくさん心配しているはずなのに。この梅酒だってわたしを元気づけようと思って作ってくれたんだ。エンさんはわたしに魔法をかけようとしてくれているんだ。元気になる魔法を。そう思うと目の奥がじんと熱くなった。

「ねぇ、日菜ちゃん」

エンさんは細い指で頭を撫でてくれた。そして羽のようにふわりと笑った。

「今日はたくさん頑張ったね」

きっと研ちゃんから聞いたんだ……。

「頑張った〜頑張った〜。たくさんたくさん頑張ったね」

そう言いながら何度も何度も頭を撫でてくれる。その手の感触が、その声が、その優しさが、全部全部、心に響いて涙に変わる。彼の命を一年奪ってしまった。

「やめて……泣いちゃうから……」

言ったそばから涙がこぼれた。でもエンさんはやめなかった。いつまでも優しく頭を撫でてくれた。細い指の感触が心地良くて、それがまた涙を誘った。

「エンさん、ごめんね」

「どうして謝るの？」

「心配かけてごめんなさい……」

「なに言ってるのよ～。従業員のことを心配するのは当然でしょ～？　あ、今のはちょっと店長らしかったわね」

エンさんはおどけて笑う。わたしも泣きながら笑った。でも笑顔はすぐに崩れてしまう。耐えられなくなって雨を降らすように泣き出した。どんなに頑張っても涙は止まってくれない。

「どうしてこんな風になっちゃったんだろう……」

わたしはしゃくりあげながら泣いた。

「前はあんなに仲が良かったのに……幸せだったのに……どうして……」

わたしはもうキョロちゃんと幸せを分かち合えない。彼に喜んでほしいのに、幸せにしてあげたいのに、わたしがなにかをすればするほど彼の命を奪ってしまう。傷つけてしまう。研ちゃんのことも傷つけて、エンさんにも迷惑をかけて生きている自分。いつからこんな風になってしまったんだろう。こんなことなら……こんなことなら、もう……。

「奇跡なんていらないよぉ……」

涙と鼻水で顔がぐしゃぐしゃになってしまうと、エンさんは「よしよし」と抱きしめて背中をぽんぽん叩いてくれた。寝間着越しにエンさんの温度が伝わってくる。

肩に顎を乗せたまま、わたしは小さく呟いた。

「難しいですね。好きな人と一緒に幸せになるのって」

もうキョロちゃんのためにとか思わない方がいいのかもしれない。なにもしない方がいいんだ。わたしがそばにいると、あなたの邪魔になってしまうから。

「そりゃ難しいよ～」とエンさんは笑った。「人間ってみんなそれぞれ違うもん。幸せの感じ方だって人それぞれだよ」

そうかもしれないな……。

「でもね、日菜ちゃん」

エンさんの声が涙声に変わった。胸が震えている。

「わたしはね、日菜ちゃんが幸せでいてくれたらそれでいいよ」

「エンさん……」

「幸せになってね、日菜ちゃん」

そう言って、ぎゅって抱きしめてくれた。その強さに、ぬくもりに、涙がまた溢れた。

「わたし……幸せになってもいいのかなぁ……」

「いいに決まってるじゃん。わたしはいつでも願ってるよ。日菜ちゃんが誰よりも、うんとうんと、たくさん幸せになることを」

向き合うと、エンさんは涙を浮かべてにっこり笑ってくれた。その笑顔が嬉しかった。でも、わたしが幸せになったらキョロちゃんの命を奪ってしまう。そんなのもう嫌だ。これ以上、苦しめたくない。命を奪われて苛立つあなたを、わたしが悲しいと嬉しくなるあなたを、わたしはもう二度と見たくないよ。

窓の外で雨音が響く。いつの間にか降り出したみたいだ。雨は二人の愛を育ててくれなかった。きっとこのまま、わたしたちの恋は枯れてしまうんだろうな。


日菜はまだ帰って来ない。リビングのソファに座ったまま、彼女が玄関の戸を開ける音を待ち続けている。ライフウォッチを見ると日菜はまた命を減らしていた。どこかで悲しんでいるんだ。

言いすぎてしまった。どうして僕はあんなひどいことを言ってしまったんだろう。やり場のない思いをぶつけるように頭をごしごしと掻きむしった。

明智さんの言う通りだ。ここのところ神経質になりすぎている。でもライフウォッチが音を鳴らすたびに恐怖と焦りが身体を縛る。そして思ってしまう。どうして日菜は平気で僕の命を奪うんだ。どうしてもっと幸せを感じないように気を遣ってくれないんだって。だから奪われた命を返してもらおうと躍起になる。そのことが彼女を苦しめているると分かっていても「これは命の問題だ。生きるためには仕方のないことなんだ」って自分に言い訳をして、素知らぬ顔で日菜を傷つけてしまうんだ。

明智さんが話していたライフシェアリングの果てに女が男を刺した話。僕はこの先、日菜を心から憎む日が来るのだろうか？　日菜の命をすべて奪いたいと思うのだろうか？　これ以上日菜を傷つけたくない。だったらすることはひとつだ。日菜とは別々の人生を歩む。もうそれしかない。

「できると思いますか？　命を分け合っている僕らが別々に生きてゆくなんて」

明智さんに訊ねると、彼は小さく顎を頷かせた。

「互いにしっかり命を管理すればね。でも、本当にそれでいいのかい？　誠君にとってじゃないよ。日菜ちゃんにとって、君が今しようとしている選択は果たして本当に正しいことなのかい？」

――キョロちゃんは、わたしが悲しいのがそんなに嬉しいの？

スマートフォン越しに聞いた彼女の涙声を思い出す。辛かったであろうその心を思う

と申し訳ない気持ちでいっぱいになる。もうあんな思いはさせたくない。だから、

「いいんです。きっとその方が日菜にとっても幸せなはずだから」

そうだ。僕と一緒にいない方が日菜は幸せになれるんだ。そうに決まっている。

人は命を奪い合いながらは生きてゆけない。僕らはもう一緒には生きてゆけないんだ。

テーブルの上でスマートフォンが鳴った。日菜かもしれない。引っ張られるようにしてディスプレイを覗いた。しかし着信は磐田さんからだった。

『明日の夜、夕食を食べに来ないかい？』

磐田さんはそう言ってくれた。でも今は誰とも会いたくない。だから明日は日菜が不在であることを伝えて上手く断ろうとした。けれど磐田さんは『じゃあ誠君だけでも来なさい。待っているよ』と言って電話を切ってしまった。改めて断りの電話を入れようとしたが、スマートフォンを操作する手を止めた。事故に遭ったときにお見舞いに来てくれて以来、ずっとご無沙汰してしまっている。ちゃんとお礼もできていないままだ。顔を見せるべきだと思った。

あくる夜、僕は磐田邸を訪ねた。そういえば一人でここに来るのは初めてだ。いつも隣には日菜がいた。誰もいない右隣を見て、小さなため息が漏れた。

初世さんは僕のためにすき焼きを作ってくれていた。日菜から病気のことは聞いていたので、無理をさせてしまったのではないかと申し訳ない気持ちになる。でも初世さん

はビールで僕をもてなしてくれた。

「日菜ちゃんは大丈夫なのかい？」

突然日菜の名前が出たので妙に動揺してしまう。

「事故の後遺症かなにかで調子が悪いのかと思ったんだが」

「いえ、そんなことありません。最近仕事が忙しいみたいで」

嘘をついた後ろめたさをビールで胃の中に流し込んだ。

それから我々は鍋を囲んだ。お肉は美味しかったけど、沈んだ気持ちが食欲を奪っているせいか、あまり食べることができなかった。初世さんは「お口に合わなかったかしら？」と申し訳なさそうな表情を浮かべている。僕は「そんなことありません。ちょっと色々あって」と語尾を濁した。

心配そうに僕を見つめる初世さんに、磐田さんが「ウィスキーを取って来てくれるかい？」と声をかけた。いつもならこんなとき磐田さんは自分でお酒を取りに行く。でもなぜかこの日は初世さんが席を立った。僕ら二人だけになると、しばらく沈黙が続いた。ぐつぐつと鍋が煮立つ音だけが広いリビングに響く。僕は居心地の悪さを感じながらビールの続きをちびちびと飲んだ。

「妻のがんが再発してね」

出し抜けの言葉にグラスを傾けていた手が止まる。

「日菜から聞いていました。もう手の施しようがないって……」

「彼女は延命治療は受けないと言っている。これ以上苦しい思いをしたくないらしい。そうまでして長生きなんてしたくないって、そう言われたよ」

「そんな。どうするおつもりですか？」

「私のすることはひとつだよ。妻の意思を尊重する。ただそれだけだ」

でも磐田さんは一人になってしまう。それでいいのだろうか？

「心配しなくても私なら大丈夫だよ。なあに、今よりもっと強くなってみせるさ」

「強く？」

「ああ。プロポーズしたときに約束したんだ。生涯を懸けて彼女を守ってみせるとね」

磐田さんはそう言って恥ずかしそうに鼻の下を人差し指で擦った。

「悲しいことがあったら僕が君のハンカチになる。苦しくて立ち止まりそうになったら椅子に。誰かに傷つけられたら盾になる。そうやって初世のささやかな幸せを生涯守ってみせると約束したんだ」

僕は自分を省みた。守るどころか、僕は日菜を傷つけてばかりだ。

「ご立派です……」

「そんなことないさ。男が女性にできることなんて、きっとその程度のことだけだよ」

この年になってもなお磐田さんは強くなろうとしている。これだけ裕福な暮らしをさせてあげていても、たくさんの愛情を注いでいても、奥さんを守るために今より強くなりたいと願っている。

それなのに僕は……。僕は日菜を幸せにしてあげられない。一緒にいたら傷つけてしまう。命を奪われてしまう。そう思って彼女から逃げているんだ。

「僕は――」テーブルの下でこぶしを強く握りしめた。「僕は日菜が優しくしてくれても、それを拒絶してしまうんです。彼女が笑うと苦しくなるんです。怖いって思ってしまうんです。だからもう僕らが一緒に生きてゆくことなんて……」

「いいかい、誠君」

深い皺が刻まれたその顔は逞しく見えた。

「妻と四十年以上連れ添った私からできるこれが唯一のアドバイスだ。好きな人と一緒に生きてゆくには、たったふたつの言葉しかいらないんだよ」

「たったふたつの言葉？」

「ああ」と磐田さんは静かに頷いた。そして、僕に向かってこう言った。

「ごめんねと、ありがとうだ」

その言葉に目頭が熱くなった。

命を奪うたび、日菜はいつも「ごめんなさい」って謝ってくれた。何度も何度も謝ってくれた。きっと僕と一緒に生きたいと思っていたんだ。命を奪わないように一生懸命頑張っていたんだ。それなのに僕は奪われることばかり気にして、命を奪ってしまう彼女の苦しみにはちっとも目を向けてこなかった。日菜もずっと苦しんでいたに違いない。僕を傷つけてしまうことを……。

「誠君、強くなりなさい。好きな人を守ってあげられるように」

夜九時を回った頃、磐田邸を後にした。一人で歩く夜道は寂しい。日菜と傘を差して歩いた誕生日の夜を思い出す。不格好な手作りの傘の下、僕らは手をつないで歩いた。彼女の手はずっとつないでいたいと思わせてくれる手だった。小さくて、温かい、僕の居場所だった。でも事故に遭って命を奪い合うようになり、僕は日菜の手を握らなくなった。会話も避けるようになった。一緒に眠ることも、お帰りのキスもやめた。彼女が幸せを感じてしまうと思って。日菜は寂しがり屋だからきっと辛かったはずだ。悲しかったはずだ。でも僕になにも求めなかった。文句ひとつ言わなかった。ずっと一人で耐えていたんだ。僕に迷惑をかけないように。

ライフシェアリングをはじめてから日菜に何度も何度も命を奪われた。でもその代わり、僕は彼女のささやかな幸せを奪っていたんだ。何度も何度も……。

自宅の前に白い軽自動車が停まっていた。足を止めて怪訝に思い眺めていると、運転席のドアがゆっくり開いた。研君だ。降りて来た彼は、僕のことをきつく睨みつけた。

「あんたに渡したい物があって来たんだ」

そう言って後部座席のドアを開けた。中を見た瞬間「え？」と声が漏れた。

そこには、あの椅子が置かれていた。ヘパイストスの椅子だ。

「これさ、あんたの誕生日プレゼントにって日菜が用意したんだ。昨日レストランに行けなかったのはこの椅子を捜していたからなんだよ」

日菜がこれを？　僕のために……。

「あいつ言ってたよ。この椅子はもう渡せないって。でもよぉ、それは間違えてるよ。絶対に間違えてる。あんたは知るべきだ。あいつが必死こいてこれを手に入れたことを。マジで命を懸けて手に入れたんだ。この椅子を譲ってもらったとき、日菜の奴めちゃめちゃ嬉しそうに笑ってたよ。バカみたいに笑ってたんだ」

昨日、瞬く間に命が減ったのはこの椅子を手に入れたからなんだ。僕が欲しがっていた椅子をプレゼントしてあげられるって、日菜は心から喜んでいたんだ。それなのに……。

——なんでそんなに平気で僕の命を奪うんだ！　悪いって思わないのかよ！

それなのに僕はあんなひどいことを言ってしまった。なんて最低なんだ。

俯く僕の肩を、研君が大きな手でぐっと摑んだ。

「お前、男だろ？　しっかりしろよ。もうこれ以上あいつのこと悲しませんな。ちゃんと守ってやれ。もしそれができないなら──」

強いまなざしが僕を捉えた。

「俺が奪うぞ。日菜のこと」

握りこぶしを作った。そして研君をまっすぐ見た。

「日菜は今どこにいるんですか!?」


夜の国道一三四号線をひたすら走った。今夜は蒸し暑い。額から大粒の汗が溢れる。息が切れて苦しい。それでも止まらずに走り続けた。まだ不安はある。未来のことを考えると怖くなる。命を奪い合いながら生きていけるのか？　別々の道を歩んだ方がお互い幸せじゃないのか？　そう思ってしまう。でも僕は──。

真壁哲平が言った通りだ。僕は建築家としても、日菜を愛する一人の男としても、なんの覚悟もできていなかった。命を奪い合って生きる覚悟をしていなかったんだ。

──わたしたちなら大丈夫だよね？　命を奪い合わないで助け合いながら生きていけるよね？

日菜はそう言ってくれた。僕のことを、僕との未来を、信じてくれていたんだ。

それなのに僕は……。

──ライフシェアリングという不条理な奇跡に負けないでほしいんだ。

明智さんの言う通りだ。こんな不条理な奇跡になんて負けたくない。

だから覚悟するんだ。日菜と生きてゆく覚悟を。

研君に教えてもらったエンさんのアパート。インターホンを押すと、「はい？」とエンさんの声が聞こえた。僕は張り付くように歩み寄り、何度かドアを叩いた。

「雨宮です！　日菜は!?　日菜はいませんか!?」

しばらく無反応だったが、やがてドアが少しだけ開いた。ドアノブを勢いよく引っぱる。するとそこには、バツの悪そうな顔をした日菜が立っていた。

それから僕らはアパートを出て夜の浜辺を歩いた。波音の向こうに江の島が見える。ライトアップされた展望台が白く光っている。見慣れたいつもの光景だけど、今夜はとても綺麗に思えた。

前を歩く日菜を見た。無言の背中。悲しそうな小さな背中だ。

「ごめんね、日菜」

日菜は振り向いてくれない。黙ったまま波打ち際を歩いている。

「今までごめん。本当にごめんね」

さざ波の音が砂浜に響く。日菜はなにも言ってくれない。不安が募ってゆく。

「ねぇ、キョロちゃん？」

しばらくして彼女は立ち止まった。そして背を向けたまま言った。

「別れよっか……」

その声は震えていた。波にかき消されそうなほど頼りない声だ。

「やっぱり命を奪い合って生きるなんて無理なんだよ。こっちこそごめんね。たくさん命奪って」

「違うよ。日菜は思ってくれていたんだ。僕となら一緒に生きていけるって。生きていきたいって。そう思ってくれていたのに……。でも僕は逃げていたんだ。日菜からも、命を奪い合うことからも、ずっとずっと逃げていたんだ。だから全部僕のせいだよ」

日菜は風に揺れるセミロングの髪をそっと耳に掛けた。後ろ姿からでは表情までは窺い知れない。今どんな顔をしているんだろう。きっと悲しそうな顔をしているはずだ。

「こんなこと言える立場じゃないのは分かってる。もう愛想だって尽かしてるかもしれない。でも僕は日菜と別れたくない。これからも一緒に――」

「無理だよ」

「無理じゃないよ」

「無理に決まってるでしょ！」

振り向いた日菜は泣いていた。月明かりに照らされた涙が頬を伝っている。

「わたしはこれからもキョロちゃんのこと傷つけちゃうよ！」

ピコン！　と日菜の時計が音を立てる。

「きっとたくさん困らせちゃうよ！　だから……だから!!」

　ピコン！

「だから一緒に生きていくなんて」

　ピコン！

「そんなの絶対無理に決まってるよ!!」

　ぽろぽろと涙がいくつもこぼれている。日菜は嘘をついている。強がっている。悲しみが時計の音になって僕の耳に響く。その音が辺りに木霊するたび、僕の胸は締め付けられる。涙が溢れそうになる。日菜は命を失うほど悲しんでいる。苦しんでいる。

　それなのに僕は……。

　――誠君、強くなりなさい。好きな人を守ってあげられるように。

　僕は日菜を抱きしめた。

「離して」

「離さない」

「離して！」

「離さないから！」

「でも奪っちゃう……奪っちゃうから……」

　日菜は僕の腕の中で声を震わせている。

「……キョロちゃんの命……奪っちゃうよ……」

日菜を強く抱きしめると、今度は僕の命が奪われた。

「嬉しくて奪っちゃう……」

「奪っていいよ」

「でも――」

「いくら奪っても構わないから」

「でもキョロちゃんが死んじゃうよ……そんなの嫌だよ……もう嫌なの……」

「僕は死なないよ」

「嘘だよ。死んじゃうよ」

「死なないから！　日菜がいくら命を奪っても、日菜がどれだけ幸せを感じても、僕は絶対……絶対に死なないから！」

「どうしてそう言い切れるの？」

「強くなるよ」

感情が溢れて涙に変わる。こぼれた涙が頬を熱く染めた。

「今よりもっと強くなる。日菜を幸せにできるように強くなる。だから――」

日菜を強く抱きしめた。

「だから僕は、日菜と生きていきたい」

日菜は子供のように泣き出した。そして声にならない声で言ってくれた。

「わたしもキョロちゃんと離れたくない……一緒にいたいよ……。でもわたしがいるとキョロちゃんのこと傷つけちゃう。そんなの嫌なの。だからもうどうしていいか分かんないよぉ……」

それでも僕は日菜と生きていきたい。たとえ命を奪われても、たとえ傷つけられても、どれだけ辛い未来が待っていたとしても、君と離れるくらいなら僕は茨の道を歩みたい。

たったふたつの言葉だけを頼りに。

「ありがとう。その気持ちだけでもう十分だよ」

僕の腕の中、日菜が何度も何度も首を振る。

「ごめんね、日菜」

もう一度日菜を強く抱きしめた。

「今までたくさん傷つけて、本当にごめんね……」

命が更に奪われていく。それでも今は日菜を抱きしめていたい。

「これから一緒に考えていこう。きっと見つけられるよ。二人で幸せになれる方法を」

この決意が揺らがぬように、僕は日菜を強く強く抱きしめた。

もう二度と彼女がどこにも行かないように。離れないように。

今だけは、日菜のぬくもりが命よりも重いと感じた。

それから一週間が経った。

その日、僕は朝早くに家を出て、真壁哲平の事務所へと向かった。

エントランスで待っていると、午前十時に彼はやって来た。もちろん僕を見て驚いていた。また来るだなんて思っていなかったのだろう。

「今度はなんの用だ？」真壁哲平は腰に手を当てて眉をひそめている。

「僕が思う百点のものを描いてきました！　だからもう一度見てください！」

直したコンペ案を差し出すと、彼は鼻で笑った。

「そのためだけにわざわざ来たのか？　こんなもん出したってコンペの落選は覆《くつがえ》せないのに」

「分かっています。でも――」

勇気を出せ。覚悟を決めろ。

「僕を弟子にしてください！　一緒に働かせてください！」

今のままじゃダメだ。建築家としても男としても今のままじゃダメなんだ。だから、

「真壁先生のそばで学ばせてほしいんです！　一から出直したいんです！」

真壁哲平は紙を広げて目を通してくれた。そして僕にこう訊ねた。

「お前の武器は？」

「え？」

「建築家としてのお前の武器はなんだ？　俺のためになにができる？」

僕の武器。それはたったひとつだけだ。

「命を懸けます。建築に命を」

明智さんが教えてくれた。命をどう使うかが人間の価値だって。人生の意味だって。

なら僕はこの命を僕らの夢のために使いたい。建築のために、日菜のために、この命を
使いたいんだ。

「命を懸けるか……。随分と安っぽい言葉だな」

「でもそれが今の僕の正直な気持ちです！　一日だって無駄にしないように生きます！

僕は僕のすべてを建築に捧《ささ》げます！　だからお願いします！」

彼は顎鬚を撫でて笑った。

「よく似ているな、お前たち二人とも」

意味が分からず目をしばたたいていると、

「雨宮といったな？」

「はい」

彼は顎をしゃくって階段を上りはじめた。ついて来いって言っているんだ。

嬉しくて笑みが溢れた。この奇跡がはじまってから初めて心から笑えた瞬間だ。

シャリン！　と時計が音を立てる。自分の力で幸せを切り拓いた音だ。
視界の隅に明智さんの姿が見えた。それでいい、と彼は頷いてくれた。
僕は真壁哲平の後を追って階段の踏面に右足を掛ける。
これが最初の一歩だ。日菜を守れる男になるための、第一歩なんだ。

間章

「これからはお前が二人の面倒をみろ」

大貫班の部屋。円卓で日本茶をすすっていた能登がぽつりと呟いた。

報告書を書く手を止め、明智が顔を上げる。不意を突かれて間抜け面をしている。

「え？　僕がですか？」

「ライフシェアリングをはじめてもうすぐ三年だ。お前ももう慣れただろう」

「それはそうですけど。でもどうして急に？」

「理由などない。なんとなくだ」

明智が横顔を覗いてくる。能登は煙たげに「なんだ？」と舌打ちをひとつした。

「いや、本当の理由はなんなのかなって」

どうやら納得していないようだ。能登はおかっぱ頭の毛先を指先でくるくると弄りながら「だから理由などない。何度も言わせるな」と苛立ちを言葉の端に込めた。

「お前だって日菜のそばにいた方が都合がいいだろう。気軽にレインドロップスにも行けるしな」

仕返しのように意地悪な視線を送ったが、明智は彼女の心中を読み取ったようだ。

「理由は、日菜ちゃんですか？」

図星を指されて咄嗟に視線を逸らしてしまった。

こんなとき能登は気持ちを隠すのが苦手だ。そんな自分がつくづく嫌になる。

明智は手に持っていたボールペンのノックカバーを何度か親指で押し込んだ。カチリ、カチリという音が広い室内に響き渡る。その音に誘われるように目だけを動かし明智を見る。彼は苦いものでも噛みしめているような表情を浮かべていた。

「僕もなんとなく気付いていました。ここのところの彼女の心境の変化には。あれから三年近くが経って、日菜ちゃんの気持ちは少しずつ変わりはじめている。もしかしたら能登さんは思ったんじゃないですか？　これ以上、日菜ちゃんのそばにいたら今よりもっと情が移ってしまう。そうなれば、いつかきっと彼女を庇うために冷静な判断ができなくなるって。だから担当から外れると」

「まさか。このわたしがくだらん情に流されるわけがないだろう」

しかし明智は無視して続ける。「あなたと日菜ちゃんは、もうすでに案内人と対象者以上の関係です。誠君に突っかかった、あのときくらいから」

あのとき……。恐らく花火大会の夜のことを言っているのだろう。

——お前はいつか日菜を不幸にする。

あのときは確かにどうかしていた。あんな風に誠に突っかかったのは、彼がかつての恋人に似ているということもある。しかしそれ以上に、日菜が置かれている状況が見ていられなかった。このまま放っておけば、日菜はいつかわたしと同じようにバカな道を進む。そしてきっと後悔する。能登はそう思ったのだ。

だがしかし、同時に思った。もうこれ以上、日菜に肩入れしてはいけない。わたしは案内人だ。その職務を逸脱して日菜に感情移入していると、はたと気付かされた。

この仕事に就いたとき能登は決心した。もう二度と主観的に物事を見ないと。客観的になると。でも日菜を見ていると、どうしても冷静さを欠いてしまう。それはきっと二人が似た者同士だからだ。かつての自分を日菜に重ね合わせているのだ。

だから能登は最近、柄にもなく思う。日菜に幸せになってほしいと。自分が見つけられなかった〝幸せの意味〟みたいなものを、あいつには見つけてもらいたいと。

幸せとは、なんなのか?

わたしはその答えを見つけることができなかった。

日菜にはそれを見つけてほしい。わたしのような結末だけは迎えてほしくない。

心からそう願っている。

「それに能登さんは上層部に掛け合っているんですよね。ライフシェアリングを——」

「黙れ」

能登は観念してため息を漏らした。

「ああ、そうだ。お前の言う通りだ。わたしは日菜に感情移入している。最近その傾向が更に強くなった。そんなことでは案内人失格だ。だから担当から外れる。これが理由だ。聞けて満足か？」

「いいじゃないですか。感情移入したって」

「よくない。案内人は中立であるべきだ。わたしはそれができなくなりつつある」

「その方が人間らしくていいと思うけどな。それに僕はまだまだ未熟者です。能登さんの指導が必要なんですよ」

こいつ、ずっと前に未熟者扱いしたことをまだ根に持っているのか？　能登は心の内で舌打ちをした。

「これも一度繋がった大切な縁です。ちゃんと二人の人生を最後まで見届けてあげましょうよ。彼らにも能登さんは必要な存在です。特に日菜ちゃんはあなたに懐いている。今、彼女の前からいなくなれば、日菜ちゃんは悲しくて命を何年か失いかねない。そうでしょう？」

「随分とずるいことを言うじゃないか」

すみません、と明智は片目を閉じて笑った。

「なら、こういうのはどうですか？　これからは僕が二人を担当します。でも能登さんは今まで通り日菜ちゃんの相談相手になってあげてください。それでいいでしょう？」

まさかこんな五十年以上も年の離れた若造に言いくるめられるとは。わたしも焼きが回ったものだな。能登はそう思いながら自嘲するように口の端を歪めて笑った。

「それに」と明智が呟く。

針のように尖った声に、なにを言おうとしているのかすぐに分かった。

「今の日菜ちゃんは誤った選択をしかねない。しっかり見守ってあげてください」

「ああ、分かっている」と能登は慎重に頷いた。

「いやぁ！　おはようさん！　おはようさん！」

権藤が入って来て会話は中断した。

能登は立ち上がると、軋《きし》む床を踏みつけて窓辺へ向かう。

そして、なにもない広大な真っ白な世界を見つめながら思った。

男と女は分からないものだ。人間にとって最も大切なものは自分自身の命だ。それより優先すべきものなど他になにもない。だが、時として恋は人に愚かな選択をさせる。

今の日菜のように……。

あいつが選ぼうとしている道は、愚かにもほどがある。

第三章　二人の幸せ

「こっちこっち」

ヘルメットを被ったキョロちゃんが振り向いて手招きをする。

わたしは今、真壁哲平建築研究所が設計を請け負った教会の現場を見学させてもらっている。稲村ヶ崎の海辺に建つ新しい教会だ。この現場はキョロちゃんが事務所に入って初めて任された大事な仕事。彼は今、ここの工事監理をしている。

「ねぇねぇ、工事は順調？」前を行く背中に話しかけてみた。

「いやぁ」と彼はヘルメットをこつんと叩く。「それがなかなか厳しくてさ。アイディアを形にするのがこんなに大変だとは思わなかったよ」

それでもキョロちゃんの声は弾んでいる。きっと真壁さんに仕事を任せてもらったのが嬉しいんだね。わたしまで嬉しくなっちゃうよ。

「真壁先生はすごいよ。図面じゃ分からなかったけど、こうやって形になると本当に良くできているんだ。たとえばこの手すりの寸法とか天井の高さとか、細部まで考え抜かれていてほんと脱帽だよ」

「あれ？　もしかして弱気になってる？」と後ろから肩をモミモミした。

「まさか。技を盗める良いチャンスだって思ってるよ。先生のアイディアを形にするのが僕の仕事だからね。僕がいないとこの教会は完成しないんだ——なんてね」

嬉しいな。ここはキヨロちゃんの作品じゃないけど、こうやって彼が携わっている建物がもうすぐ完成しようとしている。そのことが心から嬉しい。

廊下の突き当たりには礼拝堂がある。扉を開いて中に入ると、「わぁ」と目の前の光景に目を見張った。木でできた礼拝堂は半円形をしている。海に面した一面はガラス窓になっていて、その向こうには青々とした太平洋が見える。差し込む朝日が礼拝堂を眩しく染めて、宙を舞う埃《ほこり》もキラキラと光っている。厳かで、静かで、でも安心感がある。まるで木でできた船に乗っているような気分だ。

「施主からは、礼拝堂は祈りを捧げるための厳かな空間にしてほしいって言われたんだ。でもせっかくこうやって海に面しているんだから、正面は大きなガラス窓にしようって先生が提案してね。ここに来た人が海をゆく船に乗っている気分になれるようにって。祈りって神様や自分との対話でもあるけど、同時に自然との対話でもある。ここでの祈りが心の旅路になってほしい……先生はこの礼拝堂にそんな願いを込めたんだ」

「先生って案外ロマンチストなんだね。でもいいなぁ、こういうところで結婚式挙げたいなぁ～」

「それは無理だよ。ここは式場じゃないからね」

うーん、そういう意味じゃないんですけど。ちょこっと結婚を催促したんだけどなぁ。

「ねぇ、これ見て」キョロちゃんが並んでいるベンチのひとつに触った。ヘパイストスの職人さんが作った特注品だ。壁に沿って両サイドに五列ずつ、きっちりと据えてある。

「このベンチを入れたことで予算がギリギリになっちゃったんだ」

「キョロちゃんも真壁さんもヘパイストスが好きだもんね。採用できてよかったね」

「あ、そういえば先生、まだ言ってるんだよ。日菜にあの椅子を譲らなきゃよかったって。もう三年も経つのに。まぁ、もちろん冗談だと思うけどね。早く返せってさ」

「いやだねー。あれはキョロちゃんの椅子だもんねー」とわたしは顔をキュッとしかめた。

それからしばらくの間、二人でベンチに座って完成間際の礼拝堂を眺めた。手をつないで指と指を絡める。幸せだな……って思った。でも深呼吸して別のことを考える。あんまり幸せだと彼の命を奪ってしまう。ほんの数秒だけでも幸せを感じられて、わたしはそれだけで満足だ。

「日菜、これから仕事だよね？」

教会の外に出ると、キョロちゃんがわたしのヘルメットをひょいっと取った。

「うん。今日はランチがないからゆっくりなんだ。キョロちゃんは？」

「平塚《ひらつか》で打ち合わせ。次は老人ホームの案件でさ。先生いつになく気合い入ってるんだ。お年寄りが住んでいることに喜びを感じられる場所を造りたいって」

「そっかぁ。じゃあしばらくは大忙しだね」

「また寝不足の日々だよ」と彼は眉の端を少し下げた。

「でも忙しいからって、わたしのこと忘れちゃ嫌だよ？」

「分かってるって」キョロちゃんは頭をよしよしって撫でてくれた。

その手の感触が心地良くて思わず、へへへと笑ってしまう。

「今日は帰って来られそう？」

「う〜ん、どうかな。ちょっと遅くなるけど頑張って帰るよ」

「じゃあキョロちゃんの好物作って待ってるね」

「トマトクリームシチュー？」

「それは内緒でーす」

キョロちゃんとバイバイすると、稲村ヶ崎の芝生に座って建設中の教会を遠くから眺めた。朝の爽やかな風がすぐそばを吹き過ぎてゆく。わたしは風の行方を追いながら空を見上げた。ふわふわの綿雲が長閑《のどか》に浮いている。綺麗な初夏の空だ。芝生に寝そべってライフウォッチを見た。余命は『7』を指している。

よかった、安定してて……。

最近わたしたちの命の奪い合いは落ち着いている。もちろん毎晩命の調整をして互いの余命が八年になるようにしている——わたしたちは今、二人で十六年の命を所有している——。今でもホラー映画は苦手だ。だけど耐性ができてきたのか、ちょっとした映画じゃ怖いと思わなくなってしまった。ゾンビが人の頭を齧《かじ》っても、好奇心旺盛な不良キャラがチェーンソーで真っ二つにされても、犬がやたら吠えても、「ホラー映画あるあるだなぁ」って冷静に観《み》られるようになった。だから命の調整はなかなかに難しい。とはいえ、前みたいにわたしが一方的に彼の命を奪うことはなくなった。きっとキョロちゃんが仕事を楽しんでいるからだ。わたしから命を奪うことも多いくらいだ。でも奪われたってちっとも嫌な気はしない。キョロちゃんが充実しているならそれが一番嬉しい。だからここ最近、わたしたちはずーっと幸せモードなのだ。

「——なにを笑っている」

空が広がっていた視界に、能登さんの顔がぬっと現れた。

「びっくりしたぁ！　も〜、急に出て来ないでっていつも言ってるじゃん」

「さっきから声をかけていたぞ。それなのにニヤニヤして気付かなかったんだろう」

「え？　わたしニヤニヤしてた？」

「ああ、バカ面でな」

嫌味な言葉に眉をひそめると、能登さんはくすっと笑ってわたしの隣に座った。

「それにしても随分と変わったものだな」

「だよね！　キョロちゃん、すごく前向きになったよね！」

「そうじゃない。変わったのはお前だ、日菜」

「わたし？」

「この三年、お前は幸せを感じないように感情を抑制してきた。楽しいことからあえて距離を取り、親切にされても喜びすぎないよう無意識に心のブレーキを踏んでいる。その結果どうだ。お前は以前より幸せを感じにくい身体になった。そんなことで本当に幸せと言えるのか？」

「そんなの、幸せに決まってるじゃん。説教モードの能登さんは嫌いだよ。姑みたいで苦手だな」

「誰が姑だ。お前の方が年上だろ」

「それは能登さんが年を取らないからでしょ？　でも実際は百歳以上じゃん。おばあちゃんだよ」

「なんだと」能登さんがじろりと睨んだ。

うっ、しまった。怒らせてしまった。わたしは海の方を見て失言を誤魔化した。

この三年で能登さんと随分仲良くなった。こんな風に軽口を叩ける間柄にもなれて、友達みたいでとっても嬉しい。でも年齢のことと時代遅れって発言は禁句だ。言うとすごく怒る。こういうところは相変わらず子供っぽいなぁ。まぁ、お互い様だけど。

「……バカなことは考えるなよ」

遠くの海を見ながら能登さんが呟いた。

わたしは、あえてなにも言わなかった。彼女の言わんとしていることは分かっている。大きな吐息が聞こえた。呆れているのかもしれないな。それからもう一度はっきりとした口調で「いいな、バカな気だけは起こすなよ」って念を押すように言った。

時々思うことがある。この先、わたしたちはどうなるんだろう……って。今はまだ一人八年の命を持っているけど、この日々にもいつか終わりが来る。これから先、どんなに上手く命を分け合ってもキョロちゃんが三十六歳のときに、わたしが三十三歳のときに、この人生は終わってしまう。それにこれからライフシェアリングは今よりもっと難しくなる。時間が流れるたび、わたしたちが奪い合える命の母数は少なくなる。今まで一人十年の命があってもたくさんの危機があったのに、もっと少ない命を奪い合わなければならないなんて。そんなのできるのかなって不安になる。

もし万が一どちらかが命を奪いすぎて相手を殺してしまったら。前みたいに命を奪いすぎて彼を苦しめてしまったら。そう思うと怖くなる。だから時々、ほんの少しだけ、わたしは思ってしまう。いつかお互いを傷つけ合う日が来るのなら、もしもそんな日が来るのなら——って。

レインドロップスに出勤すると、エンさんはいつものように常連のお客さんと談笑していた。相変わらず働かないなぁ。サロンエプロンを巻きながらため息を漏らしていると、カウンター席に座っている明智さんを見つけた。足を組んで窓辺のエンさんを見つめている。

「あれ？　明智さん。どうしてここにいるんですか？」と小声で話しかけた。

明智さんはキョロちゃん担当だから彼のそばにいることしかできない。一人でこんな風に勝手に動き回ることはできないはずなんだけどな。

「今日から僕が日菜ちゃんも担当することになったんだ。だから時々ここにもお邪魔するよ」

「え？　能登さんいなくなっちゃうの？」

「大丈夫。今まで通り呼べば来てくれるよ」

よかった。能登さんがいなくなったら寂しい。ほっと胸を撫でおろした。

「あ、ねぇ明智さん？」わたしは悪戯《いたずら》っぽく笑った。「明智さんってエンさんが好きなんでしょ？」

彼は「え？」と目をまん丸にした。不意を突かれたようでびっくりしている。わたしは頭こそ良くないけど、こんな風に恋愛の勘は鋭いのだ。ふふふ、動揺しているぞ。どうやら図星みたいだ。

ん？　でも待てよ。エンさんには明智さんの姿は見えないんだよね？　てことは二人は〝結ばれない運命〟ってこと？　わわわ！　そう考えるとメチャメチャ切ない！

「どうしてそんな風に思ったんだい？」

明智さんはカウンターに頬杖をついてわたしのことを見た。

「んー、なんとなく前から思ってたんです。明智さんがエンさんを見る目って、なんていうか、恋をしている人の目だなぁって」

「なるほどね」

「もしわたしにできることがあれば言ってくださいね！　なんでも協力しますから！」

明智さんにはこの三年間すごくお世話になった。だからエンさんに片想いをしているのなら手助けをしてあげたい。たとえそれが目には見えない叶わぬ恋だとしても。

「じゃあ、そのときは遠慮なく相談するよ」と彼は軽く微笑んだ。

カウベルが鳴ってお客さんが入って来た。真壁さんだ。今日も白のボタンダウンシャツに黒いパンツ姿だ。夏でも冬でも同じ格好をしている。あれ？　でもいつもよりも顔色が悪い。髭も生やし放題で目の下の隈《くま》もすごい。

「いらっしゃいませ。どうしたんですか？　疲れた顔して」

明智さんの隣に座った真壁さんに冷たいレモン水を渡す。

「ああ、雨宮妻。これから平塚で打ち合わせなんだが、アイディアがちっとも出てこなくてな。ここ三日ずっとこんな調子だ。困ったよ、まったく」

真壁さんはわたしを『雨宮妻』って呼ぶ。悪い気はしない。むしろちょっと嬉しい。キョロちゃんが事務所で働き出してからというもの、時々こんな風にお店を訪ねて来てくれている。奇妙な縁だなぁってつくづく思う。このお店を中心にわたしはいろんな人と不思議な縁で結ばれている。それはすごく幸せな縁だ。とはいえ疑問もある。エンさんと真壁さんはすごくよそよそしいのだ。元は施主と建築家という関係だし、過去に何度も顔を合わせているはずなのに。今でこそ「あら先生。いらっしゃい」ってエンさんも声をかけるようになったけど、真壁さんがこの店に来るようになった当時、二人はお互いのことをまったく知らない様子だった。どうしてなんだろう？

「今日もミルクティーでいいですか？」と向かいの真壁さんに訊ねた。

「いや、今日はコーヒーにするよ。眠気を追い払いたい。ネルドリップで淹れてくれ」

「ネルドリップ？」

「ああ。俺はコーヒーはネルドリップで淹れたものと決めている。それ以外は飲まん」

うーん。相変わらず偉そうだし注文が細かいな。ちなみにネルドリップというのは、ネルフィルターという布でできたフィルターを使って淹れる抽出法だ。最高のドリップ法とも言われていて難易度が高い。なので淹れる人の腕で味がかなり左右される。

「うちはペーパードリップで淹れてるんですけど。ネルドリップじゃなきゃダメですか？」

「ダメだ。まさか喫茶店のくせにネルフィルターを置いていないのか？」

ネルフィルターを置いていない喫茶店なんてたくさんあるっての。

「一応ありますけど。でもわたしやったことないし……」

「だったら帰る」

「えぇー。そんなこと言わないでくださいよぉ」

「何事も経験だ。早く淹れろ」

くそぉ、わがまま大王め。芸術家だからってこだわりが強いことが許されるとでも思っているのかしら。ひどい人だ。棚にしまってあるネルフィルターを取り出したはいいものの、どうにも困ってしまった。上手く淹れられる自信がない。エンさんがコツを知ってるわけないもんな。やっぱり諦めようか。うーん、でもなぁ、相手はキョロちゃんのお師匠さんだ。無下にはできないよなぁ。

「教えてあげようか？」

驚いて明智さんを見た。彼は「大丈夫。そんなに難しくないよ」と微笑んでいる。

どうして明智さんが？　と首を傾げていると、真壁さんに「早くしろ」って急かされてしまった。

わたしは「お願いします」と目を瞑って明智さんに訴えた。

ネルドリップはペーパーフィルターに比べて抽出の仕方が遥《はる》かに難しい。でも明智さんのアドバイスは的確で、手間取らずにドリップすることができた。

出来上がったコーヒーはなかなかの味だったようで、舌の肥えた真壁さんも「悪くない」って褒めてくれた。感謝のまなざしを明智さんに送ると、彼は小さく笑って首を横に振った。その顔が「よくできました」って言っている。わたしは照れ臭くて後ろ髪を撫でた。だけど疑問がしこりのように残る。明智さんも能登さんも人間だったことは知っていた。でもまさかコーヒードリップについて詳しいだなんて思わなかった。

明智さんって一体何者なんだろう?

「そういえば今朝行ってきたのか？　教会の見学に」

「はい！　わがまま言って見せてもらってすみませんでした」

「構わんよ。雨宮の奴、初めて任された仕事だからって随分と浮かれていただろ？」

「そりゃあもう。ぷかぷか浮かれてましたよ」

「だろうな。俺もそうだったから分かるよ。この現場は誰よりも自分が一番理解している。設計図に描かれたアイディアを俺が具現化しているんだって、そう思ったもんだ」

「アイディアを形にするのは大変だって嘆いてました」

「当然だ。設計図ってのは楽譜みたいなもんだ。実際に音を出してみたら嚙み合わないことなんて少なくない。それをひとつひとつ形にするのがあいつの仕事だ。そうやって経験を積んでいくんだよ」

「でもすごく充実してました。真壁さんに認められて嬉しいんですよ、きっと」

「俺が認めた？　バカを言え。あんな奴、まだまだまだまだ、まだまだだ」

「まだまだ言いすぎです。キョロちゃん毎日遅くまで頑張ってるじゃないですか。ちょっとくらいは認めてあげてくださいよ」

「頑張りゃいいってもんじゃないさ。あいつは要領も悪いし、気が利かないし、頭は固いし、キャパシティも狭い。仕事はそこそこ丁寧だが、作業が遅いから締め切りに間に合わないこともざらだ。そのくせ偉そうに建築について語りたがる。でも気が弱いから打ち合わせのときに施主や建設会社の押しに負ける。はっきり言って情けないね」

「はっきり言いすぎです。じゃあ、どうして雇ってくれたんですか？」

　真壁さんは黙った。言おうかどうしようか迷っているみたいだ。

　それから少し考えて「雨宮には言うなよ？」と太い眉を寄せた。

　聞いてみたい！　胸の前で両手を握りしめて、うんうんと頷く。

「三年前にあいつが描き直して持ってきた図書館のコンペ案、あれはなかなか良かった。大した内容じゃない。アイディアも稚拙だ。経験不足も否めない。それでもふたつだけは褒める価値があった。ひとつは設計案を練り直してきたところだ。建築家ってのはプライドが高い奴が多い。それに最近の若い奴は、ちぃっとばかり貶《けな》されたらすぐに拗ねちまう。でもあいつは必死に食らいついてきた。結局この世界はまだまだ気合いと根性なんだよ」

「もうひとつは?」

真壁さんはカップのコーヒーを全部飲み干すと、優しげに目を細めた。

「雨宮の建築は派手さこそないが、光や風、緑なんかと建物を繋げる妙な力がある。そこはなかなか見どころがあると思ったんだ。建築ってのは独りよがりになってはいけない。人と自然と建物が一体となって長い年月を共に過ごしていくものだ。あいつはそういうことを感覚的に分かっている。才能と言ってもいいかもしれないな」

キョロちゃんがあの真壁哲平に褒められている。そう思うと鳥肌が止まらない。

「そこを伸ばせば面白い建築家になれるような気がした。だから雇ってみたんだ」

くぅ〜！　嬉しい！　ライフウォッチがシャリン！　と鳴った。

「じゃあキョロちゃん、もうすぐ一人前になれますか!?」

「一人前?　俺たちが目指しているのは一人前になることじゃないよ。その場所や人にとって、かけがえのない建物を造ることだ。そのための鍛錬に果てはないさ。まあでも——」

窓から差し込む光の中で真壁さんはふわりと笑った。

「十年後、二十年後にあいつが造る建物を見るのは少し楽しみではあるがな」

十年後、二十年後――。頭上を真っ黒な雲が覆った。

無理だ……。わたしたちは、キョロちゃんは、あとたったの八年しか生きられない。真壁さんが楽しみにしてくれているその未来に、キョロちゃんはもういないんだ……。

その日の帰り道、わたしは自転車を押しながら夕暮れの中をとぼとぼと歩いていた。真壁さんの言葉が頭を離れない。そうか、だからなのか。だからキョロちゃんは毎日毎日一生懸命寝る間を惜しんで仕事をしているんだ。建築家として活躍できる時間がわずかしかないから。自分が造れる建物はそんなに多くないってことを分かっているから。わたしたちの夢を叶えるために必死になってくれているんだ。キョロちゃんはいつでも八年後の未来を想像しながら生きているんだ。

ジーンズのポケットでスマートフォンがぶるぶると震えた。着信は磐田さんからだ。

「もしもし。磐田さんですか？　ご無沙汰してます。お元気ですか……え？」

足の動かし方を忘れて立ち止まった。手放した自転車がガシャンと音を立てて倒れる。

「……初世さんが？」

あくる夜、キョロちゃんも早めに仕事を切り上げてくれて、わたしたちは喪服を着込んで斎場へと向かった。お通夜はしめやかに執り行われていた。磐田さんは随分前に隠居しているから弔問客はそれほど多くない。中年のサラリーマン風の人が多いのは、きっと商社に勤める息子さんの仕事の関係者だろう。お焼香をするとき、喪主席に座っていた磐田さんと目が合った。磐田さんは「ありがとう」と目で言ってくれる。でもすごく憔悴《しょうすい》していた。最愛の奥さんを亡くされたんだ。その悲しみを想像するだけで胸が苦しくなる。

磐田さんの隣には息子さんらしき男性が座っていた。長い間、磐田さんとお付き合いをしているけど一度も会ったことがない。縁のない眼鏡を掛けた気難しそうな感じの人だった。

お焼香を済ませた後、通夜ぶるまいの席にもお邪魔した。もうしばらくすればお通夜も終わる。磐田さんと少しだけでも話せるかもって思った。

午後九時を過ぎた頃、一段落した磐田さんがわたしたちのところへ来てくれた。

「二人とも、今日はわざわざすまなかったね。誠君も忙しいのに」

「そんなこと。大丈夫ですか？　磐田さん」

磐田さんは気丈な様子で頷いた。でもその顔には悲しみが張り付いている。泣き腫らした瞼はなんとも痛々しかった。

「もしよければ、初世の顔を見てやってくれるかい？」

わたしたちは初世さんと最後のお別れをするために棺《ひつぎ》のある祭壇へと向かった。誰もいなくなった斎場は寂しい。ゆらゆらと揺れる蠟燭《ろうそく》の炎。立ち込めるお焼香の匂い。遺影の初世さんは上品で可愛らしい笑みを浮かべていた。でも棺の窓を開けると、そこには別人のようになった初世さんがいた。元々細かったけど更に痩せて皮と骨だけになっている。青白い顔。眼球は落ちくぼんで、口と鼻に綿を詰められている。わたしは思わず両手で口を押さえた。体調が悪化してからは家賃も振り込みにしていたし、家を訪ねても玄関先で磐田さんから様子を聞くだけだった。だからこんな風に姿を見るのは久しぶりだ。最後に会ったときとは比べものにならないほど痩せてしまっている。

キョロちゃんも動揺しているみたいだ。小刻みに肩を震わせていた。

「初世さん」って呼びかけて頰に触れた。でもすぐにその手を引っ込めた。驚くくらい冷たい。そこに魂がないことが分かってしまった。いつも「いらっしゃい」とハグをしてくれたあのぬくもりを思い出すと、こらえきれず嗚咽《おえつ》が漏れる。優しくて、温かくて、いつもいつもわたしのことを大事にしてくれた初世さん。家族や親戚との縁が薄いわたしは「おばあちゃんがいたら、きっとこんな感じなんだろうなぁ」って思っていた。初世さんはわたしにとって本当のおばあちゃんみたいだった。でも、もういないんだ。あの優しくて温かい身体に触れることはできないんだ。

悲しみで命を一年失うと、キョロちゃんが慰めるように肩に手を置いてくれた。

「――親父《おやじ》」

野太い声がしたので目を向けた。さっきお通夜の席で見かけた恰幅《かっぷく》の良い男性が出入り口のところに立っている。磐田さんは「息子の純一《じゅんいち》だ」と言って、わたしたちに紹介してくれた。

「いつもお世話になってます」とキョロちゃんが頭を下げる。でも純一さんは軽く会釈するだけで「今夜は東京に帰るよ。仕事が終わらなくてさ。明日の告別式には間に合うように戻って来るから。悪いけど幸子《さちこ》と清《きよし》のこと頼んだ」と早口で言った。そして磐田さんが「分かったよ」と答えるより前に踵《きびす》を返して出て行ってしまった。

こんな風に言うのは嫌だけど、ちょっと感じの悪い人だと思った。磐田さんもため息を漏らしている。それもそうだ。お母さんが死んじゃったっていうのに、荼毘《だび》に付す前の最後の夜なのに、そんなときくらい一緒にいてあげればいいのに。

磐田さんは疲れきった顔をわたしたちに向けた。

「変なところを見せてしまったね。少し散歩でもしようか」

六月初旬の夜はまだ少し寒い。通り過ぎる小夜風《さよかぜ》に思わず身震いしてしまう。そんなわたしに気付いてキョロちゃんが「大丈夫？」と背広を肩に掛けてくれた。見上げると、夜空には夏の星が広がっている。ここは空気が綺麗だから星がたくさん煌《きら》めいて見える。

前を歩く磐田さんが足を止めた。そして闇夜に話しかけるみたいにぽつりと言った。

「最後は苦しまずに逝ったよ」

　それから振り返って、わたしたちに笑ってみせた。

「初世が亡くなって正直ほっとしているんだ。最後の数ヵ月は見ていられなかったからね。食事もろくに摂れなくて、毎日痛い痛いって呻いていたよ。時折自分がどこにいるのか、記憶や思考が混濁することすらあったからね」

　苦しむ初世さんの姿を想像すると胸板を剝がされるような痛みを感じる。

「私はそんな彼女になにもしてやれなかった……」

　こんなとき、なんて慰めてあげたらいいか分からない。ただ黙って磐田さんの言葉を聞くことしかできない。そんな自分が歯痒かった。

「亡くなる数日前は調子が良かったんだ。意識もはっきりしていてね。どういうわけか昔の話ばかりしていたよ。結婚した頃の話や、若い頃の旅行の話、純一が運動会で一等賞を獲ったときのことなんかを嬉しそうに繰り返していた。それで亡くなる朝、私にこう言ってくれたんだ」

　磐田さんの目から涙がぶわっと溢れた。

「幸せだったよ……って。私の手を強く握って、優しく笑いかけてくれたんだ」

　わたしも釣られて涙をこぼした。

「なにもしてやれなかった私に、彼女はありがとうって何度も言ってくれた。何度も何度も……ありがとう、ありがとうって……そう言ってくれたんだ」

なにもしてやれなかったなんてことはない。磐田さんは初世さんを愛していた。そばで見ていたわたしたちが知っている。それなのに磐田さんは自分を責めている。どうか責めないでほしい。

「誠君。いつか君に話したことを覚えているかい？　妻のために私は強くなるって」

「はい、覚えています」

「強くなんてなれなかったよ。私は弱い。弱くて、最後まで彼女に励まされてばかりだった」

それから磐田さんは肩を大きく震わせて泣いた。お年寄りがこんな風に人目もはばからずに泣く姿を初めて見た。悔しそうで、悲しそうで、見ているこっちまで切なくなる。

「寂しいよ……」

磐田さんは呟いた。

「彼女がいないと、どうしようもなく寂しい」

「磐田さん……」キョロちゃんも涙声だった。

「でも初世はもうどこにもいないんだ。どこを捜しても、何度呼びかけても、もう目を覚ましてくれない。笑いかけてすらくれない。そのことがなにより寂しいよ」

ピコン！　とライフウォッチが音を立てる。でもキョロちゃんも悲しんでいる。だからわたしたちは互いに命を奪い合いながら、涙する磐田さんを見つめていた。時計の音が木霊《こだま》して少しだけ苛立つ。今だけは命の奪い合いなんて気にしたくないのに。

そのときだ。空から雨が落ちてきた。静かで、それでいて優しい雨だ。

雨は芝生を濡らし、建物を濡らし、池の水面にいくつもの波紋を作った。

この雨はきっと初世さんが天国から降らせた恋の涙だ。磐田さんを想って降らせた雨に違いない。

「前に初世さんに教えてもらったことがあるんです。雨の日は二人の愛情を育てることができるって」

「雨の日は？」

「はい。雨の日はそれだけで嫌な気持ちになるから、いつもより余計に相手に優しくしてあげるんだって。そうすれば、雨は二人の愛を育てる恵みの雨になってくれるって」

磐田さんは「そうか」と微笑んだ。

「だからなのか……」

そして、庭に降る雨にそっと笑いかけた。

「だから雨の日は、君はいつも優しかったんだね」

愛おしそうに雨を見つめる磐田さん。雨が涙を隠してくれる。きっと天国の初世さんが「泣かないで」って言っているんだ。ありがとうって、伝えているんだ。

帰り道、隣を歩くキョロちゃんはやけに口数が少なかった。思いつめた横顔をしている。そして雨あがりの夜道の向こうに駅舎の明かりがぼんやり見えた頃、彼はぽつりと呟いた。

「死ぬのって怖いね。今日実感しちゃったよ。初世さんの姿を見て、僕らもあとたったの八年であんな風になるんだって」

立ち止まり、唇を震わせる。その顔が痛みに耐えるように歪む。

「もっと生きたい……」

ピコン！　と彼のライフウォッチの音が響いた。

「死にたくない。僕はもっと日菜と生きたいよ」

キョロちゃんには希望がある。十年後、二十年後の彼が造る建物を楽しみにしている人がいる。憧れの人がそれを見てみたいと言ってくれている。でも、わたしたちには時間がない。

悔しそうに俯くキョロちゃんに、わたしはなにもしてあげられないの？

――いいな、バカな気だけは起こすなよ。

でもね、能登さん。わたしはやっぱり思っちゃうよ。バカだって分かっていても、どうしようもなく思っちゃう。わたしがキョロちゃんにしてあげられる一番のことって、きっとひとつしかないって、そう思っちゃうよ……。

いつからだろう？　一番欲しいものが時間になったのは。

僕らにはまだたくさんの時間がある。八年という時間はそう簡単に過ぎ去らないことくらい分かっている。でも初世さんの死を目の当たりにしてからというもの――いや、ライフウォッチの余命が一年一年減るたびに――否応なく思ってしまう。「早くしろ。時間がないぞ」って。毎日首に死神の鎌を突き立てられているような気分だ。

真壁哲平建築研究所で働き出してもうすぐ三年、近頃ようやく仕事にも慣れてきた。先輩たちもだいぶ僕のことを認めてくれた気がする。所員は僕を含めてたったの五人。抱えている仕事量に比べれば人員は決して多くはない。でも先輩は優秀な人たちばかりだ。少ない人数でも仕事をどんどんこなしてゆく。入所当初はついていくのがやっとだった。レベルが違いすぎる。やっぱり優秀な人のところには優秀な人が集まるものなんだ。悔しさと無力さを痛感する毎日だったけど、それでもなんとか踏ん張ってきた。その甲斐もあってか今年に入ってから任される仕事も増えはじめた。平塚の老人ホームの案件も進捗は順調だ。このペースでいけば三年後には完成を迎えられる。

三年後か……。建築はひとつの建物の完成までに長い時間を要する。二年、三年なんていうのはざらだ。そう思うと残された時間は本当に少ないと痛感する。日菜との夢の家も完成までには最低でも二年はかかるだろう。残りの時間を考えると、すぐにでも工事をはじめたいのだけれど。

ここ数ヵ月、僕は仕事の合間を縫いながら夢の家のプレゼン資料を携えて協力者を募って回っている。五戸から七戸を有する小さな町のような場所となると、それなりの広さの土地が必要になる。僕一人で実現するのは不可能だ。しかし施主になってくれそうな人は見つからない。力を貸してくれそうなデベロッパーもいない。このままでは時間切れになってしまう。そんな焦りに日々追われていた。

今月末にはあの事故から丸三年が経つ。僕らの余命は更に減り、一人あたりたったの七年しかなくなってしまう。夢の家ができたとしても、そこに日菜を住まわせてあげられなければ意味がない。少しでも長い間彼女とその家で幸せを築く。それこそが僕らの夢の実現なのだから。そして、そこで暮らす人たちの笑顔や営み、人生をこの目で見たい。それが建築家としての僕の夢だ。

この日、六月六日は日菜の二十六回目の誕生日だ。いつまでも子供のように幼いと思っていた彼女が、出逢った頃の僕の年齢に達してしまった。そう考えると感慨深い。

久しぶりに午後休暇をもらった僕は、打ち合わせを終えてレインドロップスに向かうことにした。先輩たちは「たまには羽を伸ばしてくればいい」と言ってくれた。でも僕のような下っ端が仕事をサボっていていいのだろうか？　なんだか気が引けてしまう。「メリハリを付けられない奴は仕事もできないさ。遊ぶときはしっかり遊んでこい」先生もそう言ってくれた。だから今日だけは甘えることにした。

レインドロップスは今日も盛況だ。土曜日ということもあるが、やっぱりお昼時はランチ目当てのお客さんで満席になる。キッチンで走り回っている日菜はてんてこ舞いの様子だ。額に汗して今日の日替わりランチ『鶏のから揚げ　おろしと香味野菜のせ』を作っている。手伝ってあげたいのは山々だけど僕は料理ができない。だから落ち着くまで注文は控えた。

窓側の席で日菜を応援していると、「あ、どうも」と声が聞こえた。視線を向けると、すぐそこに研君が立っていた。ちょうど今来たようだ。でも席が空いておらず、出て行こうとする。僕は「あの！」と呼び止めた。そして「もしよければ」と向かいの空席を指した。彼はちょっと嫌そうな顔をした。そりゃそうだ。研君にとって僕は〝恋敵〟になる。そんな男と同じテーブルを囲むなんて嫌に決まっている。それでも研君は「じゃあ遠慮なく」と僕の向かいにどすんと座った。相変わらず目つきが悪い。ここで帰ったら負けだと思っているのかもしれないな。そんなことを考えていたら、以前言われたあ

れたら──、

の言葉を思い出してしまった。

──俺が奪うぞ。日菜のこと。

そのあと二人はどんな関係なんだろう?日菜に限って浮気なんてあり得ない。微塵《みじん》も疑ってはいない。とはいえ、やっぱりちょっと気になってしまう。もし日菜を彼に取られたら。それで「キョロちゃんより研ちゃんの方が男らしいから好き!」なんて言われたら──、

ピコン! ライフウォッチが音を立てた。

はぁ、なにやってんだよ。今のは完全に自滅じゃないか。

「どうなんだよ、最近」と研君が不機嫌そうに口を開いた。

「え? ああ、おかげさまで仕事の方は順調です」

「そうじゃねぇよ。日菜とのことだよ」

「日菜とのこと?」僕は目をしばたたいた。

「いや、おめぇらよぉ。なんだ、その……なんつーか、結婚……とかしねーのかよ?」

『結婚』という言葉に驚いてしまった。

僕は気を取り直すように水をぐいっと飲んだ。そして、

「考えてますよ、もちろん」

「じゃあ、さっさとすりゃいいだろうが」

「でも今じゃないんです。プロポーズするときはもう決めてあるんです」

「まぁ、そうだよな。半人前の建築家じゃ幸せにしてやれねーよな」

挑発的な言葉だ。カチンときてしまった。

「どういう意味ですか?」

「そのままの意味だけど? あんた、真壁なんとかって人の事務所で働いてるんだよな? 独立しても一人じゃやっていけなかったんだろ? 半人前もいいとこだな」

「確かにその通りです。でも僕は今、先生のところで修業しているんです。腕を磨いていつかまた独り立ちしてみせます。それに、自分でも仕事を請け負えるように掛け合っていますから」

「ほぉ~。で? 結果はどうなんだよ? 結果はよぉ」

「それは」と口ごもってしまう。夢の家の建設はまるで見通しが立っていない。

「なにアルマジロみたいに背中丸めてんだよ。つーかあんた、才能ないんじゃないの?」

勝ち誇った笑みだ。くそぉ、やっぱり研君は今も日菜が好きなのか。だからこんな嫌味を。よし、ならば負けていられないぞ。

「僕はいつか必ず日菜との夢の家を造ってみせますから」

「夢の家?」

「ええ、日菜を幸せにするための家です」

「つーか、あんたのセリフってなんかいちいち恥ずかしいよな。そういう歯の浮くようなことよく大声で言えるな。鋼《はがね》のメンタルかよ。恥ずかしくないの？　鳥肌立っちまったよ」

う、うるさいよ……。冷静に突っ込むなって。両耳が燃えるように熱くなった。

「まぁ、せいぜい頑張れや。結果出したら褒めてやるからよ。無理だと思うけど」

あーもう、なんて可愛くない奴だ！　年下のくせに！

ピコン！　あまりの悔しさに頭に血が上って命が一年減った。

「こらこら、研ちゃん。誠君のことあんまりいじめちゃダメよ」とエンさんが研君の頭をトレイで叩くフリをした。「才能がないなんて言ったら可哀想よ。誠君にはちゃーんと才能があるんだから」

「はぁ？　どうしてエンさんにそんなこと分かるんすか？」

「だってこの間、真壁さんが言ってたも～ん。誠君には光や風や緑と建物を繋げる才能があるって」

「本当ですか!?」びっくりして立ち上がった。

先生が褒めてくれていた！　血が逆流して全身の毛穴から湯気が吹き出そうだ。あまりの感動で命が二年も一気に増えた。

「うん。十年後とか二十年後に造る建物が楽しみだって。俺はそれが見てみたいって」

十年後……。血の気が引いた。そのとき僕はもうこの世界にはいない。僕の造った建物を先生に見せることはできない。期待に応えることはできないんだ。

間に合うのか？　こんなことで本当に日菜との夢を叶えられるのか？

時間がない。僕にはもう残された時間は本当に少ないんだ。


夕方、僕らはバスに乗って葉山のフレンチレストランへと向かった。三年前に行けなかったあの店だ。今ではお互いの誕生日を毎年ここで祝うことが僕らの新しい恋人ルールになっている。正直、この店はちょっと高い。だから日菜は「無理しなくていいよ」って言ってくれる。でもここで祝いたいんだ。あの日、日菜を深く傷つけてしまったことをここに来ると思い出す。初心を忘れないように毎年訪れているのだ。

「さっき研ちゃんとなに話してたの？」

日菜がフォークで刺した牛肉を口に運びながら訊ねた。

「別に。ただの世間話だよ」

研君の憎たらしい表情を思い出して僕は顔をしかめた。

「おやおや？　その顔、もしかして嫌なこと言われたのかな？」

「言われたとしても内緒だよ。告げ口するようで格好悪いし。それに僕も男だからね。

男のプライドとして言えないこともあるんです」

「へぇ、男らしい〜」と日菜は茶化しながら赤ワインを一口飲んだ。「でも嫌なこと言われたら言ってね。研ちゃんのこと叱っておくから」

「大丈夫だって。それにいいんだ。今日エンさんに良いこと教えてもらったから。先生が僕を褒めてくれてたって」

「えー！　それ聞いちゃったの!?　今から言おうと思ったのに！　あれでしょ!?　キヨロちゃんには人と自然を繋げる才能があるって話でしょ!?」

僕はワイングラスを傾けながら笑った。日菜は面白くなさそうに唇をすぼめると「キヨロちゃんの喜ぶ顔、わたしが一番に見たかったのになぁ」なんて可愛らしいことを言ってくれた。でも、それから表情を曇らせて「それだけ？」と上目遣いで僕を見た。

「それ以外、なにか聞いた？」

きっと十年後、二十年後に造った建物が見たいって話だろう。僕が悲しむと思って気にしてくれているんだ。だから「いや、それだけだよ」と首を横に振った。

「そっか」日菜は目を細めて安心したように笑った。

僕はワイングラスを真っ白なテーブルクロスの上に置いた。波立つワインが照明の光によってクロスに深紅の影を落とす。影がゆらゆらと揺れている。

「ねぇ、日菜。もうすぐあの事故から三年だね」

日菜の笑顔がふっと消えた。
「僕らの余命はあと十四年になる。一人たった七年の命……。短いね」
「キョロちゃん、最近焦りすぎてない？　ずっと思ってたんだ。初世さんのお葬式から
いつも焦ってるって。前よりおうちに帰って来るのも少なくなったし、仕事にばっかり
打ち込んでて――あ、別に寂しいから言ってるんじゃないよ？　わたしたちの夢のため
に頑張ってくれているのは分かってるの。でも家にいても思いつめてるから、なんだか
心配で。焦りすぎちゃダメだよ？」
「そりゃ焦るって。これから命の奪い合いは今よりもっと難しくなる。だからできるこ
とは全部やっておきたいんだ。早くしないと夢を叶えられずに人生が終わっちゃうよ」
　日菜は納得していない様子だ。僕はしまったと思って「ごめん。変な話しちゃった
ね」と眼鏡のブリッジを中指で押し上げた。それから気を取り直してナプキンで口元を
拭いて彼女に笑いかけた。
「実は誕生日プレゼントがあるんだ」
「え!?」悲しげな表情がぱっと明るくなる。少し演技も混じっているんだろうな。
「ほら、あそこ。見てごらん」と彼女の後ろを指す。席から少し離れた壁のところに白
い布を被せたプレゼントを置いておいたのだ。その大きなプレゼントを目にした日菜は
「なになに!?」と子供のように弾んだ声を上げる。それから「見てもいい？」とスキッ

プをするようにしてプレゼントのもとへと走った。布を取ると、そこにはヘパイストスの椅子が置いてある。日菜は驚きのあまり言葉を失くしている。「この椅子って……」と歩み寄る僕を振り返った。

「三年前、日菜がプレゼントしてくれたものと同じ椅子だよ」

「え、でも、ハンドメイドだから同じものはないんじゃ」

「特別に作ってもらったんだ。あの椅子と同じ座り心地になるようにね。日菜、言ってたでしょ？　僕にぴったりの椅子なら、わたしもぴったりになりたいって」

「覚えてくれてたんだ……」

日菜は嬉しそうに目を細めて笑った。まつげに付いた涙の粒が輝いて見える。

ピコン！　時計が鳴って命が一年奪われた。

「あ、ごめん」と日菜が慌てて謝ったから、僕は首を振った。

「今は命の奪い合いなんて気にしないでいいよ。日菜が喜んでくれて僕も嬉しいから」

「たまにはこの時計も役に立つね。キョロちゃんに喜んでることを伝えられる」

「時計がなくたって顔を見れば分かるよ」

日菜はまた笑った。綿毛のように柔らかい笑顔だ。その顔を見ていると心がじんわりと痛くなる。幸せな痛みだ。日菜が喜んでくれて本当によかった。彼女をもっと喜ばせたい。もっともっと幸せにしてあげたい。だから頑張ろう。この命を懸けて日菜を幸せにしてあげるんだ。

食事を終えて家に帰ると、僕は最終電車で事務所に戻ることにした。「戻っちゃうの？」と日菜は寂しそうだったけど、「今日中に終わらせておきたい仕事があるんだ」と着替えをデイパックに詰めて家を出た。せっかくの誕生日なのに申し訳ないと思う。でも家でのんびりしている時間がもったいない。事務所に戻って仕事を終わらせよう。それから夢の家の案を練り直すんだ。もう少し予算を抑えることができれば力を貸してくれる人が現れるかもしれない。

東海道線のボックスシートに座って車窓に広がる果てしない闇を眺めていると、トンネルに入った拍子に自分の顔が窓ガラスに映った。やけに思いつめた表情だ。死神に追われているような、そんな切迫した顔をしている。僕は窓の中の自分に言い聞かせる。時間がないぞ。急がなきゃ。今よりもっともっと頑張らないと……。

あくる朝、仕事場のソファで眠っていたら真壁先生に足を蹴られて目を覚ました。のそのそと起き上がって「おはようございます」と目をしゃにむに擦っていると、先生は「昨日は雨宮妻の誕生日じゃなかったのか？」と両手に持っていたマグカップのひとつをこちらに向けた。コーヒーを淹れてくれたのだ。良い匂いがして眠気が一気に晴れる。

「そうなんですけど、終電で戻って来ちゃいました」と僕はコーヒーをすすった。

先生は机の端に尻を乗せて呆れたように首を振る。

「たまには建築以外のことにも目を向けろよ。デートでもなんでもいいさ。言ったろ？メリハリが大事だって。建築以外のことから仕事のヒントを得られることもあるんだ」

「遊んでる暇なんてありませんよ」

僕の鋭い声に、真壁先生はマグカップに口を付けたままこちらを見た。

ダメだ。抑えなきゃ。でも感情が溢れてしまう。焦りがこみ上げてしまう。

「僕にはもう時間がないんです。だから早く夢を叶えないと」

「前に話してた家のことか？　雨宮妻と住むっていう小さな町だったな。なかなか良いコンセプトだとは思うが、そう簡単に実現するものでもないだろう。採算も取れそうにないしな。そういうのは焦らず、ゆっくり進めた方がいい。まずは建築家として実績を積んで――」

「ゆっくりしてる時間なんてありませんよ！」

先生は目を丸くした。僕がこんな風に怒鳴るのは初めてだからだ。

「お前、なに焦ってるんだ？」

唇を噛んで、目を伏せた。そして、

「……七年しかないんです……」

「七年？」

「僕はあと、たった七年しか生きられないんです……」

先生はびっくりしていたが、すぐに冗談だと思ったのか「破滅願望ってやつか？」と苦笑いを浮かべてコーヒーを飲んだ。我に返って「そうかもしれませんね」と微苦笑する。こんなこと言っても信じるわけがない。それにライフシェアリングのことは他言無用だ。話せば奇跡法違反になる。

やるせなく窓の外に目を向けた。太陽が空高く昇ろうとしている。この世界に、僕たちに、新しい朝の息吹を与えてくれる。でも太陽を見ると否応なく思ってしまう。また新しい一日がはじまってしまったと。僕らに残された時間が、また一日、減ってしまったんだと。

もうすぐ夏が終わろうとしていた。いくつかの台風が去って、空の色は濃くなって、海辺を歩くと色なき風に身震いする。ひとつの季節が去るたび、僕の胸には名残惜しさと更なる焦りが去来した。ライフウォッチを見ると、メーターの下の余命の表示が『7』になっている。あの事故から三年が経過して、僕らの命はまた一年減ってしまった。

「また時計を気にしているのかい？」

着なれないスーツのネクタイを外して由比ガ浜の浜辺に腰を下ろしていると、いつの間にか僕の隣に明智さんが立っていた。こんな風に突然現れるのにももう慣れた。

「余命が更に減ったんです。気にして当然ですよ」

残りの命が一人七年となり、ライフシェアリングは更に難しくなった。気付くと余命が三年を下回っていることなど日常茶飯事だ。気を付けなければすぐに全部の命を失ってしまうだろう。

「でもナーバスになることはない。日菜ちゃんの幸福体質も今は落ち着いているしね」

「実を言うと、そのことにも焦っているんです」

明智さんは僕を見下ろした。

「日菜はきっと、無理して幸せを感じないようにしているんです」

「気付いていたのかい？」

「ずっと疑問でした。どうして日菜は前みたいに命を奪わなくなったんだろうって。それで気付いたんです。彼女は意図的に楽しいことや嬉しいことから距離を取っている。僕から命を奪わないように、幸せを感じないように、心を押し殺して生活しているんだって。僕は日菜に不自由な思いをさせながら、今こうして生き永らえているんです」

彼女の献身を想うと心が痛くなる。日菜には前みたいに笑ったり、喜んだり、感情をたくさん表に出して暮らしてほしい。しかしそれは僕の命を危機に晒《さら》すことになる。余命が少ない今の状況では危険すぎる。じゃあ彼女に対して僕ができる恩返しはなにか。それはたったひとつだ。日菜と僕の夢を叶える、ただそれだけなんだ。

でも僕は情けないことに夢のきっかけすら摑めずにいる。今日もデベロッパーを訪ねて協力を打診したけど満足のいく回答は得られなかった。五戸から七戸程度の戸建てでは採算が取れない。「もっと戸数を増やすべきなのでは？」と言われてしまった。しかしそれでは意味がない。人と人とが手を取り合って生きてゆくためには限られた戸数である必要がある。五十戸、百戸となればそれはマンションと同じだ。だが理想と裏腹に焦りは募るばかりだ。このままではいくら粘っても夢は叶わない。計画を変えて採算を得られるようにするべきか？　そんな自問自答を繰り返している。

立ち上がって尻に付いた砂粒を払った。そして大きく深呼吸をひとつして気持ちを切り替えた。

弱気になってちゃダメだ。まだできることはあるはずだ。もっともっと考えるんだ。

スマートフォンが鳴り、ふと我に返った。磐田さんからだ。初世さんの葬儀以来、多忙を言い訳に無沙汰をしてしまっている。

申し訳ない気持ちで電話に出ると、磐田さんは僕にこう言った。

『誠君かい？　君に折り入って話があるんだ』

あくる日、磐田邸を訪ねた。磐田さんは笑顔で出迎えてくれた。お通夜のときに比べて顔色は良くなってはいたが、それでもまだ最愛の人を亡くした悲しみの只中《ただなか》にいることが容易に見て取れた。

家の中は随分と散らかっていて、シンクには食器がそのままになっている。初世さんは本当にいなくなってしまったんだ。雑然とした部屋を見ながら実感した。

「週に一度か二度、日菜ちゃんが片付けや食事を作りに来てくれているんだ。料理をたくさん作り置きしてくれるから助かっているよ」

息子さんと一緒に暮らすことなどはできないのだろうか？　純一さんは確か今スペインにいる。数年は戻れないってずっと前に話していたっけ。通夜のときの冷たい態度が蘇《よみがえ》る。母親を亡くしたのに仕事に戻るなんてひどい人だ。いや、それを言えば僕だって同じじゃないか。せっかくの誕生日だというのに、日菜を家に一人残して仕事に戻ったんだ。僕も同類だ。

磐田さんは散らかった部屋を片付けながら「家事は初世に任せっきりだったからね。掃除機の掛け方すら分からないよ」と自嘲の笑みを浮かべていた。

二人で部屋をあらかた綺麗にすると、仏間にお邪魔して初世さんの遺影と対面した。すでに納骨は済ませている。写真の中の初世さんは愛らしい笑みを浮かべて血色も良い。四年前に二人で旅行に出かけたときのお気に入りの一枚らしい。

目を閉じて合掌していると、通夜のときの初世さんを思い出してしまった。棺の中で横たわる冷たくなった初世さん。痩せこけた姿が瞼の裏に浮かぶ。死神が僕を急かす。お前にはもう時間がないんだぞって。僕はその声から逃げるように仏間を後にした。

キッチンでは磐田さんは薬缶《やかん》を火にかけていた。「来客なんて珍しいから紅茶の在りかが分からなくてね」と困り顔で戸棚をあちこち覗いている。一緒になって探すと、吊り戸棚の中に以前ご馳走《ちそう》になった美味しい紅茶の残りを見つけた。僕らは顔を見合わせて笑った。

悪戦苦闘しながら淹れた紅茶は、以前飲んだそれとはまったく違ってなんとも味気ない。「淹れる人によってこんなにも味が違うんだね」とソファに深く腰掛けて磐田さんが苦笑いする。僕は「本当ですね」とティーカップの中の琥珀色《こはくいろ》の紅茶を見つめた。

「今日は忙しいのに来てもらって悪いね」

磐田さんは重い空気を払うようにして笑った。

「いえ、そんなこと。こちらこそ、なかなか顔を出せなくてすみませんでした」

「若いんだから仕事に熱中するべきだよ。良い師匠にめぐり逢えて本当によかったね」

「人使いは荒いですけどね」と僕は空笑いを浮かべた。

磐田さんはティーカップを受け皿に置いて咳ばらいをひとつする。顔つきが変わった。姿勢を正すと「今日来てもらったのはね」と本題に入った。重大なことを打ち明けるのかもしれない。

「実は、この家を取り壊そうと思っているんだ」

「え？」意外な言葉に耳を疑った。

「私一人で暮らすには、ここはいささか広すぎる。初世が生きていた頃から時々そんな話をしていたんだ。二人でもっと小さな家を建てて静かに暮らそうかって。その夢は叶わなくなってしまったけど、彼女も亡くなったし、ちょうど良い頃合いだと思ってね」

「でも、いいんですか？　だってここはご先祖様から受け継いだ大事な場所じゃ」

「そんなことは気にしなくていいさ。大事なのは過去じゃなくてこれからだ。もちろん初世との思い出が詰まったこの家を壊してしまう寂しさはある。でも寂しさにすがってこのままにしておくのはもったいない。私のような老人が一人で暮らすより、もっと有意義に使う方法があるはずだ」

そう言うと、磐田さんは深い皺を目尻に寄せて微笑んだ。

「たとえば、君たちの夢のために使うとかね」

「それって」と言葉が自然と口から溢れた。

「この土地と裏の雑木林を合わせればまあまあ広い土地になる。確か誠君の構想では真ん中に広場があって、それを囲うように五軒から七軒の戸建てが建っている――そんな場所だったね？　それくらいなら、まぁ、できないこともないだろう」

シャリン！　とライフウォッチが鳴る。喜びが音になって耳に響いた。

「誠君。この土地に君たちの夢の家を建ててほしいんだ」

「……本当ですか？　本当にいいんですか⁉」

「もちろん。でも私はいい年だ。だから具体的な話は息子の純一に任せたい。この土地を託したくてね。あいつを施主にして準備を進めていければと思っているんだが、それでも構わないかね？」

「はい！　それは！」

「よかった」と磐田さんは頭頂部を見せるようにして深く頷いた。「再来週、純一が仕事の都合で日本に戻って来る。そこで具体的な話をするとしよう」

身体中が震えている。呼吸も荒い。僕は自分の身体を抱きしめるように肘を抱えた。

夢が叶う……。この場に留まっていられないくらいの興奮が全身を貫く。大声で叫びながら町中を走り回りたい気分だ。さっきからライフウォッチがシャリン！　シャリン！　と音を立てている。早く日菜に知らせてあげたい。日菜の喜ぶ顔を想像すると嬉しくてまた命を奪ってしまった。

命の残年数が『11』になっている。日菜の余命は三年しかない。奪いすぎてしまった。冷静にならないと。でも無理だ。血が沸騰するほど嬉しくて、こぶしを握りしめて喜びを噛みしめた。

詳しいことはまた再来週に話そう。そう約束して磐田邸を後にした。ドアが閉まるが早いか、僕は大急ぎでレインドロップスへ向かった。身体が羽のように軽い。いくら走っても疲れることはなかった。どこまでも走れそうな気がした。

「——日菜！」

レインドロップスに飛び込むと大声で彼女の名前を叫んだ。日菜はドリップポット片手にカウンターの向こうで目をぱちぱちさせている。お客さんは研君だけだ。

「どうしたの？　テンション高いけど。なにかあった？」

キッチンから出て来た日菜をなにも言わずに抱きしめた。研君が「はぁ!?　なにイチャついてんだよ！」と怒鳴った。日菜も「ど、どうしたの!?」とびっくりしている。

「叶うんだ！　僕らの夢が！」

「え……？」意味が分かっていないようだ。日菜は僕の腕の中で停止した。

「磐田さんから言われたんだ！　あの土地を僕らの夢のために使っていいって！」

「ほ、ほんとに？」

日菜の身体が熱くなる。腕を緩めて笑いかけると、日菜はみるみる涙目になった。

「夢じゃないよね？」

「夢のわけないだろ」と日菜のほっぺをつねってみせた。

「本当だ」笑った拍子に大粒の涙がぽろりとこぼれた。

「よかったね、キョロちゃん……本当によかったね……」

ぽろぽろと涙がこぼれる。日菜は顔をくしゃくしゃにして本格的に泣き出した。

あまりにも嬉しそうに泣くもんだから、僕までもらい泣きしてしまった。

「よかったね！　やったね！　キョロちゃん、おめでとう！　本当におめでとう！」

そう言って抱きついてきた。涙が僕のシャツを濡らす。命が奪われてゆく。日菜が喜んでくれている。こんなにも幸せそうに、嬉しそうに。

人生は悪くない。日菜を抱きしめながら僕は生まれて初めてそう思った。今までの努力とか、苦しかった思いが、すべて報われた気がした。そう思うと余計に泣けてくる。

「これでやっと掘り起こせるね。あのタイムカプセル」

「うん！　そうだね！」

「ありがとう。日菜のおかげだよ」

「そんなことないよ。キョロちゃんがたくさん頑張ったからだよ。キョロちゃんの努力が認められたんだよ。わたしはなにもしてないよ」

たくさん傷つけて、たくさん回り道もした。でもこの命があるうちに僕らの夢にたどり着ける。そのことが嬉しい。本当に本当に嬉しい。日菜にようやく恩返しができるんだ。

「誠君おめでと～」

エンさんが拍手をくれた。僕らは二人して涙を拭いながら「ありがとうございます」とお礼を言う。エンさんの目も涙でいっぱいだ。

それからエンさんは僕らのために店を貸し切りにして、ささやかな祝賀会を開いてくれた。日菜はとっても嬉しそうだ。飲めないお酒をたくさん飲んで、羽目を外してさっきから笑ってばかりだ。こんなに笑う日菜を見るのは久しぶりだ。僕も酔っぱらっていたから日菜の嬉しそうな姿を見てまた少し泣いてしまった。幸せでいることを、嬉しいと感じることを、日菜は封印しながら暮らしてきた。でもこれでようやく幸せにできる。そのことがなによりも嬉しくて、なによりも幸せだ。

かなり酔ってしまったからテラス席で酔いを醒《さ》ますことにした。暮風《ぼふう》が心地良い。見上げた空は群青色と桃色と橙色が交じり合って幻想的で美しい。その中を流れる尾流雲《びりゅううん》は寄せる波のようだ。こんな風に空が綺麗だと思ったのはいつ以来だろうか。

命を奪い合うようになってから僕はたくさん日菜を傷つけた。でも日菜と生きていくことを決意して、この三年間、彼女と一緒に歩んできた。焦りもあった。もしかしたら日菜に夢の家を見せてあげられないかもしれないって何度も何度も諦めかけた。

でも、諦めなくて本当によかった……。

ワイングラスが空になった頃、芝生の上に明智さんが現れた。

「おめでとう、誠君」と彼は心からの笑顔をくれた。

「この不条理な奇跡に負けずによく頑張ったね。本当にすごいことだ。心からそう思うよ」

僕は首を振って「日菜がいてくれたおかげです」と言葉を噛みしめながら答えた。

しばらくすると、研君がワインボトルを手にやって来た。そして無言で僕のグラスにワインを注いでくれた。トクトクトク……と小気味良い音を立てて深紅のワインがグラスに溜まってゆく。

「この間は悪かったな。才能がないなんて言ってさ」

「そんな。ただ運が良かっただけですよ」

「運も才能のうちさ。胸張れよ。大したもんだ。なぁ、キョロちゃん……」

研君は笑った。今までにないくらい優しい笑顔で。

「幸せにしてやってくれよな、日菜のこと」

お前に任せるよ。彼はそう言ってくれているんだ。

「はい」と僕は力強く頷いた。

それから僕らは隣同士に座ってワインを飲んだ。店内から伝わってくる日菜の幸せそうな笑い声を聞きながら。ピコン！　と命が奪われる。でも今はその音が心地良い。僕らは互いに同じ幸せを感じながら時計を鳴らし続けた。遠くで波の音がするレインドロップスの庭。見上げた夕焼け空は果てしなく美しい。この風景を僕は一生忘れない。この気持ちを、この幸せを、日菜の笑い声を、絶対に忘れない。きっと日菜も同じ気持ちでいてくれるはずだ。

今日という日は、僕らの宝物になった。

キョロちゃんの、わたしたちの夢が叶ったあの瞬間、目の前の霧が晴れるように世界がパーッと明るく輝いた。ライフシェアリングをはじめて三年。いつもどこかで生き辛さを感じていた。でも仕方のないことなんだ。わたしたちは命を奪い合っているんだからって、そう言い聞かせて心を押し殺すように努めてきた。だけどあの日、久しぶりに心から幸せを感じた。生きててよかったって思えた。キョロちゃんがあんなに喜んでいる姿を見ることができて本当に本当に嬉しかった。今思い出しても目頭が熱くなるくらいに。

レインドロップスでの祝賀会から一週間が経って、キョロちゃんは前にも増して頑張っている。来週、純一さんが帰国するから、そこで夢の家のプレゼンテーションをするそうだ。「プレゼン資料だけじゃなくて、あの土地に合わせた図面も一緒に見てもらうつもりなんだ。造りたいもののイメージを具体的に分かってもらえるようにね」って寝る間も惜しんでパソコンに向かっている。真壁さんの仕事だけでも大変なのに倒れちゃわないか心配だ。

それともうひとつ、わたしには心配事がある。純一さんだ。お葬式のときに会った純一さんの印象は正直あんまり良いものじゃなかった。冷たそうっていうか、ドライな人なのかなって思った。その純一さんが施主になる。もし純一さんが首を横に振ったら、キョロちゃんのコンセプトに乗ってくれなかったら……。断られたら全部が振り出しに戻ってしまう。わたしたちに残された時間は少ない。こんなチャンスはもう巡ってこないかもしれない。そう思うと心配でたまらない。

「――お前たちは相変わらず恥ずかしいな」

縁側に座って野良猫を眺めていた能登さんがこっちを見ずに背中で言った。

リビングのソファで洗濯物を畳んでいた手を止めて「また小言？」って眉をひそめる。

「ああ、小言だ。朝からああイチャつかれたら見ているこっちが恥ずかしくなる」

「見てたの!?　わたしたちのそういうとこは見ないって約束でしょ!?」

「お前ら付き合ってもう四年だろ？　いい年してみっともないと思わないのか？」

「思いません。今でも仲が良いのはむしろ誇らしいことですから」

「それはごちそうさまだな。まぁでも――」と能登さんが顔だけをこちらに向けた。

「これでバカな考えは捨てられるな。お前には生きる理由ができた。小僧とこれからも一緒に生きなければならない理由が。だからもう二度とバカな考えは持つなよ」

「……能登さんはわたしの考えてること、なんでもお見通しなんだね」

「当然だ。出逢って三年も経つし、なによりお前は単純すぎる。もしも命を分け合うことが困難になったら、そのときは小僧にすべての命を差し出すつもりだったんだろう？」

わたしは視線を逸らして頬っぺたを掻いた。

「まったく、バカな女だ。しかしもうそんなバカげた真似はできないな。お前たちの夢の家が完成してそこで幸せを築くまでは、なにがなんでも生きなければならない。そうだろう？」

「ごめんね、能登さん。たくさん心配かけて」

「別に心配などしていない」

「またまたぁ〜。心配してたくせに〜」

「誰がするか」

能登さんは身を乗り出して怒った。

「ふふ。能登さんってからかうとすぐ怒るから可愛いね」

「やかましい」と彼女は舌打ちをして照れ臭そうに身体を戻した。「わたしのことを観察している暇があるなら、さっさと結婚の準備でも進めろ」

「結婚!?」手に持っていたキヨロちゃんのパンツを腿《もも》の上に落とした。

「なにを驚いている。家を造るってことは、そういうことだろ」

わたしはハイハイしながら縁側の能登さんに近寄った。

「キョロちゃん、わたしにプロポーズしてくれるかなぁ!?」

「近づくな。鬱陶しい」

「実はわたしも思ってたんだ！　夢が叶ったらキョロちゃんプロポーズしてくれるかもって！　え、え、え！　いつだろう！　もうすぐ!?　それとも家が建つとき!?　だとしたら先すぎるよぉ～」

「知らん。どうでもいい。わたしに訊くな」

「もー、冷たいなぁ～」

　頬を膨らますと、能登さんは「ぷっ」と吹き出した。笑うと少女らしいあどけない表情になる。笑顔の能登さんは大好きだ。つんつんしているときよりずっと魅力的だから。

「なぁ、日菜。お前たちは普通の人間と比べたら幸福とは言えないかもしれない。残された時間もあとわずかだ。でもな」

　能登さんの大きな目がわたしを見つめる。なんて優しいんだろう。

「それでも最後までしっかり生きろ。そして幸せになれ。そうやって、お前の居場所を最後まで守り続けろ。いいな？」

　わたしの居場所——それはキョロちゃんの隣だ。そして能登さんや明智さん、磐田さんやエンさんや研ちゃんがいる、このささやかな暮らしだ。

「今日は随分とサービスがいいね。優しすぎるよ」

「うるさい。からかうならもう二度と言わん」と能登さんはそっぽを向いてしまった。

「冗談だよー」って言ったけど、もうこっちを見てくれない。

わたしは背中に笑いかけた。

「いつも心配してくれてありがとう。大好きだよ、能登さん」

「気持ちが悪いことを言うな」

能登さんはそう言うと、恥ずかしそうに消えてしまった。

その夜、キョロちゃんは仕事を終えて家に帰ると、作業部屋に閉じこもって夕食も摂らずに夢の家の図面を引いていた。没頭すると寝食を忘れちゃうのは前からだけど、ここ最近はやる気が漲《みなぎ》っている。わたしにできることはないのかなぁ。こんなとき役に立てないのが悔しい。だからせめて夜食だけでもと思って、おにぎりとお味噌汁を作ってあげた。

「ちょうどおなか減ってたんだ」とキョロちゃんは眼鏡を取って大きく伸びをした。

喜んでくれているみたいだ。ふふ、嬉しいな。

「でもこんな時間に食べたら太っちゃうかもね。夢が叶うときには、こーんなにおなか出ちゃってるかもよ。あんまり太ったら出荷しちゃうからね」と大げさに寝間着のおなか辺りを引っ張ってみせると、キョロちゃんは「じゃあ、やめておこうかな」とおにぎりをお皿に戻した。

「うそうそ。食べて食べて。たらこ？　おかか？　どっちもおすすめですよ？」

「冗談。どっちも食べるよ」

キョロちゃんはおにぎりをぺろりとふたつ平らげた。

「図面、プレゼンまでに間に合いそう？」

後ろから抱きついてパソコンを覗き込む。わたしにはなにがなんだか分からないけど、でもこれが近い将来、夢の家として建つと思ったらワクワクする。

「大丈夫。絶対に間に合わせるよ」キョロちゃんはグラスの炭酸水を一口飲んだ。

「でもちょっと心配だなぁ。純一さん、ちゃんとキョロちゃんの案に賛成してくれるかなぁ。磐田さんがお施主さんじゃダメなの？」

「実際建てるとなると完成は早くて二年後だからね。磐田さんは高齢だし不安も大きいんだよ。もし自分になにかあったら計画が頓挫してしまうかもって、僕らのことを気にかけてくれているんだ。それにきっと純一さんやお孫さんとあの場所で暮らしたいのさ。そのためにも純一さんには前向きに取り組んでもらいたいんだ。あそこにできる家に愛着を持ってほしいんだよ」

「そっかぁ。でもなぁ、不安だなぁ〜」とキョロちゃんの身体をゆさゆさ揺すった。

「大丈夫だって。純一さんにも気に入ってもらえる図面を作ってみせるよ。それに思うんだ。僕らの夢を叶える場所は、あそこが一番いいって」

「うん。磐田さんはわたしたちをずっと応援してくれてるもんね」

「僕らの夢は磐田さんの夢でもある。それに、初世さんの夢でも」

「そう思うとすごく素敵だね」

首に回した腕にキョロちゃんが手を添える。温かくて大きな手だ。

「日菜。僕は絶対、僕らの夢を叶えてみせるよ」

心強い言葉はわたしを安心させてくれる。

おやすみのキスをして一足先に二階の寝室へ向かう。廊下に出ると、明智さんが立っていた。

「誠君は今日も頑張っているみたいだね」

「でもあんまり寝てないから倒れちゃわないか心配です。彼もイノシシだから」

「イノシシ？」

「わたしたち二人とも、こうと決めたら猪突猛進タイプだから」と鼻を人差し指でくいっと上げてイノシシみたいな顔を作った。明智さんは「確かに」とくつくつ笑う。

「でも頑張るのも無理ないさ。誠君は今、試されているんだからね」

「試されている？　誰にですか？」

「人生にさ。人は誰もが生きた証《あかし》を残したがる。多くの人はそれが子供だったりするけれど、彼の場合、それは二人の夢なんだろうね。日菜ちゃんとの夢の家を造ることで誠君は生きた証を残したいんだよ。一人の男として、建築家として、それができるかどうか彼は今人生に試されているんだ」

誰かの長い人生に寄り添える建物を造りたい、それがキョロちゃんの夢だ。その建物を造れるかどうか、夢が叶うかどうか、彼は今瀬戸際に立っている。彼が誰かの人生を支える建物を造るなら、わたしはそんなキョロちゃんのことを支えてあげたい。それがわたしのやるべきことだ。キョロちゃんの生きた証をこの世界に残してほしい。残された時間を目一杯使って……。

「明智さんは残せたんですか？　生きた証って」

「いやぁ、僕には無理だったよ。残念だけどね」

「そっか……。ごめんなさい。変なこと訊いて」

「僕の方こそ悪かったね。寝る間際に引き留めたりして」

ううんと首を振って「おやすみなさい」と廊下を突っ切り階段へ向かうと、「日菜ちゃん」と呼び止められた。振り返ると、彼はなにやら言い辛そうにしていた。

「……前に言っていたね？　わたしにできることがあればなんでも協力するって」

「え？」

そして顔を上げたかと思うと、張りつめた声でこう言った。

「君に頼みたいことがあるんだ」

次の朝、いつもより少し早く家を出た。自転車を漕いでレインドロップスを目指す。今朝の風はひんやりと冷たい。薄手のジャンパーだけでは耐えられないほどだ。自転車に乗りながら見上げた空は瑠璃色の絵の具を溶かしたようだ。稲村ヶ崎の辺りからは真新しい太陽が顔を覗かせている。陽の光に染められた雲の輪郭は黄金色に輝いていた。

明日、誰も来ないうちにレインドロップスに行ってほしいんだ——。明智さんは昨日わたしにそう言った。理由を訊ねたけど「詳しくは明日話すよ」としか答えてくれなかった。わたしに協力できることなのかなぁ。それに、頼みってなんなんだろう？

レインドロップスに着くとエンさんはまだ来ていなかった。カウンターにデイパックを置いて「明智さん」って呼びかけると、彼はすぐに現れた。そして「朝早くに悪いね」と謝ってくれた。

「それは全然いいんですけど……。頼みって？」

明智さんは視線を右に向け、店の隅にあるアンティーク調の戸棚を見た。

「あの戸棚の中の物をすべて出してほしいんだ」

「え、どうして？」

「すまないが急いでくれると嬉しい。縁が来る前に終わらせたいんだ」

ゆかり？　明智さんは今、エンさんのことを『ゆかり』って呼んだ。そんな風に呼ぶ人は初めてだ。わたしも常連さんも、みんなエンさんって呼ぶのに。

「もしかして明智さんって、エンさんと知り合いなんですか？」

今から思えば明智さんがエンさんに向ける視線は片想いのそれとは少し違っていたように思う。恋のまなざしというよりも、なんていうか、どこか悲しみが滲んでいるようだった。わたしはそれを〝叶わぬ片想い〟だからと勝手に思っていた。でも違うのかもしれない。

戸棚を開けた。中にはエンさんの私物がぎっしり入っている。便箋や桜色の封筒、アクセサリー、旅先で買ったであろう置物なんかを引っ張り出すと、中に何枚か写真を見つけた。随分と色褪《いろあ》せている。昔の写真みたいだ。若い頃のエンさんが写っていた。

あれ？　でもこれ、なんか変だ。わたしは首を捻った。

全部一人で写っているのに、エンさんは真ん中にいない。まるで誰かとツーショット写真を撮ったときのように中心から少しずれているのだ。隣に誰かがいた形跡がある。

もう一枚の写真を見た。やっぱりそうだ。エンさんは誰かの腕に手を回しているようなしぐさをしている。でもそこには誰もいない。

日菜ちゃん、と呼ばれて我に返った。明智さんは焦っている。急ごう。わたしは作業に戻った。

ようやく中身を全部出すと一番奥にあるものを見つけた。くしゃくしゃになった茶色い紙袋だ。中に四角い箱のようなものが入っている手触りがする。明智さんに目をやると、彼はこくんと頷いた。どうやらこれを捜していたみたいだ。紙袋に手を突っ込んで入っているものを出してみた。

これって……。指輪のケースだ。ニスが塗ってある赤茶色の木製のケース。窓から差し込んだ朝日を浴びて箱は艶やかに光っている。

「開けてくれるかい?」明智さんが隣に並び立った。

ケースを開こうとするが、長いこと閉じたままだったからか、たくさん力を入れなきゃ開けることができない。ようやく開くと、そこには指輪が入っていた。深緑色のエメラルドが施された銀の指輪だ。指輪は永い眠りから覚めたみたいに新鮮な朝の空気を吸ってキラキラと輝いている。でも新品じゃないと思う。かなり使い込んでいるみたいだ。所々に細かな傷が見て取れた。

「これって?」と明智さんを見ると、彼は指輪を見つめたまま静かに言った。

「これは、縁の指輪なんだ」

「エンさんの?」

「ああ。日菜ちゃんが思っている通りだよ。僕と縁は知り合いだった。いや、知り合いというのはいささか他人行儀すぎるね。僕らは――」

明智さんは昔を懐かしむように微笑んだ。

「僕らはかつて夫婦だったんだ」

明智さんとエンさんが夫婦？　信じられない言葉に口を開けたまま動けなくなった。だけどそう考えれば色々納得できる。明智さんの切なげなまなざしの正体は奥さんを見つめる視線だったんだ。でも、どうしても分からないことがある。

「わたし前に訊いたことがあるんです。エンさんは結婚したいって思わないんですかって。結婚したことがあるなら、きっとそのとき教えてくれたはずです。どうしてエンさんは明智さんと結婚していたことを隠してるんですか？」

明智さんはカウンターチェアに腰を下ろすと、顎先を指で少し撫でた。暗い表情だ。そしてわたしに視線を戻して「驚かないでほしいんだけどね」と前置きをひとつした。

「僕らは昔、君たちと同じようにライフシェアリングをしていたんだ」

「明智さんとエンさんが!?」

「十九年前のことだ。僕らはこの湘南で出逢った。彼女は小さなマリンショップで働いていてね。サーフィンが趣味だった僕はたまたま店を訪れ、そこで彼女に一目惚れをした。縁は魅力的だった。おっとりとしたしゃべり方も、穏やかな性格も、優しいところも。なにより笑顔が素敵な人だった。ひまわりのような派手な笑顔じゃない。朝顔がそっと咲くような、そんな静かで美しい笑顔の縁に僕は一目で恋に落ちたんだ。恥ずかしい話だけど、必死になって口説いたよ。用もないのに店に足を運んだりしてね。やがて縁も僕の気持ちに応えてくれて、僕らの恋ははじまった。それで付き合いはじめて一年後にプロポーズをしたんだ。この指輪はそのとき贈ったものだよ」

「じゃあ、このお店って」

「レインドロップスは僕がはじめた店だ。ずっと夢だったんだよ。海のそばに自分の喫茶店を持つことがね。方々に借金をして開店資金を集めて、結婚と同時に店を開こうと計画していた。でも縁には反対されたよ。『わたし接客業なんて向いてないわよ』って」

物憂げな表情だ。その頃のエンさんを思い出しているんだ。

「なんとか説得して渋々折れてくれたとき、縁は僕にこう言った。『あなたがいなきゃ喫茶店なんて絶対やらない。だから先に死んだりしないでね。ずっとそばにいてね』って。彼女なりのプロポーズの返事だったんだ。その言葉は僕の一生の宝物になったよ」

明智さんは目を閉じて笑った。

「それから僕らは店を開いた。駆け出しの建築家だった真壁君にはわがままを山ほど聞いてもらった。おかげで素晴らしい建物になったよ。文化祭みたいに二人で盛り上がって開店準備をして、楽しい毎日だったな。洋楽をＢＧＭにしたいって言ったら、彼女はサザンオールスターズが良いって猛反対してさ。でも結局は僕が意見を押し通したけどね。椅子やテーブルも好きだったへパイストスのものを揃えた。開店してからは僕がランチを、縁がドリンクを作った。でも彼女は不器用でね、毎日お客さんに怒られていたな。あんたが作るドリンクはどれも不味《まず》いって怒鳴られて泣いてばかりだったよ。僕はそのたびに彼女を慰めた。『大丈夫。きっと上手く作れるようになるよ』って。そう言って頭を撫でてあげると、彼女は『また頑張るわ』って笑ってくれた」

エンさんは言っていた。ドリンクを作ると悲しい気持ちになるって。もしかしたら明智さんのことを思い出していたのかもしれない。だから心が苦しくなるんだ。ライフシェアリングの結末がどうだったかは分からないけれど、でも明智さんは先に死んでしまっている。きっとエンさんは今も明智さんが忘れられずにいるんだ。

「店をオープンさせた翌年、僕らは知り合いのヨットで事故に遭って死んだ。そして君たちと同じようにあちら側の世界で奇跡を提案された。ライフシェアリングをね。僕らなら命を分け合って生きていける、そう思ったよ。店もようやく軌道に乗りかけていたし、ここで死ぬわけにはいかない。だから助け合うことを約束して現世に戻った。でも、君たちも苦しめられたように命の奪い合いは簡単じゃなかった。だんだんと歯車は狂っていったんだ」

明智さんの重々しい口調に不吉な予感がした。

「縁は命を奪われることに神経質になった。僕が幸せを感じると怒りをあらわにするようにも。『どうして命を奪うのよ！』って、お客さんがいてもお構いなしに怒鳴ったことすらあったよ」

前に常連のお客さんから聞いたことがある。開店当初、エンさんはヒステリックになっていたって。きっとライフシェアリングをしていたからなんだ。

「そしてライフシェアリングをはじめて一年が経った頃、縁は――」

明智さんは下唇を嚙んだ。

「縁は、包丁で僕を刺した」

エンさんが明智さんを？　あんなに温和なエンさんがそんなことをするなんて……。

「もしかして、明智さんはそれで？」

「幸い一命は取り留めたよ。でも僕はそのあと見つけてしまったんだ。彼女が未来の自分に宛てた手紙を。そこにはこう書かれていたよ。生きていくのが怖い。こんな奇跡ももういらないって……」

わたしもそうだった。エンさんと同じことを思ったことがある。

「だから僕は、縁にすべての命を差し出した」

「え？」

「奇跡を放棄したんだ」

キョロちゃんが書き出してくれたライフシェアリングのルールの中にあった。奇跡を放棄することはできる。でもそれは奇跡法に抵触するって。

「そして僕は死んだ。彼女は十八年の命を手に入れて今もこうして生きている。僕のことも、ライフシェアリングをしていたことも、すべて忘れて」

「……忘れて？」

「奇跡を放棄した罰だよ。前に話したことがあったね。奇跡を放棄した者は罰を受けることになると。その罰によって、僕はこの世界から存在を消されてしまったんだ」

驚きのあまり手で口を押さえた。

「縁の記憶からはもちろん、すべての人の記憶からも、戸籍も、僕が書いたものも、作ったものも、してきたことも、すべて跡形もなく消されてしまったよ」

エンさんは言っていた。このお店をはじめた理由をよく覚えていないって。それは明智さんのことを忘れてしまったからなんだ。真壁さんも言っていた。設計を請け負った経緯を忘れてしまったって。みんなの心から明智さんが消えてしまったから……。

「でもまさかこの店が残っているなんて意外だったよ。店の名前は彼女が付けたものだったからね、僕のしたことじゃないって判断されたのかもしれないな」

明智さんは愛おしそうに店内を見回すと、わたしの方へと身体を向けた。

「日菜ちゃん、指輪を見せてくれるかい？」

明智さんは指輪に触れることはできない。だから手のひらに載せて見せてあげた。彼は手を伸ばして指輪に触れようとする。でも指はすり抜けてしまう。明智さんは眉の端を弱々しく下げた。

「ライフシェアリングに悩んだ彼女は、僕にこの指輪を投げつけて言った。『あなたなんかと出逢わなければよかった』って。その通りだ。あの日、僕があのマリンショップに行かなければ、僕が恋をしなければ、僕たちは別々の人生を歩むことができたんだ。事故に遭うこともなかったんだ。あんなに苦しめることも、悲しませることもなかったのに……」

明智さんは悔しそうに奥歯を噛んだ。それから潤んだ瞳をわたしに向けて、

「だから、この指輪を処分してほしい」

「でも……」

「いいんだ。それは縁が捨てた指輪だ。それに彼女はこの指輪のことは覚えていない。思い出すこともない。今更残しておいても意味のないものなんだ」

「嫌です」わたしは頭を振った。「明智さんはいつかまたエンさんにこの指輪を渡したかったんですよね？　だから棚の奥に隠していたんじゃないんですか？　いつかまた、エンさんの指にはめてあげたいと思って」

「もういいんだ。だって縁はもう僕のことを――」

「忘れてません！　明智さんと過ごした日々は忘れちゃっても、きっと心のどこかでは覚えてるはずです。だってエンさん言ってました。ドリンクを作ると胸が苦しくなるって。それってきっと明智さんのことを心が覚えているからです。落ち込んだときに頭を撫で

てもらった嬉しい気持ちとか、そういうのを心が覚えているから苦しくなるんです」

感情が高ぶっていつの間にか泣いていた。ライフウォッチが音を鳴らす。

「だから……エンさんが覚えてなくても、お願いします、この指輪を渡してあげてください……」

明智さんの目は真っ赤に染まる。そして目の端が光ったかと思うと、涙がひとしずくこぼれ落ちた。

「僕は縁に会いたかった。ずっとずっと会いたかった。だから君たちの担当を志願してこちら側の世界に戻って来たんだ。一度でいい。一目だけでいい。彼女に……縁に……どうしても会いたかった。縁が死んでしまうその前に……」

「死ぬ……？」

「縁は一年後に死ぬんだ」

「どうして!?」

「彼女がライフシェアリングで得た余命は十八年だ。その命はもうすぐ尽きてしまう。来年の十月、縁は死ぬんだ」

明智さんは両肘を抱えて唸るように呟いた。

「日菜ちゃんの言う通りだよ。僕はもう一度、この指輪を縁にはめてあげたかった。あの頃みたいに彼女に指輪を……幸せだった頃のように……」

明智さんは泣いた。その姿を見てわたしも涙が止まらなくなった。でも涙を手の甲で拭う。泣いちゃダメだって自分に言い聞かせる。エンさんと明智さんの力になりたい。

「分かりました！　わたしがなんとかします。任せてください」

エンさんが出勤すると、彼女を庭へと連れ出した。今日はいい天気だ。秋空に鱗雲《うろこぐも》が広がっていて、南風に吹かれた木々は幸せそうに揺らいでいる。

「なんなの急に～？」

エンさんは怪訝そうに首を傾げている。彼女を庭の真ん中に立たせると、

「目を閉じてください」

「え～!?　なになに？　キスでもするつもり？」とエンさんは少しおどけた。

「いいからいいから」

エンさんが渋々目を閉じると、わたしはポケットからエメラルドの指輪を出した。

「左手を出してくれますか？」

「もうなによ～？　怖いなぁ～」とエンさんはおずおずと左手を胸の前に持ってきた。

隣に立っている明智さんに頷いてみせる。彼は指輪を持つわたしの手に右手を重ねて指輪を持つしぐさをした。触れることはできないけど、ただのしぐさにすぎないけど、それでも明智さんは今この指輪を手にしている。少なくともわたしにはそう見える。

そしてわたしは、明智さんと一緒にエンさんの左の薬指に指輪を運んだ。

「え？　指輪？」エンさんは目を瞑ったまま身体を小さく震わせた。

「あ、まだ目は開けないで」

ゆっくりと指輪が薬指に収まってゆく。隣で明智さんは幸せそうな顔をしている。ずっと後悔していたに違いない。ライフシェアリングでたくさん傷つけてしまったことを。苦しめてしまったことを。でもこうやって十七年もの時を経て、もう一度愛する人に指輪をはめてあげられた喜びが顔いっぱいに溢れている。

「もういいですよ」

エンさんは目を開けると、左手の薬指の指輪を見て「わぁ」と驚いた。

「どうしたのこれ？」

言葉に困るわたしに、「日菜ちゃんからのプレゼントだって言ってくれ」と明智さんが微笑んだ。

わたしは首を横に振った。そしてエンさんにはこう伝えた。

「それは、エンさんのことをすごくすごく大切に想っている人からの贈り物です」

「わたしを大切に想っている人？　誰のこと？」

「それは言えません。でも――」

明智さんを見た。

「エンさんのことを、世界で一番愛している人です」

「なにそれ？　変なの」とエンさんは笑っている。

その姿を見て思った。エンさんは本当に明智さんのことを忘れているんだ。こんなにも長い間、十七年もの間、ずっとずっと会いたいと願い続けていた明智さんの想いはエンさんには届かないんだ。悔しくて目頭が熱くなった。

それでも明智さんは「ありがとう、日菜ちゃん。もう十分だよ」と喜んでくれている。

「もう一度この指輪を渡せてよかった。たとえ縁が僕のことを思い出さなくても」

そう言ってエンさんを見た。柔らかい笑みを浮かべて。薬指にはめられた指輪を、大切な奥さんのことを、愛おしそうに見つめている。

「綺麗な指輪ね」

エンさんが笑った。すると、その表情がみるみる崩れた。

「あれ……なんでだろう……？」

涙が溢れて頰を流れた。

「わたし、なんで泣いてるんだろう」

エンさんは戸惑っている。きっと心が明智さんを思い出しているんだ。十七年ぶりにこの指輪と再会できて、嬉しいって心がたくさん思っているんだ。

「こんなに綺麗な指輪なのに……すごくすごく嬉しいのに……おかしいね。どうしてかなぁ。泣けてきちゃったよ……」

エンさんは指輪を見つめて泣いた。でもその顔は嬉しそうだ。幸せそうだ。

その姿を見て、明智さんが静かに囁く。

「縁……」

彼女の名前を呼ぶ声は、とっても優しかった。

「やっぱり君は――」

明智さんはエンさんを見て微笑んだ。その拍子に涙がこぼれ落ちた。

「いくつになっても、ずっと変わらず綺麗なままだね……」

エンさんは指輪を太陽にかざして微笑んだ。明智さんが大好きだった笑顔だ。朝顔みたいな素敵な笑顔だ。隣で見つめる明智さんも嬉しそうに笑っている。

二人の姿は、芝生の中に佇む幸せな夫婦そのものだった。


「妙なことに付き合わせてしまったね」

その夜、家路に就いたわたしの隣で明智さんがバツの悪そうな顔で謝った。

「そんなことないですよ。明智さんとエンさんの力になれて嬉しいです。それに、明智さんの生きた証を知ることができてよかったです」

「僕の生きた証？」

「明智さんの生きた証は、レインドロップスだったんですね」

彼は「え？」と驚いて立ち止まる。わたしも自転車を押す手を止めた。

「明智さん、ありがとうございます。わたしはレインドロップスがあったからいろんな人とめぐり逢えました。エンさんとも会えたし、磐田さんとも、初世さんとも会えました。もちろんキョロちゃんにも。真壁さんが設計してくれたから、それが縁でキョロちゃんは憧れの人のもとでお仕事を頑張れているし、わたしたちの夢ももうすぐ叶うんです。あのお店があったから、明智さんがいてくれたから、わたしはみんなと繋がっていられるんです」

明智さんはわたしの言葉を噛みしめるようにして頷いた。

「僕は幸せだ」

そして星空を見上げて笑った。

「もう一度、彼女に指輪を渡すことができた。縁があの店を続けてくれていた。僕がいなくなったらすぐに辞めるなんて言ってたくせに、今もこうして僕が生きた証を守ってくれている。そのことを知れて、僕はたまらなく嬉しいよ」

空を見ていたその目から涙がひとつ滑り落ちた。

「僕もだよ。僕も君たちに会えて本当によかった」

今日もこの世界は誰かの想いで回っている。誰かが誰かを愛する気持ちで、誰かが誰かに恋する気持ちで、世界は回っているんだ。そして、その想いは時間を超えて、別の誰かへと繋がってゆく。わたしたちは明智さんやエンさんの想いも引き継いで生きているんだ。だから幸せになる。みんなから受け継いだ想いの分まで、わたしたちはちゃんと幸せにならなきゃいけないんだ。

その日、時計に起こされるより早く目を覚ました僕は、すぐさま冷たい水で顔を洗った。洗面台の鏡に映った顔はやけに強張っている。深呼吸をひとつして念入りに髭を剃《そ》った。作業部屋で資料に不備がないかをチェックして、折れ目が付かないように鞄に大事にしまう。

「大丈夫?」と日菜が襖《ふすま》のところから心配そうにこちらを見ている。大丈夫だよって言おうとしたけど、口を開けば声が震えてしまいそうだ。だから頷くだけにした。

純一さんの返答次第では計画が頓挫してしまう。『人と人とが繋がりながら生きていく家』というコンセプトに賛同してくれなかったらすべてが振り出しに戻ってしまう。次のチャンスが巡ってくる保証はない。だからなんとしてでも今日のプレゼンテーションは成功させなければならない。

「じゃあ行ってくるよ」玄関で靴を履き、振り返って日菜を見た。おどおどした顔で今にも泣きそうだ。そんな日菜の頭を撫でて「どう？　服装はこれで大丈夫？」と両手を広げてみせる。濃紺のジャケットにカーキ色のチノパンツ。この服装は日菜に告白した日と同じものだ。あの日から僕らの夢ははじまった。だから今日はこの服装にしようと前から決めていた。そしてジャケットの下は白のボタンダウンシャツ。これは真壁先生と同じブランドのものだ。先生のようにたくさんの人を幸せにする建築家を目指してきた。先生のような建築家になる――その想いで同じシャツを着た。

「うん！　いつもの百倍格好いいよ！」と日菜は両手をグーにして頷いた。

「百倍って、それじゃあいつもは格好悪いみたいじゃん」と冗談を言って鞄を取った。

引き戸を開くと太陽の光が目に飛び込んだ。清々《すがすが》しい通り風が、門扉のところにある赤い実をつけたハナミズキに寄り道をして遠くの空へと帰ってゆく。ひんやりとした冷気が高ぶる気持ちをほんの少しだけ和らげてくれる。大丈夫、きっと大丈夫だ。そう言い聞かせ、僕は足を踏み出した。

純一さんは熱心に図面に目を通してくれた。僕はそれに合わせてコンセプトを説明する。練習の甲斐もあって淀みなく伝えることができた。

説明を無事に終えると、純一さんはソファで長考した。磐田邸のリビングがしんと静まり返る。緊張で胸が張り裂けそうだ。握ったこぶしを開くと、手のひらに爪の痕がくっきりと残っていた。

隣に座っている磐田さんが「どうだい？　純一」と声をかける。しかし純一さんは顎に指を添えたままなにも言おうとしない。

それから二分ほどが経った頃、彼はようやく螺鈿《らでん》工芸のテーブルに資料を置いた。険しい表情だ。大企業の重役ということもあって妙な威圧感がある。座っていなければのけぞってしまいそうだ。

そして、純一さんはようやく口を開いた。

「良い案だと思うよ」

最悪の回答を予想していたので、一瞬なにを言われたか分からなかった。磐田さんが僕に笑いかける。その笑顔で状況を理解した。純一さんは認めてくれたんだ。夢の家のコンセプトを。

「正直、以前だったら断っていたと思う。もっと利益を得られる案にしろって言っただろうね。でもおふくろの葬儀のときに思ったんだ。親孝行らしいことをなにもしてやれなかったなって。がんになったときもそうだ。仕事の忙しさにかまけて親父に全部任せてしまった。本当ならすぐに駆けつけるべきだったのに。悪かったな、親父」

純一さんの言葉に、磐田さんは少し涙ぐんでいた。

「この土地は親父とおふくろが暮らした思い出の場所だ。だからどう使うかは親父の意思を尊重するよ。そのための協力なら惜しまないつもりだ」

「ありがとうございます！」

シャリン！　と時計が音を立てた。不安は杞憂《きゆう》に終わった。これで実現できる。もちろん細かい作業はたくさんある。だとしても順調に進めば完成は早くて二年後だ。その頃、僕らの余命は残り五年。長い時間じゃないけれど日菜を夢の家に住まわせて――、

「だけどね」と純一さんが言った。

心臓に矢が刺さったかと思った。僕は呼吸を忘れたまま彼の目を見た。

「具体的な話は五年後にしてほしいんだ」

「……五年後？」

「ああ。今の仕事が一段落するまで最低でも五年はかかりそうなんだよ。スペイン支社を立ち上げたばかりでね。支社長である俺がいないと仕事が回らないんだ。でもこのプロジェクトは良いものにしたい。だから施主として専念できるまで待ってほしいんだ」

五年後だって？　ちょっと待ってくれ……。

「ここに雨宮君が思い描く夢の家ができる頃には俺の息子も大学生だ。それを機に鎌倉に帰ろうかって妻とも話しているんだ。俺もセミリタイアってわけじゃないけど、会社の一線からは退《ひ》くつもりだ。その頃、親父は七十五だもんな。四人でのんびりこの場所

で暮らすのもいいかもしれないな」

「四人で？　私も一緒にかい？」

「当たり前だろ」

「純一……」

　待ってくれ……五年後じゃ遅いんだ……。僕らの命はあと七年しかないんだ。完成した頃、僕らは死んでしまう。日菜を夢の家に住まわせてあげられない。完成を見せてあげることすらできないかもしれない。それにここに住む人たちの姿を見られずに死ぬなんて嫌だ！　そんなの絶対嫌だ！

「あの！　今すぐじゃダメですか？　遅いんです！　五年後じゃ遅いんです！」

「一日でも早く夢を叶えたいっていう君の気持ちはよく分かるよ。でもね、誠君。申し訳ないが、息子の事情も分かってあげてほしいんだ」

　磐田さんが僕の肩に手を置いた。その手がずっしりと重く感じる。

　僕の気持ちが分かるだって？　分かるわけがない。死ぬんだぞ？　僕らはちょうど完成の頃に死んでしまうんだ！　磐田さんに分かるわけがないだろ！

「じゃあ、こういうのはどうですか」僕は絞り出すように言葉を吐いた。「純一さんには毎月必ず工事の進捗状況をお伝えします。必要とあらばスペインまで伺います。月に一度じゃ足りないなら毎週でも行きます。だからなんとか早めて頂けませんか!?」

無茶苦茶なことを言っているって分かっている。施主の希望が最優先だってことも。純一さんが五年後と言えば五年後だ。でも今すぐ作業をはじめなければ間に合わなくなってしまう。

「誠君、大丈夫かい？　顔が真っ青だ」

取り乱す僕を見て磐田さんは狼狽《ろうばい》していた。純一さんも僕を諭すように、

「すまないね、雨宮君。でも俺は、君が思い描く夢の家を評価しているんだ。それは本当だよ。ここに住む人たちはきっとこの家を通じて手を取り合って暮らしていけるよ。現に君は、俺に親孝行をする機会を与えてくれた。そのことにとても感謝しているんだ。だからこそ気持ちよくプロジェクトを進めたい。分かってくれるね？」

奥歯を噛んだ。純一さんの言っていることはもっともだ。おかしいのは僕なんだ。分かっている。でももう時間がないんだ。なんとかしなくちゃ。だけどこれ以上食い下がって、もし純一さんの気が変わってしまったら……。そう思ったら言葉はもう出なかった。やるせなさが濁流のように心を飲み込んでいった。

結局、計画を早めることはできなかった。純一さんは仕事の時間が来て東京へ帰ってしまった。磐田さんは最後まで僕の様子を気にかけてくれた。

「計画がかなり先になってしまって悪かったね。でも息子があぁ言ってくれて私は嬉しかったよ。これから先、生きる希望を貰えたからね。君たちの、いや私にとっての夢の

家ができるまで、なにがなんでも生きたくなったよ。本当にありがとう、誠君」

嬉しそうに皺を寄せて微笑む磐田さん。初世さんが亡くなってからこんな風に笑うところを初めて見た。その笑顔が嬉しいはずなのに、それなのに、心が押しつぶされそうだ。建築家としてこれほど嬉しい言葉はない。磐田さんに世話になった者としてもだ。だけど命を分け合っている僕には容赦ない言葉だった。

磐田邸を後にしてからも、なかなか家に帰ることができなかった。日菜になんて説明すればいいんだ。彼女も夢が叶うことを心から楽しみにしてくれている。

それなのに、こんなことになるなんて……。

国道一三四号線から浜辺に下りると、力なくその場にへたり込んだ。そして頭を掻きむしりながら砂に額を押し当てた。これからどうすればいい。しかしいくら自問しても答えは出ない。耳障りな波音が繰り返されるだけだ。僕は唸りながら乾いた砂を握りしめた。そして「くそぉ！」と叫んで顔を上げた。太陽が海の向こうに帰ろうとしている。海面を染める燃えるような橙色が目に眩しい。一日が終わってしまう。僕らの命がまた一歩終わりに近づいてしまう。

「死ぬつもりか？」

能登さんの声がした。首を右に捻ると、彼女は真横に立って僕を見下ろしていた。

「時計を見ろ」

砂のかかった左手首に目をやると、余命はあと一年になっていた。我を忘れて時計の音に気付いていなかった。

「日菜が心配している。気をしっかり保て」

「でもこんなことになって……日菜も喜んでくれていたのに……それなのに……」

「情けない声を出すな!!」

能登さんの声が波音をかき消した。

「お前の命はお前だけのものじゃないんだぞ！　お前が生きることは、日菜が生きることでもあるんだ！　もしここで死んでみろ、日菜は必ずお前の後を追うぞ！」

命を奪う音が鳴り響いた。

シャリン！　シャリン！　とライフウォッチが何度も何度も音を立てる。

「その音がなんの音だか分かるか？」

能登さんのこぶしが小刻みに震えている。

「日菜が悲しんでいる音だ。お前が死ぬかもしれないと思って、不安で不安でたまらないと叫んでいる音だ。お前は三年前に誓ったんじゃないのか？　もう二度と日菜を悲しませないと。日菜を守れる男になると。だったら……」

能登さんはあらん限りの声を張りあげた。

「だったらなにがあっても生きろ！　日菜をこれ以上悲しませるな!!」

日菜を幸せにしたい。そう思って生きてきた。ずっとずっと思い続けてきた。あと一歩だったんだ。ほんのあと一歩でその夢が叶うはずだったんだ。それなのに……。

「お前にはもうできることはないのか？」

「……え？」

「日菜のためにできることは、もうなにもないのか？」

僕が日菜のためにできること……。

「そうやって諦めるのか？　だったらお前は初めから日菜を幸せにすることなんてできやしなかった。そんな簡単に諦めてしまう程度の軽い想いならな」

能登さんはそう言って消えてしまった。

涙を拭って力なく立ち上がる。日菜に謝ろう。心配をかけてしまった。早く連絡しなくちゃ。

ポケットにスマートフォンがない。磐田さんの家に忘れたのかもしれない。だからレインドロップスへ行くことにした。この時間ならまだ働いているはずだ。

石段を上って店にたどり着いたが日菜の姿はない。エンさんも、客も、誰もいなかった。どこに行ったんだろう？　踵を返して店を出ようとすると、「雨宮か？」と声が聞こえた。テラス席にいた真壁先生がガラス戸を開けて店内に入って来た。僕を見て安堵しているようだ。

「雨宮妻が心配してたぞ？　キョロちゃんが死んじゃうって突然ボロボロ泣き出して大変だったんだよ。それで店長と一緒に捜しに出かけて――」

僕の顔を見て、先生は眉間に皺を作った。

「どうした？　なにかあったのか？」

「先生……僕は……」

やるせない気持ちが口から溢れ出す。

「僕は日菜を幸せにしてやれないんです」

「どういうことだ」

「夢の家の建設が五年後になるんです。だから完成するのは早くても七年後で……」

「前に言ってた余命の話か」

力なく頷くと、先生は蠟燭を吹き消すようにふぅっと吐息を漏らした。そして、

「なんだよ、そんなことか」と吐き捨てた。

「え？」

「お前、その程度のことでクヨクヨしてたのか？　バカだな。そんなもんは小さなことだろ。夢が叶えられないからってなんだ。気にするなよ」

「そんなもんって……。僕にとっては大きなことなんです！　人生を懸けてたんです！　この夢を叶えるために生きてきたんだ！　なのに……それなのに!!」

奥歯を噛んで俯いていると、先生が歩み寄って来た。そして僕の肩に分厚い右手を置いた。

「なぁ、雨宮。俺の夢の話をしたことがあったか？」

首を振った。僕は先生の過去について詳しく知らない。

先生はそばにあった椅子に腰を下ろした。

「俺の夢は家具職人になることだった。ガキの頃から椅子が好きでな。座る椅子が違うだけで気分ってのはガラリと変わる。人の生活ってのは家具によって作られている。そう思ってたよ。だから高校を出ると迷わず家具職人に弟子入りした。俺の作った椅子で誰かのことを幸せにしてやりたいって思ってな。でも人生ってのは上手くいかないもんだな。俺は手先が器用じゃなかった。その上、事故で肘を怪我して夢を断念せざるを得なくなった。神様は俺に才能も努力する機会すらも与えてはくれなかった。随分と恨んだよ、神様の野郎を。夢を失くしてからというもの、俺は毎日を無気力に過ごした。くだらねぇギャンブルにも手を出したよ。でもいつまでも腐ってはいられない。せめて人の暮らしに携わる仕事をしようと思って建築の世界の門を叩いたんだ」

真壁先生は僕のことをまっすぐ見た。

「俺の夢はもう叶わない。これからもずっとな。でもな、雨宮……」

力強いまなざしに胸が熱くなった。

「たとえその夢は叶わなくても、俺は何百もの人を幸せにする建物を造ったぞ」

先生はレインドロップスの店内を見回した。

「俺たち建築家は、いや、俺たち人間は夢を叶えるために生きているわけじゃない。俺たちは、誰かを幸せにするために生きているんだ。たとえばもし本当にあと七年しか生きられないなら、その中でできることを探せばいいじゃないか。お前はそのチャンスをもう持っているんだから」

「……チャンス？」

「ああ。これからお前が造る家に住む、その人たちを幸せにするチャンスだ」

さっき磐田さんは笑ってくれた。息子さんと一緒に暮らせるって、長生きしたいと思ったって、僕にそう言って嬉しそうに笑ってくれた。幸せそうな顔で。

「もしかしたらお前は、その人たちの〝幸せの結末〟を見届けることはできないかもしれない。でもお前が造る夢の家はきっと誰かを幸せにするよ。その可能性をお前はすでに持っている。だったらクヨクヨしている暇なんてないさ。全部描き残せ。考えていることを、造りたいもののことを、願いを、ひとつ残らず形にして残せ。まだできることはあるだろ？　だったら、そのすべてに全力を注げよ。仕事に対しても、好きな女に対してもな」

「できるんでしょうか、僕なんかに……」

「さあな。でも挑戦することに意味があるんじゃないのか？　だって人生ってのは——」

　先生は少し恥ずかしそうに微笑んだ。

「自分と大切な誰かが幸せになるための旅路みたいなもんなんだ。だから雨宮、徹底的にあがいてみろよ。お前なりの幸せを見つけられるように」

　窓から差し込む夕陽を背にして笑う真壁先生。その笑顔に、僕は救われた気がした。

　日菜のためにできることはもうないのか？　いや、きっとあるはずだ。僕にできることがまだきっと。諦めたくない。僕が造った建物で誰かを幸せにすることを。日菜を幸せにすることを。まだ諦めちゃいけないんだ。僕にはまだ時間がある。可能性だってある。なら、できることをしよう。残されたこの時間をすべて使って、僕にできることをすべて。


「キョロちゃん!!」

　稲村ヶ崎の広場で彼を見つけて、芝生の斜面を一気に駆け下りた。

「なんで連絡してくれないの!?　残りの命が一年しかなくなってすごく心配したんだよ！　キョロちゃんが死んじゃったらどうしようって！　そう思って——」

彼の腕が伸びたと思ったら、わたしはその腕の中にいた。キョロちゃんの心臓の音が聞こえる。生きている音だ。彼が生きている。そう思ったら視界が涙で滲んだ。

「ごめんね、日菜……」

「ねぇ、なにがあったの？」

「ダメだったんだ。僕らの夢の家、完成するのはずっと先のことになりそうなんだ」

そうか、だからショックを受けてあんなに命を失ったんだ。

「工事をはじめられるの早くて五年後なんだ。だから完成は七年後で。夢が叶っても、僕らにはもうほとんど時間が残されていないんだ。ううん、もしかしたら間に合わないかもしれない。ごめんね。本当にごめんね……」

「わたしのことは気にしないで。わたしはキョロちゃんといられれば、それでいいから」

「でも約束したのに……」

キョロちゃんの身体が震えている。頬が温かく濡れる。涙だ。泣いているんだ。抱きしめる手に力が籠もる。悔しそうで、苦しそうで、わたしの心も痛くなる。

「日菜、ごめんね。あんなに楽しみにしてくれたのに、喜んでくれたのに、僕のことをずっと支えてくれてたのに、それなのに……」

顔を見なくても涙がぼろぼろだって分かる。だからわたしは彼をぎゅっと抱きしめた。

「ううん、その気持ちだけで嬉しいよ」

彼は火が点いたように泣き出した。わたしも釣られて泣いてしまう。

「キョロちゃんは、わたしのためにいつもいつも頑張ってくれたね。いっぱいいっぱい頑張ってくれたね。毎日遅くまで働いて、たくさん焦って、時間とも闘ってくれたね」

「日菜……」

「わたしはそれだけで嬉しいよ。すごくすごく嬉しいよ」

しばらくしてキョロちゃんが腕を解いた。そして涙を指先で拭った。

「今まで通りでもいい？　命が失くなるその日まで、僕と一緒に今まで通りに暮らしてくれる？」

「そんなの当たり前じゃん！」

わたしはキョロちゃんのほっぺを両手で引っ張った。ちょっと間抜けな顔をして彼が微笑む。悲しみが少しだけ癒えたみたいだ。

でも、きっとまだ悔しいに違いない。悔しくて悔しくてたまらないに違いない。人生を懸けて叶えようとした夢の結末を見られずに死んでしまうことが、完成した夢の家で暮らす人たちの笑顔を知らないまま死んでしまうことが。きっと見たいはずだ。自分が造った建物で幸せを育む人たちの姿を。彼が願い続けた『人と人とが繋がりながら生きていく家』の姿を、その目で見たいはずなのに……。

見せてあげたい。どうしても見せてあげたい。

それがきっと、わたしがキョロちゃんのためにできる唯一の恩返しだ。


あくる日、真壁先生の気遣いで半日お休みをもらった。

仕事帰り、僕は乗客が誰もいない江ノ電に揺られていた。時刻は午後四時半。まだ日が高く昇っている。今日は良い天気だ。開かれた車窓から秋風が迷い込んでくる。爽やかで心地良い風だ。暑さの残る秋のはじめ。それでも、いつもよりもずっと過ごしやすい陽気だった。

「これからどうするつもりだい？」

隣に座っていた明智さんが僕に訊ねた。

「せっかくの午後休ですからね。どっか遊びにでも行こうかな」

「そうじゃないよ」

「冗談です」と笑った。「僕がすることは、たったひとつですよ」

窓の向こうの海を見つめた。優しく輝く美しい青い海を。

「日菜と幸せになる。ただそれだけです」

そして明智さんに笑顔を向けた。

「そのために、これから残りの人生を使いたいと思います」

「ああ、それがいい」と明智さんは微笑んで頷いた。

「これからすぐ結婚して式を挙げます。新婚旅行にも行こうと思います。裕福な思いはさせてあげられないけど、それでもあの古民家でいつも通りに暮らしていきます。その中で彼女を精一杯幸せにします。子供を作ってあげることはできないけど、それでも僕はずっとずっと日菜のそばにいます。残りの人生すべてを使って、彼女の手を握っていたいんです」

「誠君、僕は思うんだ。君たちの夢の家は、いつかきっと誰かのかけがえのない居場所になるよ。そして、誠君の生きた証にもなるはずだ」

生きた証か……。

それを見届けられないのは寂しい。日菜とたくさんの時間を夢の家で過ごしたかった。でも夢は叶わなくても、日菜を幸せにすることはきっとできるはずだ。

「これから指輪を買いに行きます。それで日菜にプロポーズをします。これからもずっと一緒にいてくださいって」

日菜と生きていこう。これからも一緒に。ずっとずっと一緒に。この命が終わる、その日まで。

だから今日も帰るんだ。日菜が待っていてくれる僕らの家に。いっぱいいっぱい幸せが詰まったあのおんぼろの古民家に。僕はいつものように帰るんだ。日菜のところへ。

キョロちゃんは強がっている。昨日はあのあと笑顔で振る舞っていたけど、ふとしたときに口をきゅっと横一文字に結んでいた。落ち込んだときの彼のサインだ。きっと辛いんだ。夢の結末を見られないことが。

わたしがなんとかするんだ。キョロちゃんの夢を叶えるんだ……。

彼の夢を初めて聞いたとき、人の何十年という時間を支える建物を造るのって素敵だなって思った。わたしには夢とかなんにもないし、人より優れた才能もないから、彼の夢が羨ましかった。眩しかった。だから決めたんだ。キョロちゃんが誰かの人生を支える建物を造るなら、わたしはそんな彼を支えようって。それがわたしのやるべきことだって。もちろん怖い。これからしようとしていることを考えると恐怖に飲み込まれそうになる。臆病な気持ちが心をぎゅっと握って離さない。でもわたしはキョロちゃんを想う。彼のことを想えばなんでもできる気がする。勇気が湧く。強くなれる。だってずっと願ってきたことじゃない。キョロちゃんの夢を叶えてあげたいって。彼を支えたいって。わたしの居場所になってくれた彼に恩返しがしたい。その想いを叶える日が、いよいよ来たんだ。

夕方、仕事を終えると自転車に乗って江の島方面へ向かった。海を焦がすほどの夕焼けがすごく綺麗だ。見ているだけで涙がこみ上げる。それくらい美しい夕景だった。息を切らして坂を上ると、海の見える丘公園が見えてきた。やっぱりここからの見晴らしは最高だ。しばらくの間、手すりにもたれて湘南の景色を眺めた。わたしが育った街。キヨロちゃんと暮らした大好きな街だ。

三年前より大きくなったアラカシの樹の根元に立つ。二人でタイムカプセルを埋めた場所だ。膝をつき、タイムカプセルを掘り起こす。手紙の入った缶は土で汚れている。手のひらで払って蓋を開けた。三年前に書いた二通の手紙が入っている。淡い桜色の封筒。そのひとつを手に取った。繊細な文字で『日菜へ』って書かれたキヨロちゃんからの手紙を、わたしは大事に大事に抱きしめた。

ねぇ、キヨロちゃん。わたしがしてあげられることって、きっとなんにもないと思うんだ。わたしは頭も悪いし、気も利かないし、いつもキヨロちゃんに元気づけてもらってばっかりだったね。たくさんもらってばっかりだったね。独りぼっちだったわたしのそばにキヨロちゃんはいつもいてくれたね。それが嬉しかった。お父さんもお母さんもいなくなって、家族とかそういうのを持てるだなんて思ってなかった。でもね、あなたとの暮らしは本当の家族みたいだったよ。心からそう思ってるよ。

もしできるなら、キョロちゃんと本物の家族になりたかったな。だけどそれはできないね。わたしにはしなくちゃいけないことがある。あなたの夢を叶えてあげたい。人を幸せにする建物を造るっていう、あなたの夢を……。この手紙を読めば、わたしは命を差し出せる。二人の夢が叶ったときに読むはずだった幸せな手紙。あなたの夢が叶うとき、わたしはその隣にはいられない。それが悲しくて、悔しくて、きっと命を差し出せる。だから——。

わたしはゆっくりと、慎重に、封筒の端を破いた。

「やめろ!」

能登さんの声がして手を止めた。彼女は二メートルくらい向こうに立っている。目を大きく見開いて真っ青な顔をしていた。額には汗が滲んでいる。

「言ったはずだ! バカな真似はやめろって!」

わたしは首を横に振る。

「どうしてだ! どうして生きようとしない! 夢なんて叶わなくたっていいじゃないか! あいつと一緒にいられるだけで、それだけで十分じゃないか!」

能登さんの目が真っ赤に染まってゆく。

「お前は言っていただろ? 誠は自分の居場所だって。あいつにとってもきっとそうだ。日菜は居場所だ。たったひとつの居場所なんだ。だから……だから死ぬな! 生きてあいつと一緒に幸せになれ！」

「能登さん。わたしはキョロちゃんに夢を叶えてほしいの……」

「……日菜」

「キョロちゃんに幸せになってほしい」

「嫌だ!!」

能登さんが子供みたいに髪を揺らして頭を振った。

「わたしはお前に生きてほしいんだ!!」

必死に訴える姿を見ていると苦しくなる。でも、わたしは封筒から便箋を出した。能登さんが「やめろ！」と飛びかかって来た。しかし触れることのできない彼女はその場で転倒してしまう。駆け寄ろうとしたけど必死にこらえた。我慢した。そして折り畳まれた便箋に目を落とした。怖いと思った。死んでしまうことが。キョロちゃんと会えなくなることが。この世界から消えてしまうことが。それでも身体中の勇気を全部集めて便箋を開いた。

わたしの幸せはたったひとつだ。キョロちゃんが幸せになること。頑張ってきた彼の努力が報われること。キョロちゃんの夢が叶うこと。ただそれだけなんだ……。

片瀬海岸にあるジュエリーショップ。ガラスケースの中で、たくさんの指輪がライトアップされている。誇らしげに輝くエンゲージリングを眺めながら、日菜にどの指輪が似合うか悩んでいた。店内は恋人同士ばかりだ。一人でいることに気恥ずかしさを感じる。やっぱり日菜にも来てもらった方がよかったかもしれないな。もし気に入らないものを買ってしまったらどうしよう。そう思うと、なかなか決断することができない。明智さんに相談してみようかな。

小声で彼の名前を呼んだ。でも現れない。おかしいな？　いつもはすぐ来てくれるのに。そう思いながら再びガラスケースに視線を戻した。そして、ある指輪に目が留まった。ゴールドのリングに赤褐色の石が施された指輪だ。

可愛い指輪だな。思わず笑みがこぼれた。

「これ、なんていう石ですか？」と店員さんに訊ねてみると、『サンストーン』という石だと教えてくれた。

太陽の石か……。日菜にぴったりだな。日菜はいつも太陽みたいだ。僕を照らして元気にしてくれる。太陽がないと人は生きていけない——なんてことを言うとちょっとキザったらしいけれど、でも日菜と出逢えたことで、日菜がいてくれたことで、僕は男としても建築家としても成長できたような気がする。だから彼女は僕にとって太陽みたいな人なんだ。

「これをください」僕は店員さんに頼んだ。

店を出ると、手に提げた小さな白い紙袋に目を落とした。自然と笑みがこぼれる。この指輪を見せたとき、日菜はどんな顔をするかな。喜んで抱きついてくるかもしれない。子供みたいにわんわん泣いてしまうかもしれない。でもきっと笑ってくれるに違いない。うんと幸せそうな顔をして。

早く帰ろう。それで日菜に「結婚してください」って伝えよう。

僕は駅に向かって足を——、

「誠君!!」

明智さんの叫び声が矢のように背中に刺さった。絶叫に近いその声に驚いて振り返ると、彼は血相を変えて僕の真後ろに立っていた。幽霊のような顔だ。

「どうしたんですか？　そんなに慌てて」

「日菜ちゃんが!!」

紙袋を地面に落とした。

便箋を開くと、ふんわりと、ほんの少しだけ、キョロちゃんの匂いがした。それが胸を締め付ける。ここで一緒に手紙を埋めたときのことを思い出す。ほっぺに土をつけていた子供みたいなキョロちゃん。夢を叶えるために頑張るよって言ってくれたキョロちゃん。滑り台の上で聞いた夢の家の話。そのときの幸せが鮮明に蘇る。

戻りたい。あの頃に戻りたい。ずっと一緒にいたい。

でもいいんだ。これでいいんだ。

だってこれがキョロちゃんのためなんだから……。

彼からの手紙に、わたしはゆっくりと目を落とした。

日菜へ
この手紙を読んでいるってことは、僕らの夢が叶ったってことだよね！
やったね！ ようやく夢が叶ったんだね！
すごくすごく嬉しいよ！
君は今どこでこの手紙を読んでるの？
僕らの夢の家のリビング？ それとも家の前の広場かな？
今日、雨は降ってる？ 雨が音色になるあの四阿はどんな感じ？
気に入ってくれたら嬉しいな……。
日菜、今まで本当にありがとうね。
日菜のおかげで今日まで頑張ってこられたよ。
全部全部、日菜のおかげだよ。
何度も何度も君に助けてもらったね。
君は弱い僕をいつでも、どんなときでも、一生懸命支えてくれたね。
絶対に大丈夫だって信じてくれたね。
日菜がいてくれなかったら僕はきっと夢を叶えられなかったよ。
ううん、君がいなかったら僕は夢なんて持てなかったと思う。

日菜は僕に生きる目標をくれたんだね。

ずっと思っていたことがあるんだ。

日菜に出逢ったことが、あの日レインドロップスに行ったことが、僕の人生で一番のファインプレイだったんだなぁって。

出逢った頃からずっとずっと、そう思っているよ。


涙で前が見えなくなった。

嬉しかった。嬉しくて嬉しくてたまらなかった。でも悲しくなった。もうキョロちゃんの隣にいられない。あの笑顔を見ることはできない。手を握ることも、頭を撫でてもらうことも、優しい声をかけてもらうことも、もうできないんだ。キョロちゃんと一緒に生きることはもうできない。夢を叶えたとき、わたしは彼の隣にはいられないんだ。

でも嬉しい。すごくすごく嬉しい。

あなたの気持ちがすごく嬉しい。心が痛くなるほど。

キョロちゃん、わたしもだよ……。

わたしもあなたがいたから幸せだったよ。

キョロちゃんはわたしに生きたいって思わせてくれたね。

幸せになりたいって、そう思わせてくれたね。

わたしもおんなじ気持ちだよ。

本当に本当に、あなたに出逢えて、幸せだったよ……。


走った。走って走って走って、どんなに苦しくても走り続けた。

そして心の中で叫んだ。

日菜、どうして！　どうして僕に黙って命を差し出そうとするんだ！

走りながらライフウォッチを見た。さっきからシャリン！　シャリン！　と音が鳴り続けている。命がどんどん増えている。日菜の命が減っている。

嫌だ、嫌だ、嫌だ、嫌だ！

日菜がいなくなるなんて、そんなの絶対に嫌だ!!

涙で夕日が滲んで見える。前が上手く見えずに躓《つまず》いて転んでしまった。

「日菜……」

僕は倒れたまま、こぶしを握って地面を叩いた。

死なせない……。絶対に死なせない！　助けるんだ。日菜のことを。

痛む膝に力を込めて立ち上がった。
行かなくちゃ。こんなところで倒れている時間はない。
急ぐんだ、日菜のところへ。

ライフウォッチを見ると、残りの寿命はあと二年になっていた。手紙の続きを読んだら、この命もあっという間になくなるはずだ。まだ少し怖い。でもいいんだ。どうせ命を失くすなら、わたしはキョロちゃんがくれた言葉で失くしたい。あなたの優しさで命を奪われたい。だからわたしは手紙の続きを読むことにした。

実はね、僕には新しい夢があるんだ。
夢の家を建てた、その次の夢だよ。
僕はそれを見つけたんだ。
ねぇ、日菜……。
僕は日菜と家族になりたいよ。

君と幸せな家庭を作りたいよ。

それが僕の一番の夢なんだ。

きっと僕らの間には君によく似た可愛い子供が生まれると思うな。

女の子かなぁ。男の子かなぁ。できることなら女の子がいいな。

あ、今思ったでしょ？　キヨロちゃんは親バカになりそうだって。

確かにそうだね。僕は親バカになるだろうね。

でもその分、ちゃんと家族を、子供たちを、君のことを、ずっと大切にするよ。

絶対絶対大切にする。約束するから。

休みの日には家の前の広場で遊ぼうよ。僕はあんまりスポーツが得意じゃないから、日菜も一緒にボールを追いかけたりしてさ。

時にはレジャーシートを敷いて外でお昼を食べたりもしよう。

それで雨の日には、雨粒の音色を聴きながら楽しい時間を家族で過ごすんだ。

そうやってさ、十年、二十年、三十年って、ずっとずっと一緒に生きようね。

家族で一緒に暮らしていこうね。

それでいつか年を取って僕が腰の曲がったおじいちゃんになったとき、隣には可愛いおばあちゃんになった君がいて、その頃まで僕らは手をつないで歩いているんだ。

若い子はきっと笑うだろうね。いい年してみっともないなぁって。
でもいいよね？　それでも構わないよね？
僕はいつまでも君と手をつないでいたいんだ。
ずっとずっと、死ぬまでずっと、つないでいたいんだ。
君の手は、そう思わせてくれる魔法の手だね。
世界でひとつだけの、たったひとつだけの、僕の大事な居場所なんだね。
これが新しい夢です。
もしよかったら、その夢を一緒に叶えてくれないかな？

日菜、僕と結婚してください。
もし「はい」って言ってくれるなら、隣にいる僕に笑いかけてほしいな。
そうしたら未来の僕は、きっとすごく、すごくすごく幸せだから。
これからもずっと君の隣にいさせてください。

雨宮　誠

「日菜!!」

片瀬山の公園に着いたとき、日菜はアラカシの樹の根元で手紙を読んでいた。

その目からは大粒の涙がいくつもこぼれていて、夕日に照らされた彼女の顔は橙色に輝いて見えた。

日菜は僕を見て笑った。満面の笑みを浮かべて。

きっと僕の手紙に応えてくれているんだ。

僕と生きたいって思ってくれているんだ。

笑顔で「はい」って、そう言っているんだ。

「どうしてこんなこと……どうして!!」

「キョロちゃん、ありがとう」

日菜は泣いていた。たくさんたくさん泣いていた。

「ごめんね。キョロちゃんの新しい夢、叶えられないや。だから、ごめんね」

「日菜……」

「でも嬉しい……すごく嬉しいよ……」

彼女の頬を涙がとめどなく流れた。

「だけどやっぱり悲しいな。キョロちゃんと生きられないの、悲しいな……」

そのときだ。僕らの時計が同時に、ピ――――！　と鳴った。

ディスプレイを見ると僕はすべての命を手に入れていた。

日菜の命は、もう残されてはいなかった。


古民家の玄関先。僕は家の中に入ることができないまま、ガレージで一人地面にへたり込んでいる。声にならない叫び声を上げて傍らに置いてあったヘルメットを壁に投げつけた。そしてしゃくりあげながら、絞り出すようにして案内人の二人を呼び出した。

「日菜を助ける方法はないんですか？　日菜が死んじゃうなんて、そんなの、そんなの嫌だ。嫌だ、嫌なんです！　絶対嫌だ！」

明智さんは悔しげに歯を食いしばっている。

「日菜ちゃんの余命はゼロになってしまった。だからあと一日しか生きられない」

僕は明智さんの足にすがろうとした。でも彼らには触れることができないから、この手は虚しく宙をかすめる。情けなく地面に伏すと、こぶしを握った。

「お願いです。なんでもします。なんでもするから……だから……だから――」

涙と鼻水がコンクリートの地面に落ちる。僕は声を上げて泣いた。

「だから日菜を助けてくれよ!!」

能登さんが僕の名前を呼んだ。顔を上げると、彼女は唇を震わせていた。

「日菜は死ぬ。もう助からない。これが日菜の選んだ未来だ」

「日菜が選んだ未来？　僕に命を差し出して自分が死ぬ未来なんて、そんなの納得できませんよ！　日菜がいない人生なんて、そんなの意味ないよ！」

「分かってやれ。日菜はお前の夢を叶えてやりたかったんだ。お前が建てた家で誰かが幸せになる姿を、その目で見せてやりたかったんだ。あいつはお前の幸せだけを願ったんだ」

「幸せ……？　こんなの幸せじゃない。ちっとも幸せなんかじゃないよ。僕はただ、ただ彼女と、日菜と一緒にいたいだけなんだ。それなのに……」

「ふざけるな！」

能登さんの怒号がガレージに響いた。

「日菜はなあ！　日菜は命を懸けてお前を幸せにしようとしたんだ！　それなのに……それなのに、その想いを踏みにじるな！　日菜にとってお前は命よりもなによりも大切な存在なんだ！」

命より僕が大切？　僕なんかのために日菜が死ぬなんて……。そんなの耐えられない。

「日菜は……彼女はこれからどうなるんですか？」

「さっきも言った通り、所有する命をすべて失くしたら余命は一日だ。だから日菜ちゃんは明日の午後六時に亡くなってしまう」

僕は這いつくばったまま頭を抱えた。

「僕のせいだ。僕のせいで日菜は……。僕が夢の家の完成がずっと先になるって言ったからだ。違う。日菜に家を建ててあげたいなんて言ったから。違う！　あの日バイクで事故に遭ったからだ！」

違う。そうじゃない。そうじゃないんだ……。

「僕が日菜と出逢ったからだ。僕なんかと一緒にいたから、日菜はこんな目に——」

なにが君と出逢ったことが人生最高のファインプレイだ。その結果、僕は君の命を奪った。君をたくさん悲しませた。傷つけた。不幸にしてしまったんだ。

「キョロちゃん？」

日菜が玄関のガラス戸から顔を覗かせた。泣いている僕を見て一瞬表情を曇らせたけど、気丈な様子でこちらへやって来た。そして僕の前に膝をつくと、にっこり笑って頭を撫でてくれた。

「泣かないで……」

その声が、笑顔が、手のぬくもりが優しくて、僕はまた泣いてしまった。

「ごめんね、日菜……僕のせいでこんなことに……」

日菜は、ううんと笑顔で首を振ってくれる。

「僕なんかと一緒にいなきゃこんなことにはならなかったのに……僕なんかと出逢ったから日菜は……僕のせいだ……全部僕のせいだ……」

「そんなことないよ」

「でも――」

「そんなことない！」

日菜も泣いていた。

「キョロちゃんと出逢わなかった方がよかったなんて一度も思ったことないよ。思うわけないじゃん。だからお願い。もうそんなこと言わないで……」

日菜が小さな手で僕の涙を拭ってくれた。でも涙は溢れてくる。どうしようもないほどに。

「ごめんね、日菜」

僕は日菜の手を握りしめた。

「なにもしてあげられなくて、ごめんね……」

「変なの。さっきから謝ってばっかりだね。それに、キョロちゃんはたくさんくれたじゃない」

日菜は僕の手を握り返してくれた。その手は、とても温かかった。

「キョロちゃんは全部くれたよ。生きてる中で幸せなこと、全部全部くれたじゃない」

「そんなことないよ。僕はなにもしてあげられなかった。日菜に支えてもらってばかりで、助けてもらってばかりで、なにもできなかったんだ」

「じゃあ、今からしてくれる？」

「え？」

「わたしね——」

日菜は笑った。太陽のような笑顔で。

「キョロちゃんと結婚したいな」

「日菜……」

「一日だけでいいの。最後にキョロちゃんと家族になりたいよ」

　僕が日菜のためにできることは、本当にもうないのだろうか？

こんな僕のために命を差し出してくれた彼女に、できることはもうなにも——。


　キョロちゃんが真壁さんに連絡をしてくれて、明日の朝、ほんのちょっとだけ稲村ヶ崎の教会を貸してもらえることになった。キョロちゃんが初めて手掛けたあの教会で、わたしは彼と結婚式を挙げたかった。たった一日だけの夫婦になるための結婚式だ。

その朝、教会へ行く前にレインドロップスに寄った。エンさんとお店に最後のお別れを言うためだ。

案の定エンさんはまだ来ていない。昨日も常連さんと飲みに出かけたんだろうな。

そう思っていたら、カウベルがカランカランと鳴ってエンさんが入って来た。

「今日は随分早いんですね」

「なんとなくね、今日は早く来た方がいいかもって思ったんだ～」とエンさんは笑った。

もしかしたら、わたしの想いが届いたのかもしれないな。

「ねぇ、日菜ちゃん。いつもの作ってくれる？」

いつものハーブティー。これが最後の一杯だ。

わたしは涙を胸にしまって「いいですよ」って微笑み返した。

いつものようにサンテラスでハーブを摘む。今日でこのお店ともハーブたちともお別れだ。そう思ったら未練で手が止まる。高校を卒業してから八年間近くこの店で働いてきた。小学生のときにお母さんが出て行って、高校生のときにお父さんが死んじゃって、行き場のないわたしをエンさんは受け入れてくれた。頼りない店長さんだったけど、わたしのことをいつも大事に思ってくれた。悩んでいるときはアドバイスもくれた。浴衣も贈ってくれた。元気が出るように魔法の梅酒も作ってくれた。そのエンさんと今日でお別れする。そう思うと身体が引き裂かれる思いだ。

だから今までの感謝と、ありったけの心を込めて、エンさんにハーブティーを淹れた。

エンさんは一口飲むと「最高～。肝臓が喜んでる～」と目を瞑った。

「褒めてくれるのは嬉しいけど……」

「けどなぁに？　あ、またお説教？　店長としての自覚を持てって言うつもりでしょ～」

「違います」

「え？　違うの？」

「ここに来るの、これが最後なんです」

目をぱちぱちさせるエンさんに勇気を出して伝えた。

「わたしね、今日で死んじゃうの」

「またまた～。なによ、その冗談～。笑えないって～」

「本当なんです」

おなかに力を入れていないと笑顔が崩れちゃいそうだ。

「だからこれからキヨロちゃんと結婚式を挙げるんです。最後の思い出作りで」

わたしの言葉を信じてくれたのか、エンさんの顔から笑みが消えた。

「エンさん――」

涙が溢れた。

「今までありがとうございました……」

「もーやめてよ～。そんなの信じないからね～」

そうだよね、信じられるわけないよね。でも、この気持ちだけはどうしても伝えたい。

「エンさんと一緒に働けて、わたしはとっても幸せでした」

「日菜ちゃん……」

「いっぱいいっぱい幸せでした……」

わたしは幸せ者だ。キョロちゃんがいて、エンさんがいて、研ちゃんも磐田さんも初世さんもいて、たくさんの人に囲まれて生きることができた。ずっと家族がいないことを寂しいって思っていたけど、でもいつの間にか、こんなにもたくさんの人に愛されて生きることができていたんだ。

バカだな、わたし……。今頃そんな大事なことに気付くなんて。

人との繋がりが欲しいと願い続けてきた人生。わたしはこの場所で、レインドロップスで、そのかけがえのないものを手に入れた。だからこの場所は、わたしにとって大事な大事な宝物だ。

これ以上いたら泣き崩れてしまいそうだ。お辞儀をして店を飛び出そうとした。

「待って！」

振り返ると、エンさんは目尻の涙を指先で拭いながら笑った。

「今から結婚式なんだよね？　じゃあ、わたしにも手伝わせてよ」

稲村ヶ崎の海辺の教会に着くと、キョロちゃんが入り口で待っていてくれた。

「ごめんね。ドレスぐらい用意してあげられたらよかったのにね」

「ううん、それがね――」

「おまたせ～」と後ろでエンさんの声がした。

大きな荷物を両手に抱えてエンさんはやって来た。その手には純白のウェディングドレスがある。いつかエンさんが知らない間に買ったって話していたものだ。上半身から裾にかけて徐々に広がっていくシルエットをしたAラインのドレスだ。

わたしは集会室で着替えることにした。もうほとんど出来上がっている教会は真新しい木の匂いに包まれている。すぅっと息を吸い込むと、なんだか心がすごく落ち着く。

エンさんがドレスを着せてくれる。背丈が同じくらいだからサイズもぴったりだ。

そしてお化粧をしてくれながら、こんなことを言った。

「前に話したよね？　このドレス、知らない間にクローゼットに入ってたって」

きっとこのドレスは明智さんとの結婚式でエンさんが着たものだ。でももう忘れてしまっている。明智さんと夫婦だったことを。

「気持ち悪いから捨てちゃおうかなって何度も思ったんだ。でもそのたびにどうしても捨てられなくてさ。でね、今日思ったの。もしかしたらこのドレスって――」

鏡越しにエンさんが笑いかけてくれた。

「日菜ちゃんに渡すために、今日までずっと持っていたのかもしれないね」

エンさんは涙を浮かべて微笑んだ。

「日菜ちゃんの幸せのお手伝いができて、わたしはすごく嬉しいなぁ」

明智さんが言う通りだ。エンさんの笑顔は朝顔みたいだ。派手じゃないけど、とっても静かで、とっても綺麗な、優しい朝顔みたいな笑顔だ。

「ありがとう、エンさん……」

「ほらほら～、泣いたらせっかくのメイクが落ちちゃうわよ～」

「エンさんも泣いてるじゃん」

エンさんは洟をすすって頬の涙を手の甲で拭った。エメラルドの指輪が光っている。

「えへへ、変だね。二人して」

「本当だね」

そして、肩に手を置いて言ってくれた。

「とっても綺麗よ、日菜ちゃん」

嬉しいな……。純白のウェディングドレスを着ることが夢だった。キョロちゃんのお嫁さんになって、キョロちゃんと家族になることが、わたしの一番の夢だった。

その願いが今日叶うんだ。たとえ、たった一日だけだとしても。


手に持ったタキシードに視線を落とした。エンさんが知人から借りてきてくれたものだ。でも僕は着替えることができないまま、廊下で一人立ち尽くしている。結婚式を挙げるような気分じゃない。もうすぐ日菜が死んでしまう。そう思うと気が狂いそうだ。

やるせなく顔を上げると、少し離れた廊下の隅に明智さんが立っていることに気付いた。悩ましい表情を浮かべている。どうしたんだろう?

しばらく黙っていたけれど、彼は静かに顔を上げ、僕に向かって言った。

「前に言ったことは本当かい?　日菜ちゃんを助けるためならなんでもするって」

驚きのあまりタキシードを床に落とした。

「日菜を助ける方法があるんですか!?」

その表情を見て分かった。日菜を救う方法があるんだ。死ななくてもいい方法が。

「教えてください!」と僕は駆け寄った。

しばらくの間、重い沈黙が廊下に落ちた。明智さんの呼気には緊張の色が混じっている。そして彼は決意して、ようやく口を開いた。

「君がこの奇跡を放棄するんだ」

「奇跡を、放棄する？」

「日菜ちゃんの命はすでに底をついた。でも日菜ちゃんが死んでしまうまでは、君たちの奇跡は続いている。だからもし君が夜の六時までに奇跡を放棄すれば、彼女を救うことができる」

「でも、それって――」

「ああ。君の命はすべて彼女に渡る。誠君が代わりに死ぬしかない」

目の前が真っ暗になった。僕が日菜を救う方法は、命を差し出すしかないってことか。

「それだけじゃない。奇跡を放棄した者には罰が与えられるんだ」

僕は息を呑んだ。「罰って、どんな？」

「君がこの世界に存在したことは、すべて消えてしまう」

僕の存在がこの世界から消える？　どういうことだ……？

「人々の記憶から君は消えるんだ。今までしてきたことも、作った物も、戸籍も、存在も、なにもかも、すべてなかったことになる。もちろん日菜ちゃんも君のことを忘れてしまう」

「日菜が僕を……」視界が歪んだ。「設計は？　僕の設計はどうなるんですか!?　僕らの夢の家は!?　図面は!?　あれは残せないんですか!?」

「残念だが、君の存在が消えれば、それらもおのずと消えることになる」

日菜を救うためにはすべてを失うしかないってことか。日菜の記憶からも消え、僕らの夢もなかったことになる。そんなのってあるかよ。僕の生きた証がすべてなくなってしまうなんて……。

「君にその覚悟があるのなら奇跡を放棄するんだ。でもね、これだけは言っておくよ」

明智さんは僕に迫った。その目が潤んでいる。

「大切な人の心から消えること以上に苦しいことはないよ」

忘れられたくない。僕らが一緒に過ごした日々も、思い出のひとつひとつも、日菜が僕を好きだったって気持ちも、全部忘れてしまうだなんて。そんなの嫌だ。絶対に嫌だ。

じゃあどうすればいいんだ。僕はその場で膝をついた。

怖いと思った。死ぬことが、この世界から消えることが、日菜に忘れられることが。

恐ろしくて身体が信じられないほど大きく震えた。

僕は弱い。なんて弱いんだ。日菜は僕のためにすべてを捨てようとしてくれたのに。

それなのに僕は――。

頭を掻きむしりながら項垂《うなだ》れていると、床に封筒が落ちているのが目に留まった。ポケットにしまってあった日菜からの手紙が落ちたんだ。あの日、タイムカプセルに入れた手紙だ。僕はうずくまったままそれを手に取った。ほんの少しだけ日菜の匂いがして視界が滲んだ。

僕のことをずっとずっと支えてくれた彼女の姿が涙の中に浮かぶ。

そして僕は、封筒から便箋を引っ張り出した。

未来を生きるキョロちゃんへ

いよいよこの手紙を開いたね！　ということは夢が叶ったんだね！

嬉しいなぁ！　やったね！　おめでとう！　すごいよキョロちゃん！

ほらほら、言った通りだったでしょ？

キョロちゃんはネガティブだけど、ポジティブなわたしといれば絶対に大丈夫だよって。さすが、わたしの目に狂いはなかったね（笑）。

だけどどうしよう。これからなにを書いたらいいんだろう。

書きたいことはたくさんあるの。でも全然まとまらないや。

あ、じゃあ、わたしがいつも思ってることを書こうかな！

本音を書くから覚悟してね。

ねぇ、キョロちゃん……。

わたしのこと、好きになってくれてありがとね。

いつも一緒にいてくれてありがとね。

作ったご飯をたくさん食べてくれて、
コンペが大変なのにおしゃべりに付き合ってくれて、
誕生日には素敵な赤い傘をくれて、
本当に本当に、本当にありがとうね……。

わたしね、今すごく幸せだよ。

すごくすごく幸せ。

うんと幸せ。

この幸せを世界中に自慢したいよ。

わたしの自慢の彼氏は、わたしをこんなにも幸せにしてくれるんだぞって、世界中のみんなに言いたいよ。

キョロちゃんは恥ずかしがり屋さんだからきっと嫌がるだろうね。

でもね、わたしはいつでもそう思っているから。

いつもいつも、思っているから。

キョロちゃんがくれたこの幸せは、わたしの一番の宝物だよ。

だからありがとう、キョロちゃん。

これからも二人の夢の家で、ずっとずっと幸せに暮らしていこうね。


たくさんの感謝と、ありったけの愛を込めて……。

二十三歳の日菜より

日菜を幸せにしたい。ずっとずっとそう思ってきた。

それが僕のするべきことだって、そう信じて今まで生きてきた。

日菜は僕にたくさんのものをくれた。落ち込みやすい僕を慰め、励まし、いくら傷つけても、それでも僕を好きでいてくれた。幸せを感じすぎないように生きてくれた。

それなのに……。

日菜のためにしてあげられることは、きっとまだあるはずだ。

幸せにしてあげることだって、きっとまだできるはずだ。

僕は涙を拭った。そして明智さんの瞳を見た。

「僕は日菜の夢を叶えてあげることはできませんでした。でも思うんです。たとえ夢を叶えられなくても、僕は……僕は日菜を幸せにしてあげたい。十年後を生きる日菜のことを、僕はどうしても幸せにしてあげたいんです……」

日菜、君にしてあげられることはもうこれしかないんだ。だから、

「だから、この奇跡を放棄します」

「いいのかい？」

「……はい。だって僕は――」

僕は日菜の笑顔を思い出した。

彼女の笑顔を想うと、時々、涙がこぼれそうになる。

玄関の戸を開けて中に入ると、いつも決まって出迎えてくれる愛らしいあの笑顔。「おかえりなさい」と言うときの少し鼻にかかるその声。抱きしめたときのぬくもり。身体の細さ。からかうとすぐに拗ねてしまうところ。ちょっと味の濃い料理。

そのなにもかもがかけがえのない幸せだったんだと、僕は今、心からそう思う。

だからこそ日菜を幸せにしたい。

君は僕をこんなにも幸せにしてくれた。

涙が出るほど幸せにしてくれた日菜を、僕は幸せにしてあげたいんだ。

その願いが僕を強くさせる。

彼女を想うと、僕は強くなれる気がする。

「だって僕は、明日も明後日も、十年後も、ずっとずっと日菜に笑っていてほしいんです。たとえそこに僕はいなくても、日菜がたくさんの人に囲まれて幸せに生きてくれたら……僕はただそれだけで、すごくすごく幸せなんです……」

だからごめんね、日菜。

一緒に生きられなくて。

一緒に幸せになれなくて。

本当にごめんね……。

でもせめて、今日だけは、君のそばにいさせてほしいよ。

明日の君の記憶の中に、残ることはできなくても——。

式の準備が整うと、わたしはエンさんに見送られて集会室を出た。

長い廊下を歩いていると能登さんの声が聞こえた。廊下の突き当たり、礼拝堂の扉の前に彼女が立っている。

能登さんはわたしのウェディングドレス姿を見て、少し複雑そうな表情を浮かべていた。きっとわたしが選んだ道に納得していないんだろうな。

「前に言ったな。命は自分のためにあると。それを人のために使うなんてバカげている。お前は本当にバカな女だ」

「あ、またそんなこと言って。いやだなぁ、姑は」わたしは冗談っぽく返した。

「人は命を分け合って生きることなどできない。利己的で、自分勝手で、わがままで、自分がなにより可愛いと思ってしまう弱い生き物だ。でもな、日菜――」

　能登さんは涙をこらえて微笑んだ。

「命を分け合って生きることはできなくても、大切な人の幸せを願いながら生きることはできるのかもしれないな。誰かのために生きることがこんなにも素敵で、こんなにも苦しいことだなんて思わなかったよ」

「能登さん……」

「お前に出逢って幸せがなにか分かったよ。幸せというのは、愛する人を想う気持ちを雨にして育んでゆく花のようなものなんだな。お前はそれをわたしに教えてくれたな」

「能登さんには叱られてばっかりだったね。でもそれ以上にたくさん優しくしてくれたね。見た目は年下で、ちょっとおばちゃん入ってて、口は悪くて、うるさいなぁって思うこともたくさんあったけど……わたしも能登さんに会えて嬉しかった。幸せだったよ」

　能登さんは手を伸ばして、わたしの頰を流れる涙を拭おうとした。だけど触れることはできなくて、その手はすり抜けてしまう。能登さんの目が涙でいっぱいになる。

「もしもこの手がお前の涙を拭えていたなら、お前のことをもっと慰めてやれたかもしれないのにな。命を奪いすぎてしまうことに苦しむお前を、幸せを感じることに悩むお前を、もっともっと慰めてやれたかもしれないのに。それなのに……」

　能登さんの目から一筋の涙がこぼれた。わたしのために流してくれた涙だ。

「すまなかったな、日菜……」

「ううん。その言葉だけで嬉しいよ。わたしのために泣いてくれるだけで」

「わたしも弱くなったものだな」能登さんはバツが悪そうに笑って喪服の袖で涙を拭った。それから、ふぅっと大きく息を吐くと、満面の笑みを浮かべた。

「笑え、日菜。今日だけはいくら笑っても構わない。いくら喜んでも、嬉しくても、あいつの命を奪うことはないんだ。だから今日はうんと幸せになってこい」

　そうだね。今日だけは昔みたいに戻れるんだ。キヨロちゃんと一緒にいられることを幸せだって心から感じていいんだ。この三年間、ずっとずっと心のどこかで我慢してきた嬉しいって気持ちを、今日だけは遠慮なく感じていいんだ。

　わたしも笑った。心からの笑顔で。能登さんは「それでいい」と頷いてくれた。

　そして、礼拝堂の扉を開けた。

　太陽と海の煌めきが礼拝堂を柔らかな光で包む。

　窓の手前には祭壇があって、木でできた十字架が朝日を浴びている。

その十字架の下にはタキシード姿のキョロちゃんが立っている。

わたしに気付くと彼は歯を見せて笑った。それから手を伸ばして、こっちへおいでと迎えに来てくれた。その手を取って二人で段を上る。いつも触れている彼の手が今日はなんだかすごく新鮮に思える。キョロちゃんの手ってこんなに優しかったんだ。

タキシードを着たキョロちゃんはいつになく格好良くて、褒めてあげるとちょっとだけ照れ臭そうに笑っていた。それから「日菜、綺麗だよ」って言ってくれた。その言葉が嬉しくて、恥ずかしくて、肩をすくめてわたしも笑った。

「誓いの言葉ってどんなことを言うんだっけ？」

キョロちゃんは「さっき調べたんだ」って自慢げに胸を張った。

「新婦・相澤日菜、あなたは新郎・雨宮誠が病めるときも、健やかなるときも、愛を持って、生涯支え合うことを誓いますか？」

「生涯か……。じゃあ誓えないね」

悲しかったけど笑った。今日だけはたくさん笑おうって決めていた。

「でもね、わたし相澤日菜は、今日一日だけだけど、たった一日だけど、一生分の愛を持ってキョロちゃんのそばにいることを誓います」

キョロちゃんの目が涙で潤んでいる。窓から差す光で瞳が輝いて見える。

「キョロちゃんも誓ってくれる？」

「うん、誓うよ。今日一日だけは、日菜のそばにいたいよ……」

そう言うと、彼はわたしの左手を取って胸の前までゆっくり運んだ。そして――、指輪だ。赤褐色の可愛らしい石の付いた指輪だ。キョロちゃんは今日のために指輪を用意してくれていたんだ。その指輪を見た途端、我慢していた涙がぶわっと溢れた。嬉しかった。嬉しくて嬉しくてたまらなかった。ずっと願っていた。キョロちゃんと家族になりたいって。結婚して、幸せになりたいって。ずっと憧れていた。平穏で円満な家庭を持つことを。その夢がほんの少しだけでも叶うんだ。

「日菜、僕と結婚してくれますか？」

「はい！」

キョロちゃんは左手の薬指に指輪をはめてくれた。でも、

「あ、この指輪ぶかぶかだね」

「あれぇ？　ぴったりだと思ったんだけどなぁ」

「傘のときもそうだったね。雨漏りしちゃったし。相変わらず詰めが甘いですねぇ」

つんつんと肩の辺りを突くと、キョロちゃんはちょっと落ち込んでいた。わたしは「冗談」と笑って指輪を見た。まるで透明な水に太陽の光を流し込んだみたいに綺麗な石だ。

「嬉しい……」

指輪を右手で包むようにして、キョロちゃんを見上げた。

「すごくすごく嬉しいよ」

キョロちゃんは、うんって頷いた。

わたしが喜んでいることを彼も喜んでくれている。わたしたちは今、同じ喜びを分かち合っている。そのことが嬉しい。すごくすごく嬉しい。

「わたしね、今が生きてきた中で一番幸せ」

「大げさだなぁ、日菜は」

「本当だよ。本当に本当に幸せ。ありがとう、キョロちゃん」

「どういたしまして」

そして、わたしたちは誓いのくちづけを交わした。

キョロちゃんとのキスは幸せの証だ。今まで何回、何十回、何百回って重ねてきたけど、そのたびに幸せな気持ちにしてくれた。でもこのときのくちづけは、今まで交わしたどれよりも幸せに思えた。キョロちゃんと家族になれたキスだから。夢が叶った瞬間だから。

式を終えると、日菜は家に帰りたいと言った。最後のひとときをあの古民家で過ごしたいって。

　僕は黙っていた。奇跡を放棄したことを。あと少ししたら日菜が僕のことを忘れることを。言えばきっと彼女は泣いてしまう。日菜が悲しむ姿はもう見たくない。今日だけは、最後くらいは、日菜をたくさん幸せにしてあげたい。

　家に帰った僕らはいつも通りの時間を過ごした。日菜は僕の好物の鶏肉のトマトクリームシチューを作ってくれて、ダイニングテーブルで向き合って遅めの昼食を摂った。

「なんだか、あの日に戻ったみたいだね」日菜がスプーンでシチューを掬《すく》いながら、ふふって笑った。そのほっぺにえくぼができる。幸せそうな顔だ。

「あの日って？」

「ほら、ずっと前にあったでしょ？　キョロちゃんが建築の話に夢中になって、シチューを全然食べてくれなかったこと」

「ああ、あのときか。こんなに美味しいならもっとたくさん味わっておくんだったな」

「あ、今頃気付きました？」

「はい。今頃気付きました」

　僕らは顔を見合わせて笑った。

　彼女の笑顔を見て改めて思った。僕は日菜の笑顔が大好きなんだって。日菜の笑顔は僕をたくさん幸せにしてくれた。辛いときも、落ち込んだときも、日菜のこの底なしの笑顔に何度となく救われてきた。家族の縁が薄かった僕は、日菜に家庭的な安らぎを求めていたんだ。

食後にかき氷を食べようと彼女が言った。いつかプレゼントしたかき氷機に冷凍庫の氷をありったけ入れると、日菜は一生懸命レバーを回した。でも氷が足りなかったせいで僕の分はほんの少しになってしまった。「これだけ？」って文句を言うと、日菜は「わたしのはあげないからねー」とメロンシロップが掛かったかき氷を後ろに隠してしまった。

その姿を見て、僕は大切なことに気付いた。すごくすごく大切なことだ。

僕の宝物がなんなのか、それが分かったような気がした。

そっか。僕はずっと幸せだったんだ……。

普段なに気なく過ごしていたこの光景が、今は愛おしくてたまらない。たわいない会話も、じゃれ合ったことも、ちょっとした喧嘩も、仲直りしたことも、君と過ごしたひとつひとつの出来事が僕にとっての大事な大事な宝物だったんだ。そのことに今ようやく気付いたよ。

でも、このかけがえのない時間はもうすぐ終わってしまう。二人で過ごした日々も、思い出も、全部なかったことになってしまう。そう思うと口に運んだかき氷が涙で上手く喉を通らなかった。

夕暮れ時になると、僕らは窓辺にお揃いの椅子を並べて座った。日菜が僕にくれた大切な椅子だ。そして僕が日菜に贈った椅子だ。

太陽が明日に帰ろうとしている。僕が迎えることのできない明日に帰ってゆくんだ。

今日という日が終わってしまう。

僕らが過ごした日々が、僕らの恋が、終わろうとしている。

日菜が僕の手をそっと握る。いつものように、貝殻つなぎで。

「わたしね、ずっと思ってたんだ」

そう言って、日菜はつないだ手を愛おしそうに見つめた。

「わたしの貝殻の半分は、キョロちゃんのこの手だって」

うん。僕もそう思っているよ。

僕はずっと探していたんだ。

世界中の女性の中から、たった一人の、日菜のこの手を。

ずっとずっと探していたんだ。

「でもキョロちゃん、これからは新しい半分を探してね。わたしがいなくなったら、ちゃんと新しい恋をしてね？　その誰かと結婚して、楽しい家庭を築いてね。建築のことばっかり考えて家族サービスをおろそかにしちゃダメだよ？　作ってくれたご飯はちゃんと食べるんだよ？　誕生日を忘れてるフリして心配させちゃダメだからね？　仕事も頑張ってね。たくさんの人を幸せにする建物をいっぱい造って大活躍してね。それで……」

日菜は涙で言葉を詰まらせた。

「……幸せになってね。誰よりも、この世界で一番、幸せになってね」

涙の中で日菜は笑った。

「わたしはね、キョロちゃんが幸せだとすごく嬉しいよ」

その笑顔を夕日が照らす。涙が宝石のように輝いている。

涙が溢れた。そして、心の奥の方でそっと思った。

僕もだよ……。

僕も君が幸せなら嬉しいよ。

誰よりも幸せになってほしい。

君の幸せを遠くで願っているよ。

これからだってそうさ。ずっとずっとそうさ。

いつまでも願っているからね。

「キョロちゃん、うんと幸せになってね」

日菜、幸せになってね……。

それでいつか、君が欲しがっている家族を手に入れてね。

「あ、子供の名前、日菜って付けてもいいよ」

日菜は、冗談だよって、くつくつ笑った。

「ねぇ、ひとつだけ約束してくれる？」

そう言って、僕の手をぎゅっと握った。

「忘れないで……」

涙がまた頬を伝った。泣きながら微笑む彼女は美しい。この世界で一等愛おしく思う。

「わたしのこと、忘れないでね。時々でいいから思い出して。あんな子もいたなぁくらいでいいからさ。お願い……忘れないで……」

「忘れないよ」

「本当に？」

「忘れない。絶対に忘れない」

「ほんとにほんと？」

「うん。忘れないよ」

「よかった。約束ね」

日菜はそう言ってにっこり笑った。

「わたしも忘れない。絶対絶対忘れないからね」

日菜、君は明日、僕のことを忘れるね……。

僕の名前も、僕の顔も、僕と話したこの会話も、全部全部、忘れちゃうんだね。

それでも僕は、僕だけは、君のことを忘れないからね。

君の幸せをいつまでも願っているからね。

僕がいなくなるこの世界で、君が誰よりも、世界中の誰よりも、幸せになることをずっとずっと願っているよ。

日菜が僕の手をもう一度、ぎゅっと握った。そして涙ながらに微笑んだ。

「キョロちゃん、大好き」

「僕も大好きだよ、日菜」

僕のこの手は、僕らの夢を叶えることができなかった。でも思うんだ。夢を叶えられなくても、僕の手にはちゃんと意味があったって。

僕のこの手は、きっとこんな風に君の手を握るためにあったんだね。

君と繋がるために、君の明日を繋げるために、僕はこの世界に生まれてきたんだ。

今だけはそう思ってもいいよね、日菜……。

日菜は疲れてソファで眠ってしまった。

「風邪引くよ?」と揺すっても起きる気配はない。一度寝たら朝まで起きないのが日菜の特徴だ。

しょうがないなぁ。寝冷えしないようタオルケットを掛けてあげた。よだれを垂らしていたのでハンドタオルで口元を拭って、それからよしよしと頭を撫でる。日菜の髪はサラサラで手触りが良い。だからつい飽かず撫で続けてしまう。もっともっと撫でていたい。もっともっと触れていたい。でももう時間だ。時計の針は五時を過ぎていた。

僕は作業部屋に明智さんを呼び出した。

「準備はいいかい？」

「はい。でもひとつだけお願いがあるんです。明日の朝までは、この世界に、彼女の記憶の中に、いさせてくれませんか？」

明智さんは僕をまっすぐ見つめる。

僕がこれからなにをしようとしているのか理解してくれたみたいだ。

「ああ、分かったよ」

「ありがとうございます。それで明日、陽が昇ったら僕の雨を降らせてください。あの丘の公園に」

「本当にいいんだね？」

「はい。それがきっと、僕が日菜のためにできる最後のことだから」

明智さんは深く頷いた。

「前に言ってましたよね。人は後悔ばかりする生き物だって。確かにそう思います。僕も今は後悔ばかりです。もっとちゃんと生きればよかった。遊んでいる時間をもっと夢のために使えばよかった。もっと一生懸命努力すればよかった。もっと日菜を大事にしてあげればよかった。もっとどこかへ連れて行ってあげればよかった。旅行に出かけたり、欲しいものを買ってあげたり、優しい言葉をかけてあげればよかった。もっと早く結婚すればよかった。後悔ばかりです。でも――」

僕は指先で涙を目の奥に押しやった。

「でも後悔するからこそ、人生ってこんなにも愛おしいんですね……」

作業部屋の机を見る。乱雑に置いた資料や建築の本。開いたままのノートパソコン。短くなった鉛筆。僕が生きてきた証のひとつひとつがここにある。僕らの夢の家の図面もそこにある。

明日になれば僕らの夢は消えてしまう。でもそれは仕方のないことだ。僕は自分の夢を叶えるよりも、日菜を幸せにする道を選んだ。そのことだけは後悔しない自信がある。人は夢を叶えるために生きているんじゃない。誰かを、愛する人を、幸せにするために生きているのだから。

僕は日菜を少しは幸せにできたのかな……。

あの赤い傘を手に取った。これが僕にできる最後の仕事だ。

作業部屋とリビングを繋ぐ敷居に立って、柱にもたれながらソファで眠る日菜を見た。

彼女は寝息を立てて僕の夢でも見てくれているのかな。そうだとしたらすごく嬉しいな。好きな人の心の中に、記憶の中に、今こうしていられることがこんなにも幸せで、こんなにも嬉しいことだなんて、僕は知らなかった。涙が溢れるほど幸福なことだなんて。

日菜は僕に幸せの意味を教えてくれた。

僕にとっての幸せは、日菜と一緒に生きたこのささやかな時間だ。

だからありがとう、日菜。

こんなにたくさんの宝物をくれて……。

目覚まし時計の音がした。窓の外は薄ら白んでいる。どうやら夜明け前みたいだ。新しい一日がはじまろうとしている。だんだんと意識が覚醒して、わたしはソファから身体を起こした。

「どうして……？」

ローテーブルでけたたましく音を立てているデジタル時計。

困惑がおなかの底から湧き上がる。

どうしてここに目覚まし時計が？　どうしてわたしは死んでいないの？　どうしてま

だ生きているの？

「キョロちゃん？」

呼びかけたけど彼はいない。どこにもいない。ソファから飛び起きて彼を捜した。

作業部屋、お風呂、寝室。全部捜したけど彼はいなかった。

リビングに戻ると、ダイニングテーブルに置き手紙を見つけた。


『夜が明けるとき、あの丘の公園に来てください。　誠より』


その瞬間、全部分かった。わたしが生きている理由も。キョロちゃんがいない理由も。

スニーカーを履いてガラス戸を勢いよく開けた。自転車に飛び乗って全力でペダルを漕ぐ。踏切を越えて国道に出る。空は群青色に包まれ、海の向こうからは太陽が昇ろうとしている。長い長い一本道を江の島方面に向かって走る。足の筋肉が攣《つ》ってしまいそうなほど懸命にペダルを漕いだ。視界が滲んだ。涙が止まらない。それでも止まらず、お尻を上げて自転車を漕ぎ続けた。

キョロちゃんは明智さんと同じ道を選んだんだ。奇跡を放棄してわたしを生かすことにしたんだ。その証拠にもう腕にライフウォッチは見えない。奇跡は終わってしまったんだ。じゃあキョロちゃんはもう……。奇跡を放棄したら、その人の存在は世界から消えてしまう。全部全部なかったことになってしまう。みんなの心からも消えてしまう。それってつまり、わたしがキョロちゃんを忘れちゃうってことだ。

嫌だ！　そんなの嫌だ！　絶対嫌だ！　嫌だ！　嫌だ！　嫌だ！　嫌だ！

「忘れたくない！　忘れない！　絶対忘れない!!」

泣きながら自転車を走らせた。急ごう。急いであの丘へ行こう。もしかしたらまだキョロちゃんがいるかもしれない。わたしはまだ彼を忘れていない。だからまだ間に合うはずだ。急ぐんだ！

公園へと続く登り坂の途中で石を踏んで転んでしまった。アスファルトに倒れた拍子に膝をすりむいた。立ち上がろうとしても膝が笑って力が入らない。汗まみれで、息も上がって、苦しくてたまらない。だけどわたしは立ち上がった。キョロちゃんを忘れるくらいなら、死んだって構わない。

自転車を置き去りにして坂を駆け上がった。

――この雨、僕が降らしたって言ったら笑いますか？　あなたを想って降らした〝恋の涙〟だって言ったら。

あの言葉を忘れるなんて嫌だよ。

――じゃあ日菜、誕生日が終わる前に散歩に出かけましょうか。

誕生日に赤い傘を作ってくれたことも、一緒に雨の中を歩いたことも、雨漏りしちゃって慌てて家まで帰ったことも、全部忘れたくない。コンペに応募するために夜の郵便局へ走ったことも、かき氷機を買ってくれたことも、料理の味を褒めてくれたことも、頭を撫でてくれたことも、抱きしめてくれたことも、キヨロちゃんの温度も、言ってくれた言葉も、わたしは忘れたくないよ。全部全部覚えていたいよ。

――今よりもっと強くなる。日菜を幸せにできるように強くなるから。

わたしを幸せにしようとしてくれたキヨロちゃんの気持ちを忘れたくない。夢を叶えようとしてくれたことを、強くなろうとしてくれたことを、わたしは絶対に忘れない。わたしのために生きたいって言ってくれた人なんて今まで誰もいなかった。あなただけだった。キヨロちゃんだけだった。その言葉が嬉しくて、幸せで、あなたはわたしに生きている意味を教えてくれた。だからずっとずっと忘れない。これからも覚えていたい。だからお願い。キヨロちゃん、いなくならないで……。

「キョロちゃん!!」

片瀬山の公園にたどり着いたのは、日の出の少し前だった。

「キョロちゃん！　キョロちゃん!!」

何度も何度も彼の名前を叫んだ。泣きながら叫んだ。

でもキョロちゃんはいない。どこにもいない。

「どうして……どうして!!」

公園の真ん中で立ち止まった。手すりの向こうの海と空はオレンジ色に染まっている。群青色が少しずつ陽の光に飲み込まれようとしている。太陽が姿を現そうとしている。海が燃えるように輝いている。朝はもうすぐそこだ。約束の時が来てしまう。

左手の薬指にはめた指輪を右手で包んだ。そして祈った。キョロちゃんのことを忘れないように。何度も何度も心の中で彼の名前を呼んだ。彼の顔を思い浮かべた。

わたしはキョロちゃんを忘れない。忘れないから！

ぽつり……ぽつり……。

空から雨が落ちてきた。

こんなに晴れているのに、太陽が輝いているのに、どうして雨が降るんだろう。

そうか、これはきっと――。

「キョロちゃんだ……」
これはきっと、彼が降らした天国の雨だ。
——今日も誰かがどこかで、大切な人のことを想っているんだろうね。
この雨は、キョロちゃんがわたしを想って降らしてくれた〝恋の涙〟なんだ。
わたしは泣いた。子供のように泣き叫んだ。
雨脚はどんどん強くなってゆく。わたしの涙を隠すように。
キョロちゃんが「泣かないで」って言っている。
頬を伝う涙は雨の中でも温かい。それがまた胸を苦しくさせる。
キョロちゃんはもういない。
わたしを生かすために、いなくなってしまった。
だからわたしは忘れなくちゃいけないんだ。
忘れたくない。
キョロちゃんのこと忘れたくないよ……。
そのときだ。頭上で赤い傘が開かれた。
彼がプレゼントしてくれた手作りのあの傘だ。
キョロちゃん!?　わたしは振り返った。そこには、
「なにしてるんだよ。こんなとこで」

立っていたのは、研ちゃんだった。

「……研ちゃん。どうして？」

「昨日言われたんだよ。日の出までにここに来てくれって。この赤い傘を渡されて」

見上げた傘は雨漏りをしていない。キョロちゃんは約束を守ってくれたんだ。いつか直してプレゼントするよって言ってくれた、あの約束を。

わたしは研ちゃんの両腕を摑んだ。

「それだけ!? 他にはなにか言ってなかった!? ねぇ！ 教えて！ お願い！ 思い出して!! キョロちゃんでしょ!? キョロちゃんはなんて言ってたの!?」

「落ち着けよ！ 覚えてねぇんだよ」

「覚えてない……？」

「寝ぼけてたのか、よく覚えてねぇんだ。つか、誰なんだよ？ キョロちゃんって？」

「え……」

「お前なにしてんだ？ こんなところでずぶ濡れで」

「わたしは――」

眩しい光に思わず目を細めた。太陽が姿を現した。

海が、空が、街が、この公園が、黄金色の光に包まれる。

新しい朝がはじまってしまった。

薬指の指輪が雨に濡れて滑り落ちた。水たまりに落ちる指輪。
涙が水面に落ちるように波紋がふわっと広がった。
あれ……？
辺りを見回した。
わたし、どうしてここにいるんだろう？
誰かのことを捜していたはずなのに。
その人に会いたいはずなのに。
わたしにとって一番大切な人なのに。
誰よりも大切な人だったのに。
どうして？　どうしてなにも思い出せないの？
呆然と立ち尽くしていると、研ちゃんが「日菜？」と呼んだ。
涙がこぼれた。でも、どうして泣いているんだろう。
分からない。分からないけど、どうしても涙が止まらない。
「忘れちゃった……」
涙が目尻からぽろぽろと落ちた。
「わたし、忘れちゃった……」
忘れたくないはずなのに、忘れちゃダメなのに、どうしてもその人のことが思い出せない。名前も、顔も、声も、言ってくれた言葉も、なんにも思い出せないよ。

わたしは泣いた。大切なはずのその人のことが思い出せなくて、心の中からその人が消えていくことが悲しくて、苦しくて、声を上げて泣いた。

研ちゃんが傘を手放し、わたしのことを抱きしめた。

「泣くなよ」

「研ちゃん……」

「俺がいるからもう泣くなって」

研ちゃんも泣いていた。

「言ったろ？　俺はお前が泣くとたまらない気持ちになるって。だからもう泣かないでくれ」

「………」

「俺がずっとそばにいるから……」

数え切れないほどの涙が次々と雨の中に落ちてゆく。微かに残る大好きだったあの人の優しい残像が心の中から消えてゆく。それが分かるから悲しくてたまらなくなる。

だからわたしは泣き続けた。

降りしきる雨の中、いつまでも、ずっとずっと……。

エピローグ　二人の降らす雨

ここで働くようになってから十四年が過ぎた。慣れない仕事に戸惑うことも多かった。それでも最近は喪服姿がサマになってきたように思う。

窓ガラスに映る顔が緊張している。それもそのはずだ。

だって今日は、あの日なのだから……。

職場である輪廻統括査定部『能登班』の部屋は広い。真ん中に大きな円卓がひとつ据えてあり、壁際には七段式の書棚がずらりと並んでいて、南側の窓のそばにはこぢんまりとした茶箪笥がちょこんと置いてある。僕は茶箪笥の上のエスプレッソマシーンのスイッチを入れた。

今の仕事は死者との面談だ。彼らの緊張や不安をほぐして魂の査定をするのが役目だ。死者は誰もがナーバスだ。死んだことを受け入れられず、暴れ出す人も少なくない。斯《か》く言う僕も最初にここに来たときは取り乱して窓に椅子を投げてしまった。だから彼らの気持ちは痛いほど分かる。

淹れたてのエスプレッソの味はまああだ。でもわがままを言ってはいけない。エスプレッソを飲めるだけありがたいんだから。これは明智さんから譲り受けたものだ。でも今、彼はここにはいない。僕が案内人になってすぐの頃に人事異動で機関紙編集部というところに飛ばされてしまった。かなりの閑職だ。聞けば、明智さんはなにかの違反を犯したらしい。それがなんなのか誰も教えてくれない。あの冷静で頭の良い明智さんが違反を犯すなんて、よっぽどのことがあったんだろう。

エスプレッソを飲み干すと、知らぬ間にため息が漏れた。ここに来てからの癖だ。この味気ないエスプレッソを飲むたびに思ってしまう。彼女が淹れてくれたコーヒーは美味しかったなって。そんな郷愁に駆られてしまうんだ。だったら飲まなければいいのだけれど、でもどうしても口にしてしまう。僕は彼女を忘れないようにこの不味いエスプレッソを飲み続けている。昔の恋人を忘れられない哀れな男のようでみっともない。でもそれが僕と彼女を繋ぐ唯一の架け橋なんだ。

「——おい、小僧」

振り返ると、扉を開けて能登さんが入って来るところだった。彼女は十四年経ってもちっとも変わらない。相変わらず少女のような顔立ちと、おかっぱ頭をしている。でも最近喪服を新調したらしく、シフォンの襟付きツーピース風のこのワンピースがお気に入りだ。

「そういえば、ライフシェアリングが廃止されるって聞いたんですけど」

能登さんの前に湯呑みを置いた。お茶汲みは下っ端の僕の仕事だ。

「ライフシェアリングは奇跡と呼べる代物ではない。上層部はそう判断したらしいな」

「どうして今更？」

「さあな。お前が気にすることじゃない。半人前の丁稚《でっち》は黙って仕事をしていればいい」

「ひどいなぁ。ちょっと気になっただけじゃないですか。そんな言い方しなくても」

僕は唇をへの字に曲げて能登さんの隣に座った。それから懐かしくなって、ふっと笑った。

「でも、ライフシェアリングは僕にとって本当の奇跡でしたよ」

能登さんが湯呑みを傾けていた手を止める。

「辛いこともたくさんあったけど、僕にとってあの日々は奇跡のような毎日でした。本来ならあっけなく死んでしまったはずだったのに、僕らに生きる余地をくれた。そのおかげで大切なことを知ることができました。幸せの意味みたいなものを」

「そうか……」と能登さんは湯呑みの中を覗いたまま小さく微笑んだ。

彼女との日々を思い出すと今も切なくなる。僕の人生のすべては彼女だった。二人で過ごした日々の記憶は風化してしまっても、彼女の笑顔だけは今もはっきりと覚えている。僕が大好きだった太陽のようなあの笑顔を。

――わたしのこと、忘れないでね。

いつか君は僕に言ったね。あの言葉、今でも守っているよ。その約束はもうなくなってしまっているのに、一人で必死にしがみついているんだ。この不味いエスプレッソの中に君との思い出を探し求めながら。

権藤さんが入って来た。今日もまた世間話に花を咲かせるつもりだろう。

「ライフシェアリングが廃止されましたなぁ！　あれ能登さんが上に掛け合ったんでっしゃろ!?　あないなもん奇跡ちゃうって、前に担当してた頃からずーっと上層部に直訴してたんでしょ？」

「黙れ。朝礼をはじめるぞ」と彼女は立ち上がった。これ以上追及されるのが嫌だったようだ。

能登さんは僕らのためにライフシェアリングの中止を訴えてくれていたんだ。奇跡が終われば僕らが命の奪い合いから解放されると思って。ずっと掛け合ってくれていたのか……。

彼女は素敵な人だ。初めは偉そうな態度に腹が立ってばかりだったけれど、今は出逢えてよかったって心から思う。

「本日の死者のリストだ。確認しろ」と能登さんが僕らに紙を渡した。

この日も受け持つ死者は多い。僕ら以外にも査定部にはたくさんの班がある。しかし手が回らないのが実情だ。魂の査定をするには根気がいる。その人が生きた人生をひとつひとつ確認しながら、規定に基づき点数を算出するのだから相当な労力と時間が必要になるのだ。

リストの上から三番目、その名前に目が留まった。

日菜だ……。

彼女の名前が書いてあるのだ。そして担当は――、

「僕が担当するんですか？」

「なんだ小僧、文句でもあるのか？」

「奇跡対象者同士の死後の接触は禁止されているんじゃ」

「お前は黙って仕事をすればいい」

「いや、でも……」

「あーもう、やかましいなぁ、雨宮君！」権藤さんがバシンと背中を叩いてきた。「四の五の言わずあんさんが担当しいや！　こちとら一人でも多くあんさんの受け持ちにしたいのに。ゴネて僕に押し付けるのやめてくれはりますか？」

「そういうつもりじゃ」

「ほな、決定っちゅーことで。能登さん、オールオッケーですよ」

権藤さんはそう言ってにんまりと笑った。背中を押してくれているんだ。

でもまさか僕が受け持つなんて……。

心がざわめく。もう一度日菜に会える喜びと不安。彼女が死んでしまったという悲しい気持ち。この場所に来て初めてと言っていいほど激しく動揺していた。

面談はひとつ上の階にある『面談室』で行う。必要な資料を小脇に抱えて階段を上ってゆく。足取りは重い。よりにもよって最初の面談者が日菜だなんて。

「――誠君」

階段を下りて来た明智さんが軽く手を上げた。

「いよいよ今日だね」

「知ってたんですか？　僕が日菜の担当になるって」

「そうじゃないかと思っていたよ。僕が能登さんでも同じことをしただろうからね」

「でも、正当に査定できる自信なんてありませんよ」

「構うもんか。君には彼女を面談する資格がある。いや、君がするべきだ。能登さんもそう思っているんだよ。日菜ちゃんの命は君が守ったものなんだから」

そう言ってくれると勇気が湧く。

「彼女はさっきまで取り乱していたけど、今は落ちついているそうだよ」

明智さんは僕の肩に手を置いた。

「じゃあ、悔いのないようにね」

僕は顎を引いて頷いた。階段を上ってゆく明智さん。思わず彼を呼び止めた。

「あの、ひとつ訊いていいですか？　十四年前、どうして異動することになったんですか？　明智さんが違反を犯すなんてちょっと考えられなくて」

明智さんは、ははははと笑った。そして「忘れたよ。そんな昔のこと」とカラッとした声で言った。

食い下がろうとしたけれど、明智さんは「そんなことより」と僕の言葉を遮った。

「早く行ってあげなよ。日菜ちゃんのところへ」


面談室の前に着くと、僕は深呼吸をした。

この中にいるんだ。日菜がいるんだ。そう思うと心臓が肋骨《ろっこつ》の下で暴れ出す。血の巡りが速くなって呼吸が乱れる。緊張で自分の鼓動が聞こえるほどだ。僕は資料を持つ手に力を込める。そしてノックを三回。それからゆっくりドアノブを握った。

小さな長方形をした部屋には木製の机と椅子があるだけだ。棚ひとつない殺風景な室内だけど、彼女がいると思うと特別な空間に感じる。縦長の窓から光が差し込み、窓を背にして座る彼女の顔に暗い陰を作っている。その姿を見た途端、心臓がドクンと跳ねあがった。

少しだけ年を取っているけれど、あのときの面影は確かに残っている。

綺麗になったんだね……。

日菜はこんなにも綺麗で素敵な女性になったんだ。そのことが嬉しくもあり、ほんの少しだけ寂しくも思う。彼女の人生を隣で見届けられなかった悲しみが胸を覆う。でもこうしてまた会えたんだ。今はそのことがなにより嬉しい。

「……あなたは？」

声はあの頃のままだ。少し鼻にかかる声。柔らかくて、くすぐったいその声に記憶の蓋が開くのを感じた。僕にかけてくれたいくつもの優しい言葉が去来する。

でも彼女は僕のことを覚えてはいない。他人行儀な視線が辛い。僕は職務上、彼女に正体を明かしてはならない。それがルールだ。もちろん言うつもりなんてない。

「僕は案内人の雨宮誠といいます」

彼女の向かいに座り、バインダーを開いて名前を確認した。

「畑中日菜さんで、お間違いありませんね？」

「はい」と日菜は少し怯えた様子で頷いた。

畑中……。日菜はあのあと研君と結婚したんだ。

「大丈夫ですよ」と僕は日菜に笑いかける。「きっと不安だと思います。でも安心してください。怖いことなんてひとつもありませんからね」

「あの……わたし死んじゃったんですよね？　ここはどこなんですか？」

彼女はおどおどしながら僕に訊ねた。

「残念ですが今朝方、心臓発作でお亡くなりになりました。ここは霊魂管理センターといって、すべての生物の霊魂を管理している場所です。分かりやすく言えば〝三途の川〟みたいなところです。これからあなたには魂の査定を受けていただきます」

「魂の査定？」

「その結果をもとに次の輪廻の行き先を決めるんです。大丈夫、簡単な質問をするだけですから」

僕は一息ついて、日菜にそっと微笑みかけた。

「聞かせてくれますか？　あなたの人生を」

君のあのあとの人生を聞かせてほしい。幸せだったかどうか。

幸せだったらいいな……。

彼女は自分自身の人生を僕に話してくれた。小学生のときにお母さんがいなくなり、お父さんは高校卒業の頃に死んでしまったこと。レインドロップスで働いて、エンさんと出逢ったこと。でもそこに僕の名前が出てくることはない。彼女の生きた足跡の中に僕はどこにもいなかった。

あれから日菜は研君と結婚して、子供を二人授かり、家族四人で湘南の街で暮らした。

そしてエンさんがいなくなってからもレインドロップスを一人で守り続けた。

「――質問は以上となります」

僕はバインダーを閉じた。

「ところで、お亡くなりになった方には特典があるんです。一度だけ、現世に雨を降らすことができます」

彼女は口の端を持ち上げるようにして微笑んだ。

笑顔になると顔が幾分幼くなって、僕が知っている日菜を思い出させた。

「なんだか〝恋の涙〟みたいですね」

あのときの笑顔と重なる。初めて彼女と出逢ったときと。

「雨って、誰かが大切な人を想って降らす恋の涙なんですよ」

君に恋したあの雨の日と同じ言葉だ。心が揺さぶられる。胸が熱くなる。

僕は小さく微笑むと、日菜に言った。

「おほかたに　さみだるるとや　思ふらむ　君恋ひわたる　今日のながめを」

「あ、その歌、わたしも大好きなんです！　天使さん、よく知ってますね！」

「僕の大切な人が教えてくれたんです。雨を見ながら……」

「素敵な思い出ですね」と日菜は微笑んだ。

「ええ、とても素敵な、僕の宝物です」

君との思い出だ。君に恋した日の素敵な思い出。

今も忘れ得ぬ、僕のかけがえのない宝物だ……。

「幸せでしたか？」

「え？」

「日菜さんは、幸せな人生を送れましたか？」

「はい」と彼女は淀みない声で言った。「わたし、両親が早くにいなくなって家族の縁が薄かったんです。でもそれを補うくらいたくさんの人に支えてもらえました。レインドロップスでできた縁がわたしの宝物でした。お父さんやお母さんがいない寂しさを、みんなが埋めてくれたんです」

そうだね。あの場所があったから僕らは出逢えたんだ。

「それに結婚して家族もできたから。さっきも言いましたけど、夫とは幼馴染みなんです。学生の頃は全然恋愛対象じゃなかったけど、なんだかんだ腐れ縁っていうか。この人といたら幸せになれるだろうなぁって思ったんです。単純で怒りっぽいけど、とっても優しい人だったから」

研君は君を大切にしてくれたんだね……。

「あと、なにより子供たちが可愛くて。お姉ちゃんは夫に似て気が強くて、弟の方は泣き虫君。手はかかるけど、わたしの一番の宝物です。二人が大人になる前に死んじゃったのは心残りだけど、あの子たちに出逢えたことが一番の幸せでした」

日菜は涙ぐんで笑みを浮かべた。

よかった。本当によかった。君は手に入れることができたんだね。

ずっと欲しがっていた家族という幸せを……。

「それに、もうひとつ大切な宝物があるんです」

「なんですか？」

「家です。住んでいた家が、すごく素敵だったんです」

「……家？」

「はい。わたしが若い頃に住んでいた古民家のオーナーさんが建てた場所なんですけどね。七つの家が丸い広場を囲うように建っているんです。まるで町みたいに」

心がじんわりと熱くなる。

「出来上がったその家を見てピンときたんです。ああ、わたしはここに住むために生きてきたんだって。どうしてか分からないんですけど、でもそう思ったんです。それで玄関を開けた瞬間、涙が止まらなくなって……。あの家に出逢えて、わたしは本当に幸せでした」

日菜は目を細めて優しく微笑んだ。

「ううん。わたしだけじゃなくて、きっとあそこに住んでいたすべての人にとって、あの家はかけがえのない場所だったと思います。だってみんな、あんなに楽しそうに暮らしていたんだから」

僕は笑顔を保っていられなくなった。

「休みの日は子供たちが家の前の広場で遊んでいるんです。鬼ごっことか、かくれんぼをして。家にいると楽しげな声が聞こえてくるんですよ。その声を聞いていると、あー幸せだなぁって心から思えて……。あ、それから家のそばの四阿《あずまや》がすごいんです！　雨が降ると水瓶に落ちた雨粒が音楽に変わるんです。そのとき降ってる雨によって音色はいつも違って、ひとつとして同じものはないんですよ」

こらえきれず涙が溢れた。

「あの場所がわたしに教えてくれました。雨は悲しいものじゃないんだよって」

明智さんだ。きっと僕がいなくなっても、あの図面がなくならないように守ってくれたんだ。僕の存在が消えてしまっても、あの場所だけは残るように取り計らってくれていたんだ。だから彼は異動したのか。自分の進退と引き換えにしてまで、僕の、僕らの夢を守ってくれたんだ。

「天使さん……？」

泣いている僕を見て日菜は驚いていた。

僕の夢は叶っていた……。

日菜を幸せにしたい。人と繋がれる場所を作ってあげたい。その真ん中で日菜に幸せな人生を送ってほしい。その夢は叶っていたんだ。僕は日菜に夢の家を贈ることができたんだ。そして、そこに住む人たちにとってのかけがえのない場所を、僕は造れたんだ。

僕が生きた証は、確かにあの場所に残ったんだ。

「……降らせましょう」

「え？」

「あの場所に、雨を」

「………」

「きっとあなたの子供たちは気付いてくれるはずです。この雨は、お母さんが降らせてくれた雨だって。届くはずだから……」

「はい！」と彼女は嬉しそうに笑った。

たとえ僕らがいなくなっても、あの場所はこれからもたくさんの人を繋いでゆく。日菜が残した命と、僕が残したあの場所が、次の誰かの幸せに変わるはずだ。そう信じたい。だから雨を降らすんだ。たとえほんのわずかな雨だとしても、それが誰かの心を潤す恵みの雨になるかもしれない。誰かと誰かを繋ぐ恋の涙になるかもしれない。僕らが生きた証は、僕らの恋は、きっとこの世界のなにかに繋がってゆくはずだ。

だからありったけの願いを込めて降らすんだ。

この恋を、世界でいちばん美しい雨に変えて……。


面談を終えると僕らは廊下に出た。この廊下をまっすぐ進めば、彼女の魂は浄化の道へと進む。そして日菜が持っている記憶はすべて消え去る。

「短い時間だったけど、話し相手になってくれてありがとうございました。死んじゃって不安だったけど、担当してくれたのが天使さんでよかったです」

「僕は天使なんかじゃありませんよ」

「あ、そういえばさっき名前を教えてもらいましたよね。ええっと……」

「雨宮誠です。みんなからは――キョロちゃんって呼ばれています」

嘘をついた。この名前で僕を呼ぶのは君だけだ。

「変なあだ名ですね」

「でも気に入っているんです。大好きな人が付けてくれたあだ名だから」

できることならもう一度だけ呼んでもらいたい。あの頃みたいに「キョロちゃん」って、そう呼んでほしい。最後に、もう一度だけ。

日菜は微笑んだ。頬にえくぼを作り、八重歯を見せて、子供のように笑ってくれた。

僕が大好きだった笑顔だ。僕をたくさん幸せにしてくれたあの笑顔だ。

「ありがとう。キョロちゃん……」

その瞬間、日菜の右目から一筋の涙がこぼれ落ちた。

彼女はその涙にびっくりしていた。

「どうして……」と戸惑っている。

必死に笑おうとしたけど涙は次々と溢れてくる。

「変ですね。こんな風に急に泣くなんて……どうしてかな……」

涙が彼女の頬を濡らしてゆく。

「ごめんなさい。どうしたんだろう、本当に。悲しくはないんです……でも――」

日菜は泣きながら微笑んだ。

「でもなんだか……なんだかすごく懐かしくて……」

きっと覚えていてくれたんだ。僕のことを忘れても、二人で過ごした日々を忘れても、心はきっと覚えていてくれたんだ。僕の名前を呼んだことを、僕のことを好きだった気持ちを、ほんの少しでも君の心は覚えていてくれたんだね。

救われた気がした。命を差し出し、日菜の心からも消え、長い時間この無機質な場所で過ごしてきたそのすべてが、今こうして報われたんだ。

僕は思い出していた。

かつて教えてもらったあの言葉を。

好きな人と生きてゆくための、たったふたつの言葉。

ごめんねと、ありがとうだ。

日菜、たくさん傷つけてごめんね。悲しませてごめんね。怒鳴ってごめんね。寂しい思いをさせてごめんね。いつもいつも落ち込んでごめんね。慰めてもらってばかりでごめんね。一緒に生きられなくて、ごめんね……。

彼女は手を振って歩き出す。

その背中を見ていたら、たまらず涙が、ひとしずくこぼれ落ちた。

日菜を想う、恋の涙が……。

僕も踵を返して歩き出す。でも立ち止まり、もう一度だけ彼女のことを見た。小さくなってゆくその背中に、僕はそっと声をかける。

日菜……。

僕を好きになってくれて、
僕の夢を叶えてくれて、
僕と生きてくれて、
本当に本当に――、

「ありがとう……」

涙を拭って、ありったけの笑みを浮かべた。

「さようなら、日菜」

そして僕は歩き出す。

もう二度と振り返ることはなかった。

謝辞

執筆にあたり、テレインアーキテクツの小林一行氏に大変お世話になりました。
心より御礼申し上げます。

著者

本文デザイン／テラエンジン

本書は、二〇一八年十一月、集英社より刊行されました。

宇山佳佑の本

恋に焦がれたブルー

靴職人を目指す高校生の歩橙は、ボロボロの靴を履いている青緒に恋をした。恋する気持ちを手作りの靴に込めて贈ろうとする歩橙のひたむきさに触れ、青緒も彼に惹かれてゆくが……。

集英社文芸単行本

宇山佳佑の本

桜のような僕の恋人

美容師の美咲と恋に落ちたカメラマン見習いの晴人。だが、美咲が人の何十倍もの早さで年老いる難病を発症して……。きっと、涙が止まらない。桜のように儚く美しい恋の物語。

集英社文庫

宇山佳佑の本

今夜、ロマンス劇場で

映画監督を夢見る健司の前に、古い白黒映画の中のお姫様・美雪がスクリーンから飛び出してきた！　色を持たず、美しくわがままな彼女に健司は振り回され……。ときめくラブロマンス。

集英社文庫

宇山佳佑の本

ガールズ・ステップ

お荷物部員ばかりのダンス部の部長になった高三のあずさ。憧れの先輩の期待を裏切りたくない一心でついた小さな嘘が、大きな奇跡と感動を呼ぶ……！　青春ダンス映画、原作小説！

集英社文庫

この恋《こい》は世界《せかい》でいちばん美《うつく》しい雨《あめ》

2021年6月25日　第1刷
2024年6月17日　第8刷

定価はカバーに表示してあります。

著　者　宇山佳佑《うやまけいすけ》
発行者　樋口尚也
発行所　株式会社 集英社
東京都千代田区一ツ橋2-5-10　〒101-8050
電話　【編集部】03-3230-6095
【読者係】03-3230-6080
【販売部】03-3230-6393（書店専用）
印　刷　大日本印刷株式会社
製　本　大日本印刷株式会社

フォーマットデザイン　アリヤマデザインストア　　マークデザイン　居山浩二

ISBN978-4-08-744257-1 C0193